Il faut beaucoup aimer les gens

Du même auteur

Parfois on tombe, 2014.
Un sac, 2017.
Une bonne intention, 2018.
Avec elle, 2018.
Miracle, 2019.
Rue du Rendez-Vous, 2021.

Solène Bakowski

Il faut beaucoup aimer les gens

PLON
www.plon.fr

92, avenue de France
75013 Paris
Tél. : 01 44 16 09 00
Fax : 01 44 16 09 01
www.plon.fr
www.lisez.com

Mise en pages : PCA
Dépôt légal : mai 2022
ISBN : 978-2-259-31176-2

« Ici naquit Josette qui pendant vingt ans éleva ses enfants dans la joie, la patience et la tendresse. Jamais elle n'a vaincu par le sang, conquis par les armes, jamais n'a vendu son âme ou détourné de l'argent. Alors du coup, évidemment, tout le monde s'en fout de Josette. »

Petite Poissone, collage, Paris (13e arrondissement)

Prologue

2000

Eddy, onze ans, n'avait jamais vu de cadavre.

C'était un matin blanc de novembre.

Absorbé par l'écran de télévision où se déroulait une longue page publicitaire, il touillait sa bouillie de corn-flakes avec un acharnement distrait.

À la reprise des programmes, l'enfant décocha une œillade à l'horloge de la cuisine. Il n'était pas en avance. L'angoisse l'envahit, identique à celle qui se répandait dans son ventre dès la mi-août, quand les cartables remplaçaient les parasols au supermarché.

Il avisa le ciel gris par la fenêtre, les arbres aux branches nues, soupira, se déplia de sa chaise, flanqua ses céréales à la poubelle, versa le lait grumeleux dans l'évier, arrêta la télé et ses dessins animés.

Tombant comme une chape de plomb, le silence lui remonta le long du gosier avec un goût frelaté. Eddy, naufragé sur son radeau, se cramponnait à des maximes maison, du style « Un jour de plus en moins » ou « Tout jour débuté tire vers la fin », pour se motiver à aller au collège.

Il fila vers sa chambre, attrapa son sac lesté de manuels inutiles qu'il devait apporter sous peine de se retrouver collé et fit halte dans le couloir. Sur la commode traînait le chèque de la cantine. Le délai de paiement était dépassé depuis trois semaines. Son père avait attendu son salaire. Mais l'intendant, la veille, l'avait prévenu. Déboulant en plein cours, il avait asséné à tue-tête : « Monsieur Alune, si vous ne payez pas cette semaine, nous ne pourrons plus vous accueillir. En cas de difficultés, vos parents doivent se rapprocher de l'assistante sociale. » Les rires de ses camarades avaient jailli en fontaine : « Alune, tête de lune qu'a pas une thune ! », « Eddy, tes baskets sont toutes pourries ! ».

L'inquiétude lui donna un coup de chaud-froid. Il saisit l'enveloppe, ferma la porte et dévala les trois étages.

Au rez-de-chaussée, il se décala pour laisser passer Mme Tinot, de retour du marché, dont l'énorme Caddie émettait un bruit de boîtes de conserve. Des cheveux, s'amusa Eddy, en voyant dépasser des feuilles de poireaux. Michel, le facteur, était en train de distribuer le courrier ; il le gratifia d'un : « Salut, bonhomme ! » auquel Eddy répondit en regardant ses chaussures à scratchs.

À peine avait-il mis un pied dehors que des gouttes de pluie commencèrent à tacher le bitume. Poussé par le vent, il contourna le pâté de maisons et s'engouffra dans la rue peu fréquentée qu'il préférait emprunter, quitte à allonger son trajet. À cause des autres.

Il traversait tout schuss quand un concerto de klaxon le figea. Interdit, cloué au sol, incapable du moindre mouvement, Eddy pivota lentement vers la voiture qui fonçait vers lui.

— Non, mais ça va pas, la tête ? éructa le conducteur par la vitre, après avoir pilé.

Eddy se sentit mollir comme un paquet de nouilles trop cuites. Ses doigts, desserrant leur étau, lâchèrent l'enveloppe qui voltigea sur plusieurs mètres, pauvre feuille prise au piège d'un minuscule ouragan.

La menace de l'intendant du collège perça aussitôt dans sa tête. Piqué par le dard d'une guêpe invisible, il se précipita à la poursuite du chèque, qui atterrit près d'un réverbère au milieu d'une auréole sombre, mélange d'urine et de déjections canines. Au moment où il se penchait pour la ramasser, l'enveloppe reprit sa course pour aller se ficher dans le renfoncement d'une sortie de garage.

Une femme était allongée là, sur un tas de cartons, recroquevillée en chien de fusil dans un sac de couchage. Près d'elle, un cabas kaki frisottait dans l'air froid. L'enveloppe avait atterri sur ses cheveux gris.

Eddy cogita, les lèvres entortillées dans une moue réflexive. S'il appréhendait de réveiller la dame, il redoutait encore plus le sermon de l'intendant. Il respira un bon coup pour se donner du courage et bredouilla quelques mots d'excuses. Comme la femme ne réagissait pas, il se baissa vers les cheveux sales et bloqua sa respiration. L'odeur était épouvantable.

Crac. Eddy sauta en arrière, effrayé. Dans son empressement maladroit, il lui avait écrasé les doigts. Le cœur battant, à bonne distance, il s'attendit à ce qu'elle hurle. Mais rien.

Pas un soupir. Pas un mouvement. Rien.

La dame était morte.

Le poing serré sur son enveloppe, Eddy sonda la rue. Les langues de phares sur le goudron mouillé, les piétons pressés, une vieille et son yorkshire à couette en train de déféquer. La rumeur lointaine de la circulation. Le bourdonnement d'une télé, les cris d'un bébé.

Puis il la considéra, elle, partagé entre terreur et dégoût.

Les gouttes éparses se muèrent soudain en averse drue. Tiré de sa torpeur mais n'osant alpaguer personne, Eddy s'engouffra dans la cabine téléphonique toute proche et composa le numéro de Police secours, comme on le lui avait appris en cours d'éducation civique.

Une voix engourdie s'étira au bout du fil.

— *Tu es tout seul ? Il n'y a pas d'adulte avec toi ? Alors, ne bouge pas. Tu restes avec elle le temps qu'on arrive. C'est important… Ça ira ?*

Eddy haussa une épaule sans rien dire.

— *Bon, on fait vite*, raccrocha l'homme.

Il leur fallut trois quarts d'heure.

Trois quarts d'heure durant lesquels Eddy patienta dans le renfoncement, le nez dans le col de son sweat-shirt afin de contrer l'odeur, les yeux rivés au rideau de pluie pour éviter le regard fixe et la mâchoire béante. Au fur et à mesure que les minutes s'égrainaient, l'ennui se fit sentir. Ressentant le besoin de s'occuper, Eddy récita une poésie, feuilleta son livre de français, soliloqua avec les moineaux venus picorer les miettes d'un BN qu'il leur avait jetées. Puis, pris de remords ou, disons, d'une intuition, il se résolut à parler à la femme, lui enjoignant de ne pas s'inquiéter.

Au bout d'une demi-heure, il s'était accoutumé à l'odeur pestilentielle et, l'effroi laissant place à une sorte d'envoûtement tressé de questions tantôt terre à terre, tantôt existentielles, il s'autorisa quelques lorgnades appuyées. Quel âge avait-elle ? Où allait-on quand on mourait ? Du haut de ses onze ans, Eddy estima qu'elle était rudement vieille, dans les cent cinquante ans, au moins. Et, à son profil craspec, qu'elle n'était pas calibrée pour le paradis.

Personne n'oublie son premier cadavre. Eddy, comme tout le monde, ne l'oublierait jamais. Enfin si, un peu, et puis ça lui reviendrait, comme un boomerang. Quand, devenu adulte, il se rejouerait la scène, il se figurerait une femme figée dans un cri de silence, les yeux ouverts sur un insondable vertige. Bref, il réécrirait l'histoire.

Pour l'heure, charriée par le vent, la pluie tombait en diagonale sur le sac de couchage dont le tissu ruisselait de petits torrents. Des perles d'eau s'accrochaient aux cheveux poivre et sel. Songeant qu'elle avait froid, l'enfant ôta son manteau, le posa délicatement sur la dame et, tout en jetant un œil de temps à autre vers le carrefour, se mit à grelotter, les genoux sous le menton, le cul sur l'asphalte humide, les yeux arrimés aux phalanges écrasées. Entre ses doigts, la dame tenait un petit porte-monnaie et un papier dont un courant d'air agitait un coin. Ce n'était pas une feuille mais des Photomaton.

Un semblant de savoir-vivre empêcha Eddy d'y toucher, jusqu'à ce que, entendant la sirène de police, il bondît sur ses pieds et, dans une sorte de mouvement réflexe qu'il ne s'expliquerait jamais, attrapât et enfonçât le tout dans sa poche, à la dérobée.

Eddy répondit aux questions des agents puis se mit en route. Il ne prit réellement conscience de son retard qu'à mi-chemin du collège. Il jugea alors plus sage de sécher les cours. Pour une fois.

Revenant sur ses pas, il loucha en direction du drap blanc qui recouvrait maintenant le corps, des trois policiers en faction autour et d'un quatrième en train de fouiller le sac kaki à moitié défoncé. Un attroupement de badauds contemplait le spectacle depuis le trottoir. Parmi eux, la mère de Noémie, Michel le facteur, la gardienne de l'immeuble et la vieille au yorkshire. À cette dernière qui s'inquiétait, un agent rétorqua : « Rien, c'est juste une clocharde. » Le mot « juste » claqua aux oreilles d'Eddy. Il songea fugacement, sans saisir la portée philosophique de cette pensée, qu'on était tous le « juste quelque chose » d'un autre.

— Quelqu'un sait depuis quand elle était là ? interrogea l'agent.

La concierge arqua les sourcils.

— Aucune idée, deux ou trois jours. Vous l'aviez déjà vue, vous ? questionna-t-elle à son tour en s'adressant à Michel.

— Une bonne semaine, je dirais, répondit le facteur. Je me rappelle l'avoir vue, un soir que je m'étais disputé avec ma femme.

— Oui, enfin, c'est pas un critère, répliqua la gardienne, ça fait un bail qu'il y a de l'eau dans le gaz entre vot' dame et vous.

Le facteur hocha la tête en marmonnant.

Le cercle s'enfla d'une mère et sa poussette, où geignait un bambin engoncé façon bonhomme Michelin.

— C'est pas un mort, quand même ? ! s'écria-t-elle avec une moue d'horreur.

— Si, si, rétorqua un passant en costume.

— Seigneur, quelle tristesse…

— Oui, enfin, y en a qui veulent pas s'en sortir non plus, intervint la vieille en tirant sur la laisse de son chien. Une fois, j'ai voulu donner une couverture à un SDF. Eh ben, figurez-vous qu'il m'a envoyée paître. Depuis, ça m'a passé, j'aime autant vous le dire.

Eddy contourna les commères en baissant la tête et rentra au bercail. Le porte-monnaie et les Photomaton boursouflaient sa poche. Ils pesaient une tonne.

Deux heures plus tard, le drap blanc, le manteau d'Eddy et le cabas avaient été emportés dans un fourgon funéraire de la Ville de Paris. Quant aux cartons, ils avaient été déblayés par les agents de la Voirie. Il ne subsistait rien de la défunte, si ce n'est l'empreinte vivace de leur entrevue dans l'esprit d'Eddy, les objets qu'il avait dérobés et, comme chaque fois que le monde lui échappait, un compte rendu laconique enregistré sur son magnétophone.

« Aujourd'hui, on est le 14 novembre 2000. J'ai trouvé une morte. Ça fait bizarre. Je sèche l'école et c'est cool parce que je vais mettre des chips au micro-ondes avec du gruyère dessus et que papa est pas là. Allez, tchao ! »

Eddy observa les Photomaton pendant que le four tournait. Une femme et un adolescent. Elle ressemblait à la morte, en plus jeune et plus souriante. L'autre, à un autre. Les cheveux courts, plutôt mignon. Au verso, l'encre d'un stylo-bille avait bavé : « *Vagalome – 1996* ».

Eddy s'apprêtait à déballer le contenu du porte-monnaie quand le micro-ondes sonna la fin de la cuisson. Vaguement écœuré, il rangea son butin et le planqua dans une cachette secrète, un trou de souris creusé derrière une plinthe, à côté de la grosse armoire de sa chambre. Puis, l'estomac tordu par l'interdit, il récupéra les chips brûlantes et souffla sa culpabilité dessus, en lorgnant un pigeon occupé à une chorégraphie bizarre sur la rambarde du balcon. Il trouva que l'oiseau avait une tête à s'appeler Jojo.

Ce soir-là, comme les dix suivants, Eddy fut assailli de cauchemars. La même scène se répétait à l'envi : la morte roulait des yeux, lui montrait ses doigts cassés et le traitait de sale voleur. Il répondait, merdeux : « Mais je t'ai donné mon manteau ! » Ce qui ne produisait aucun effet, si ce n'est celui de la faire beugler plus fort. Eddy s'éveillait alors dans un cri. Invariablement, son père se présentait dans l'encadrement de la porte, un verre de lait chaud à la main, un sourire tendre sur ses traits tirés. Avec douceur et patience, il passait sa paume sur le visage en sueur de son fils et lui racontait des histoires, comme lorsqu'il avait trois ans.

Ça ne dura pas. La valse des cours, des récréations, des vacances, des devoirs, des contrôles, des weekends trop courts et des gosses qui lui mettaient des pichenettes dans les toilettes eurent raison de la clocharde, dont le souvenir se tapit dans les méandres de sa mémoire.

Eddy, onze ans, avait donc vu un cadavre. Ce n'était qu'un début. Durant les deux décennies suivantes, il en rencontrerait trois autres sur sa route. Sans doute qu'Eddy n'était pas très chanceux.

1

Printemps 2022, cette nuit

Deux décennies plus tard, alors que la nuit froide s'étale sur les toits de Paris, un pigeon se dirige à tire-d'aile vers la Maison de la Radio. Après avoir survolé le bâtiment circulaire, il amorce un atterrissage sur le toit de la tour centrale.

Quelques étages plus bas, dans un des nombreux studios, le siège en cuir élimé grince. Et pour cause : elle vient de s'asseoir.

Elle enfile le casque aux grosses oreillettes noires, allume une cigarette en dépit des autocollants placardés sur les murs, inspire une bouffée, ferme les paupières et dessine sur sa bouche un sourire satisfait.

La voix de Théo s'incruste dans la sensualité de cette cigarette :

— C'est parti pour le test micro.

Elle expire, répète docilement « Test micro » quatre fois. Nouvelle bouffée.

— *Yes*, on est bon pour le son, note l'assistant dans le casque. *Jingle* dans une minute, prête ?

Elle expire un rond de fumée. Profite de cet instant suspendu, sa chrysalide, juste avant que la larve ne devienne luciole. Elle ne brille que la nuit. Le jour, elle s'éteint. Voire, elle s'étiole.

Il y a : l'obscurité trouée de petites diodes rouges et vertes des appareils électroniques, le rougeoiement de sa cigarette qu'elle écrase, à regret.

Il y a : les ultimes volutes de fumée. Le compte à rebours en chiffres rouges sur l'écran de sa tablette.

10, 9, 8…

Il y a : ses lèvres charnues, maquillées de carmin, qui s'entrouvrent en exhalant une odeur de tabac et s'approchent du micro.

4, 3, 2…

Il y a : l'attente, la respiration retenue, les notes familières du générique.

0.

Il y a : sa voix éraillée, légèrement cornée par des années de clopes, propice aux fantasmes et aux confidences. D'aucuns la considèrent comme élégante. D'autres la qualifient même de bandante.

Sa voix, donc, qui prononce dans un souffle, comme elle le fait depuis dix ans : « Sois le bienvenu dans “La nuit de Luciole”, cher auditeur. Je suis Luciole et je vais susurrer à ton oreille jusqu'aux prémices du jour. »

Il y a : la musique qui empiète légèrement sur la dernière syllabe et donne des effets de mystère aux mots qu'elle articule, rodée, en guise de préambule du lundi au vendredi : « Cette nuit, comme toutes les nuits, je vais t'accompagner. Toi et moi allons additionner nos solitudes et traverser le pont jusqu'à l'aurore. Tu n'es pas seul, je suis avec toi, par le truchement de la radio, pas loin, tout près. Ici, tu es chez toi, chez nous. »

S'ensuit un silence surpris tandis que Théo, son assistant, pénètre dans le studio et dépose discrètement une enveloppe kraft sur la table devant elle.

C'est là le premier accroc à sa routine. Des silences et des accrocs, cette nuit en connaîtra beaucoup d'autres.

2

Printemps 2021

La première fois qu'Eddy était tombé sur « La nuit de Luciole », c'était en prison, l'oreille collée au petit transistor qu'un ex-codétenu lui avait légué. Un hasard devenu rencontre. Depuis, l'animatrice accompagnait ses nuits. Sa voix agissait comme un calmant. Pour ne rien louper des soupirs et des silences, Eddy organisait ses pauses avant 1 heure du matin et pendant les intermèdes musicaux. Luciole était devenue son habitude, son île. Au point qu'il avait parfois la sensation qu'elle ne s'adressait qu'à lui.

Déjà 5 heures.

Eddy éteignit la radio à regret. La voix de Luciole se dissipa dans l'aurore blême du poste de surveillance.

Quand son portable afficha un numéro masqué dont la provenance ne faisait aucun doute, Eddy laissa traîner trois longues sonneries, se racla la gorge et décrocha en prononçant un « allô » rauque. Il écouta en dessinant machinalement des carrés sur un Post-it et raccrocha, atterré, à cause du choc. Soulagé aussi, un peu, bien qu'il eût préféré se couper un bras que de l'avouer.

Il jeta un regard circulaire dans l'aquarium. Après onze heures trente à guetter la multitude d'écrans et à tourner autour des voitures, il attendait la relève. Dans une trentaine de minutes, son chef et ses deux collègues surgiraient. La nuit, un seul employé suffisait pour surveiller le parking. La journée, il y avait plus de passage.

Eddy avisa la console de contrôle. Dessus, la vieille tasse fêlée que lui avait offerte son père, quelques miettes, une goutte de mayonnaise et l'emballage du sandwich industriel qu'il avait avalé une éternité plus tôt.

Pour oublier qu'il était pressé, il fit un peu de ménage et zieuta par la petite lucarne, seule ouverture sur l'extérieur. Le ciel était magnifique, parsemé de traînées roses et miel tout droit sorties d'un tableau. Le soleil naissant irisait les carrosseries, les oiseaux piaillaient. Un air bucolique flottait dans l'atmosphère. Joli printemps.

— Salut, la Lune !

Eddy sursauta en entendant son chef débouler. Il serra la main osseuse. Le petit homme lui tendit un parapheur et un Bic accroché à une ficelle.

— Ça a été la nuit ?

Eddy grommela en signant l'attestation : rien à signaler.

— Un petit café ? proposa comme toujours le supérieur.

Deux recrues fraîchement embauchées émergèrent dans un vacarme de tapes dans le dos viriles et de rires gras.

— Non, merci, répliqua Eddy, faut que j'aille voir mon père, ils m'ont appelé tout à l'heure.

— Merde, je suis désolé, mon pote. Si t'as besoin de quelque chose, je suis là.

Eddy ne s'attarda pas. Il ne s'attardait jamais. Les autres, c'était un problème.

Il traversa le parking au pas de course, récupéra son casque dans son top-case et grimpa sur sa moto. Il s'engouffra sur l'autoroute, au milieu d'un trafic déjà serré, zigzagua entre les voitures, gagna la troisième voie, accéléra et fila à 150 kilomètres/heure jusqu'à l'hôpital.

Dans le couloir des soins palliatifs, il marqua un temps d'arrêt, incertain.

— On vous attendait, lui dit gentiment une infirmière en venant vers lui. Suivez-moi.

Eddy lui emboîta le pas. Lent, lourd. Un pas d'inéluctable. Elle ouvrit la porte ; il retint son souffle. Un rai de lumière tombait pile sur le visage de son père. Un quasi-sourire, subtil. Mais un sourire quand même.

— Il est parti tranquillement à l'aube, murmura l'infirmière. Je vous laisse lui dire au revoir. Je suis à côté, si jamais…

Eddy resta couillon, les bras ballants le long de son grand corps. De la porte entrebâillée lui parvenait la réalité des autres. Des effluves de petit déjeuner, la rumeur des actualités, les couinements des sabots des soignants.

Irréel, devant lui, le corps rabougri de son père, vulnérable, à des années-lumière de l'homme d'avant la maladie.

Irréel, le sac en plastique de l'Assistance publique remis par l'infirmière et dont il ne savait que faire. À l'intérieur, pliés avec soin, les vêtements que son père avait emportés, le jour de son hospitalisation – un jean, une chemise, sa veste dans laquelle il avait rangé un peigne, lui que la chimiothérapie avait privé de ses cheveux –, et les affaires qu'Eddy lui avait apportées au début de son séjour, quand l'espoir d'une guérison était encore permis – une serviette, deux caleçons, un T-shirt, des médicaments, un livre, un gel douche, des compotes à boire, des briquettes de jus de fruits.

Irréelle aussi la période d'après, entre les pompes funèbres et les formalités qu'il faut accomplir quand les gens meurent. La paperasse, l'organisation des obsèques, la paperasse, les retrouvailles avec les proches, la paperasse, la crémation, l'urne, l'engagement sur l'honneur à déposer les cendres dans un lieu dédié, les condoléances, les accolades, la paperasse, tout ça.

La boîte aux lettres dégueulait de courrier.

Eddy flanqua un à-coup familier dans la porte de l'appartement du troisième étage que personne n'avait ouverte depuis plus de deux mois. Deux mois d'hospitalisation, suivis des deux semaines à gérer l'ingérable avant de pouvoir, enfin, se confronter au vertige et à la peine.

L'appartement de son père, qui jadis avait été aussi le sien, baignait dans une odeur de renfermé. La faute à la poubelle et aux aliments périmés dans le réfrigérateur. Pour le reste, à part une fine couche de poussière sur la télévision et des taches de calcaire récalcitrantes dans l'évier, tout était impeccable. Pas étonnant, son père était du genre maniaque.

Le grand Eddy ne pleura pas lorsqu'il traversa le salon pour aérer, noua le lien de la poubelle et la déposa sur le palier. Il ne cilla pas davantage devant le lit de son père, les draps qui portaient son empreinte, la table de chevet surchargée de médicaments, la bouteille d'eau à moitié vide posée par terre et son capuchon mal vissé. Les cadres affadis par une éternité de soleil et la collection de disques de Frank Sinatra ne lui firent ni chaud ni froid.

Sur le seuil de son ancienne chambre, en revanche, Eddy se mit à trembler. Face à son lit d'ado, son bureau et des objets dont son père aurait pu mille fois se débarrasser, la conscience d'être désormais dépourvu de parents le percuta de plein fouet. Son enfance venait de se faire la malle.

Éprouvant l'envie brûlante de rester quelques heures encore le fils de son père, Eddy fureta dans les cartons. Effleura un agenda de collégien, une console portable, dénicha le caméscope offert pour ses treize ans, qu'il brancha sans trop y croire.

Il sentit une larme rouler sur sa joue quand le visage de son père apparut à l'écran. Sur la bande défilaient, immortalisés en 4/3, un anniversaire, un Noël, une conversation avec Jojo, une montagne de chocolats de Pâques, un père et un fils déguisés pour un réveillon du nouvel an, un fils trop grand, trop long, aux joues grêlées d'acné qui faisait la tronche devant l'objectif.

On aurait dit le bonheur. Mais ces images factices ne racontaient rien de vrai. Eddy n'avait pas été un bon fils. Un bon fils n'allait pas en prison.

D'un coup de poing dans le mur, il ouvrit les vannes à son chagrin.

Ses larmes avaient le goût de la fin d'un monde. Désormais, il était l'adulte, obligé de faire cavalier seul avec ses remords et ses regrets. L'homme avait beau ressembler à un boxeur poids lourd, le gamin qu'il abritait était terrifié.

Le lendemain, les déménageurs étaient là. En moins de deux, l'appartement où Eddy avait vécu la majeure partie de son existence fut vidé et ce qui restait des meubles et d'électroménager, entassé sur le trottoir avec une étiquette pour les encombrants.

Le bailleur procéda à l'état des lieux dans la foulée. Constata la présence inopportune d'un miroir collé au mur du salon, d'une prise électrique sortie de son cadre, d'un papier peint défraîchi et d'un robinet branlant. Chiffra le montant des travaux, signez là s'il vous plaît, et fit installer un équipement anti-squat sur la porte d'entrée, sous le regard morne d'Eddy qui se retenait de lui faire avaler sa tablette tactile.

Le problème d'Eddy, ce n'était pas que les autres. C'était aussi la colère hébergée par son corps immense depuis qu'il avait compris que l'attaque était la meilleure défense.

Entraînant son corollaire : Eddy avait souvent envie de cogner.

Eddy repartit à sa vie en n'emportant qu'un carton de reliques, une vieille chaîne hi-fi et la collection de disques. Chez lui, entre deux larmes, il poursuivit l'exploration des vestiges de son passé.

Son vieux magnétophone, les cassettes numérotées de 0 à 11 sur lesquelles il avait raconté sa vie pleine de trous. Et deux paquets de cassettes vierges, pas ouverts.

Gamin, il avait supplié son père de lui acheter un dictaphone, un de ces petits enregistreurs munis de minuscules cassettes comme celui de l'insupportable première de la classe qui le sortait à tout bout de champ pour, expliquait-elle d'un ton péremptoire, réécouter les cours au calme, le soir. *Gnagnagna*. Le père d'Eddy n'avait pas compris, ou avait cru bien faire, en lui offrant un magnétophone de seconde main acheté au *Easy Cash*. Pour trois fois rien. Tu m'étonnes, avait pensé Eddy, déçu.

Au début, il se contenta de piocher des cassettes au hasard. Mais, en resurgissant, les bribes de son enfance convoquèrent des fantômes, si bien qu'Eddy écouta les enregistrements jusque tard dans la nuit. Il retrouva les moqueries des cours de récré, l'intendant à lunettes, la poitrine généreuse de sa prof de géo, la douceur de la remplaçante en anglais, les cheveux longs de Noémie, les poireaux de la mère Tinot, les étourneaux dans les marronniers en fleurs de la cité… et le cadavre d'un matin pluvieux de novembre.

Il revit le profil sordide, le regard vide, le bitume. Entendit les mots cinglants du flic résonner de nouveau. « Juste une clocharde. » Frissonna, à cause du froid et de l'humidité qui fusaient du fond de sa mémoire.

Pour se remettre d'aplomb, il se pencha sous le robinet et s'aspergea la figure. Puis il s'attarda à sa fenêtre où l'aube prenait ses quartiers. Depuis sa sortie de prison, Eddy s'efforçait de rester loin du monde. Pas de risques, pas d'emmerdes, il avait assez donné. Ce n'était pas pour rien qu'il avait choisi la solitude de sa cabine, à l'entrée de ce parking. D'ailleurs, n'y avait-il pas un lien, comme un pied de nez du destin, entre son boulot et la SDF morte ? Qui sait si, dans le fond, il ne cherchait pas à s'assurer qu'aucun paumé ne vienne crever devant le garage dont il avait la responsabilité ?

Il tira les rideaux. À la lumière crue du jour, il préférait l'obscurité. Assis sur son clic-clac qu'il ne repliait jamais, il avala une tasse de café en contemplant les fissures sur son mur. À présent que les formalités liées au décès de son père étaient accomplies et que la vie revenait à la vie, il était impatient de retourner travailler. Non qu'il l'aimât, ce boulot, mais, au moins, il était tranquille. Tranquille avec ses angoisses, sa télé et sa radio. Et la tranquillité, quoi qu'on en dise, c'est précieux.

Il s'allongea et, mains sous la nuque, s'enfonça dans une somnolence poisseuse. Dans les méandres de son demi-sommeil, il vit la SDF, son duvet trempé, des perles de pluie plein les cheveux. Ses yeux fous clignaient à toute vitesse, le traitant de sale voleur en morse.

Il se redressa en sueur, cherchant la présence de son père. Puis s'éveilla tout à fait, en se rappelant que l'existence l'avait amputé de cette partie de lui-même.

Les semaines passèrent, boulot, moto, corn-flakes à 7 h 30, et le printemps se réchauffait. Désormais, le matin, le soleil plantait ses aiguilles sur l'urne pleine de cendres dont Eddy ne s'était pas débarrassé.

Souvent, il rêvait de son père, des derniers jours, de la maladie. De la clocharde, aussi. Impossible de s'assoupir une heure sans qu'elle vienne l'engueuler. Qu'avait-il pu advenir de cette inconnue ? Et pourquoi s'en soucier ? N'empêche, ça le questionnait chaque jour davantage. Une manière peut-être de déporter son chagrin et sa culpabilité, une déviation sur la route de sa retape.

À force, il eut envie de savoir. Un seul moyen : remonter à ceux qui avaient pris le relais du corps, vingt et un ans plus tôt.

Une nuit, alors qu'il entamait sa vacation, une idée lui vint, un début de piste. L'activer lui coûtait un peu, mais il n'avait pas le choix. De l'index, il fit défiler la liste de ses contacts sur l'écran de son smartphone et s'arrêta sur le prénom de Noémie. Noémie, la voisine du dessus. Deux ans de plus que lui. Provocante, mystérieuse, différente.

Claudie, sa mère, l'avait souvent gardé, à l'époque où le père d'Eddy cumulait les petits boulots pour joindre les deux bouts. Des jobs d'invisible payés au lance-pierre qui le laissaient exsangue et lui faisaient rêver de la retraite pour jouir enfin du droit d'exister sans contraintes horaires. Ce n'était pas un homme compliqué, son père, il ne demandait pas grand-chose : un intérieur propret, le luxe d'un café en lisant *Le Parisien* au chant des oiseaux dans les marronniers de la cour, des chaussons confortables, un film le soir sur TF1, pas trop de publicité, un match de foot de temps à autre avec un plateau de charcuterie arrosé d'un verre de rouge. Sa retraite, il s'en était fait tout un programme. Et s'était vu diagnostiquer un cancer des intestins deux mois après avoir validé ses trimestres.

Noémie… Durant toute son enfance et une partie de son adolescence, Eddy avait été fou d'elle. À l'inverse, la jeune fille ne le trouvait digne d'aucun intérêt et, même, déplorait de devoir se fader le gamin plus souvent qu'à son tour, arguant que c'était du baby-sitting bénévole, de l'exploitation ni plus ni moins.

Mais elle lui en devait une, alors autant essayer.

Eddy avait quatorze ans. Il devait être un peu plus de minuit quand il avait entendu du bruit en bas de l'immeuble. Par la fenêtre, il l'avait discernée qui titubait sur le trottoir. Un scooter s'éloignait en pétaradant dans la lumière des réverbères. Au moment de s'engouffrer dans la résidence, Noémie avait levé la tête vers sa fenêtre et lui avait adressé un doigt d'honneur magistral. Pris au piège de son regard, l'adolescent était demeuré cloué au carreau.

Le cœur dans les chaussettes, il avait collé son œil au judas pour avoir la chance de l'apercevoir une demi-seconde. Son cœur était remonté à ses tempes quand il l'avait vue se poster sur son paillasson. Par l'œilleton, Eddy avait détaillé le body moulant, la minijupe, des talons.

De petites griffes de chat égaré avaient gratouillé la cloison.

— Eddy, c'est moi, avait miaulé Noémie. Vas-y, ouvre, s'te plaît.

Eddy avait fait coulisser la chaîne de sécurité.

— T'es tout seul ?

Il avait opiné, son père rentrerait au petit matin du supermarché de banlieue où il faisait l'inventaire. Noémie avait alors trottiné dans l'entrée, charriant dans son sillage une odeur d'alcool, de frites et de chanvre.

— J'ai trop super envie de faire pipi.

Elle s'était installée sur le trône sans fermer la porte. Elle avait ensuite remonté son collant filé en se dandinant et planté devant Eddy son maquillage en ruine. Des traînées noires barbouillaient ses yeux, son rouge à lèvres bavait, des marques brunes abîmaient son cou de lait. Elle était merveilleuse.

— Bah quoi ? T'as jamais vu un suçon ?

Il avait regardé le tapis, penaud. Elle s'était écroulée sur le canapé.

— Dis, t'as pas des pâtes par hasard ?! J'ai méga trop la dalle !

Il s'était exécuté sans chercher à comprendre, juste parce que c'était Noémie et qu'il n'en revenait pas de partager ce moment d'intimité avec elle. Il avait rempli une casserole d'eau, sorti des coquillettes du placard, du fromage râpé du réfrigérateur, égoutté avec soin, ajouté du beurre, déposé le tout sur un plateau, direction le salon et la jeune fille prodigieusement alanguie.

— J'ai fait le mur. Si ma mère me crame, je suis morte. T'as pas un dessert ?

Rebelote, il avait sondé le frigo, le congélateur, proposé un esquimau à la vanille, un liégeois au chocolat, des Pépito. Elle avait pris les trois et, la bouche pleine, avait suggéré de rester planquée chez lui. Inquiet que sa joie transparût sur sa figure, Eddy avait tenté d'emprunter un air d'indifférence qui, paradoxalement, transpirait l'émotion.

Après avoir enfilé un T-shirt et s'être frotté le visage, Noémie s'était glissée dans ses draps à l'effigie de Batman. Eddy dormirait par terre, sur les coussins du canapé rapportés du salon. Le temps de trouver le sommeil, Noémie lui avait convenablement fourragé le cœur.

— Avec mon copain, on a été au McDo et après on a couché ensemble. Ma mère veut pas que je le voie, elle croit que c'est un naze. Mais elle comprend rien, ma mère. Lui, il a des rêves, au moins. Un jour, on partira aux *States*, c'est prévu, il économise.

Naturellement, Eddy n'avait pas fermé l'œil.

Le lendemain matin, vers 6 heures, Claudie avait tambouriné à la porte, aux cent coups, le corps tendu d'angoisse. Noémie n'était pas dans sa chambre.

— Elle est là, avait chuchoté Eddy en se grattant la tête.

Claudie avait froncé les sourcils.

— Elle a passé la nuit chez toi ?

— Oui.

— *Toute* la nuit ?

Dans la tête d'Eddy, les arguments se contredisaient. Dire la vérité, afin que Claudie tape du poing sur la table et que, de fil en aiguille, Noémie ne côtoie plus ce type qui voulait l'emmener aux États-Unis ? Ou alors mentir, et, parce que ça semblait la rendre infiniment heureuse, laisser Noémie se pendre au cou de ce gars, au risque de la perdre pour de bon...

— Toute la nuit.

Le premier mensonge est le plus dur. Après, ça coule tout seul.

— Elle m'a aidé à réviser mon contrôle de maths. J'avais pas bien compris les équations. Ça va mieux maintenant.

Figure circonspecte de Claudie face au museau dérivant d'Eddy. Mais finalement, elle l'avait cru.

Sitôt la porte refermée, il avait aperçu Noémie, à demi dissimulée derrière le chambranle, pieds nus, les yeux cerclés de son mascara mal essuyé et les cheveux en bataille. Elle lui avait adressé un sourire désarmant pour lequel il aurait donné la lune, le soleil et toute la Voie lactée.

— Merci, t'es un vrai pote. Je te revaudrai ça un jour, promis.

Il avait fallu attendre presque deux décennies pour que l'occasion se présente. Entre-temps, ils avaient expérimenté une histoire d'à peine un mois : il voulait du sérieux, elle non. Surtout, elle préparait son concours d'entrée dans la police alors que, lui, il filait un mauvais coton. « Si tu te reprends pas, ça finira mal », avait-elle prédit en le quittant.

Elle avait eu le nez fin : il avait pris sept ans, dont deux avec sursis.

Eddy sélectionna son numéro, en espérant tout à la fois qu'il était toujours valable et qu'il ne l'était plus. À la première sonnerie, il pria pour tomber sur son répondeur. Elle décrocha.

— *Eddy, eh bah, si je m'attendais… J'ai appris pour ton père… Je suis désolée, la cérémonie tombait mal, un jour de garde. Ça va, toi ?*

Les formules de politesse, ce n'était pas son truc. La parlotte non plus. Il ne s'appesantit pas et lui demanda de but en blanc si elle était toujours affectée au commissariat du 13e arrondissement. Si la police tenait des registres et si elle accepterait de jeter un œil aux procès-verbaux du 14 novembre 2000.

— *T'es gonflé de m'appeler après tout ce temps pour me demander un service… Qu'est-ce que tu cherches au juste ?*

Deux phrases, pas une de plus. La première pour le cadavre. La deuxième pour les souvenirs sortis du magnétophone.

— *Et donc, tu comptes mener ta petite enquête ? T'as pas changé, toujours dans les bons coups…*

Elle le rappela néanmoins quelques heures plus tard, info à la clef. Le 14 novembre 2000, une femme était décédée sur la voie publique à l'adresse indiquée, sous le porche d'entrée d'un parking. La police était arrivée sur les lieux à 9 h 35, suite au signalement fourni par Eddy Alune, onze ans, né le 4 avril 1989 à Paris. Le corps avait été enlevé à 10 h 43 pour être emmené à l'Institut médico-légal dans le 12e arrondissement.

— *Désolée, j'ai rien d'autre…* conclut Noémie. *Il faut te blinder un peu, Eddy, et grandir aussi. On en ramasse tous les jours des comme elle, c'est dramatique, scandaleux, tout ce que tu veux, mais c'est comme ça, il vaut mieux l'accepter, on s'en sort pas, sinon. La mort de ton père t'a fichu un coup, c'est humain, mais tu devrais peut-être, je sais pas, sortir, voir du monde, penser à toi, à la vie, à la suite. Tu serais libre ce soir ? On pourrait boire un verre pour parler du bon vieux temps, voire plus si affinités…*

Elle gloussa, il refusa en trois syllabes, « non-mer-ci ». Elle l'avait déjà trop esquinté, il faut savoir arrêter les frais.

— *Comme tu veux*, répondit-elle sans animosité. *On se rappelle dans dix ans du coup, quand j'aurai du poil au menton et que t'auras à nouveau besoin de moi ? Qui sait, d'ici là, je serai peut-être ministre Place Beauvau et j'aurai le bras plus long qu'un Paris-Toulon. Ça peut servir.*

Il grimaça et raccrocha, vaguement déçu de constater que Noémie non plus n'avait pas changé : elle se foutait toujours de tout.

Il vérifia l'heure, éteignit la télévision, alluma la radio, s'enfonça dans son fauteuil, ferma les paupières. « La nuit de Luciole » était sur le point de commencer.

3

Printemps 2022, cette nuit
Maison de la Radio

Depuis dix ans, les oiseaux de nuit se succèdent dans son casque.

Les routiers, les agents de sécurité, les maîtres-chiens, les travailleurs de l'ombre. Les anonymes, les sans-vie, les sans-toit, les sans-dents, les terrorisés de l'avenir, les ressasseurs de passé, les rafistolés, les cabossés, les inadaptés, les poètes, les pochards, les camés, les paumés.

Il y a ceux qui appellent pour discuter, apaiser des angoisses, trouver de l'amitié, un échange, une bouée. Et ceux, plus nombreux, en embuscade, qui n'appellent pas, écoutent et se laissent bercer.

Luciole éprouve à l'égard de ce petit peuple une tendresse particulière. Elle aime ces invisibles qui se carapatent aux premières lueurs du jour. Leur donner de l'attention, les rattraper, les repêcher, les sauver. Comme elle, il y a longtemps.

Après avoir déposé l'enveloppe kraft, Théo, son assistant multi-casquettes, à la fois ingénieur du son et standardiste, est retourné dans son espace, derrière la cloison vitrée d'où il gère les appels, la musique, la logistique.

L'obscurité est si profonde que Luciole ne discerne que les vagues contours de sa silhouette. Elle sait qu'il veille avec douceur, filtrant les odieux, évinçant les obsédés, chassant les enquiquineurs. Au fil des années, une absolue confiance s'est instaurée entre eux, si bien que Luciole n'hésite jamais à diffuser l'appel qu'il a choisi de lui passer. S'engouffrer dans l'échange à l'aveugle présente l'avantage de la spontanéité. Elle y tient.

Luciole attend le signal lumineux – trois clignotements rouges –, que Théo lui lancera dès qu'un auditeur se présentera.

Elle redoute toujours que personne n'appelle. Peur sans fondement, il y a toujours du monde.

Trois flashes trouent l'obscurité du studio. Appel numéro un. Nous y sommes. Le doigt de Luciole presse le bouton alors que la musique s'achève.

Sa voix velours, professionnelle, quand elle approche ses lèvres du micro et articule, en faisant glisser loin d'elle, dans un geste machinal, l'étrange enveloppe kraft sur laquelle est inscrit « *Pour Luciole* » :

— Bonsoir, quel est ton prénom ?

Le tutoiement s'est imposé dès la première émission. Il est aujourd'hui devenu sa marque de fabrique. Il arrive que certains auditeurs aient le réflexe du « vous ». Ça ne dure pas, Luciole est une vieille amie pour nombre d'entre eux.

4

Printemps 2021

Dans son poste de surveillance, la voix de Luciole s'effaça au profit des informations. Eddy éteignit la radio. Fin de la parenthèse, reprise des hostilités.

— Salut la Lune, l'entreprit son chef en débarquant à 6 heures, son sempiternel parapheur à la main. Quel temps de chiotte, pas vrai ? Mais enfin, il paraît que ça va se lever…

Eddy opina en regardant le ciel par la lucarne et signa l'attestation pendant que l'équipe de jour prenait ses quartiers.

— Toujours pas de café ?

Eddy confirma. Jeff hésita une seconde avant de poser une main sur son épaule.

— J'ai pas de leçon à te donner. Mais ça fait quoi, deux mois que ton père est parti ?

Deux mois et neuf jours.

— Ouais…

— Je suis sûr qu'il aurait pas été contre que tu prennes un café avec les collègues… Un petit café, parfois, ça requinque.

— C'est sympa, mais non merci.

— Ouais… Allez, te bile pas, va. Te laisse pas glisser, mon pote, c'est tout ce que je dis, quitte à te faire aider. Y en a qui chutent lentement mais sûrement. J'en connais. On se fait une bouffe à midi au Père Fecto, c'est cassoulet aujourd'hui, si jamais tu dors pas et que t'as envie d'avoir un peu de compagnie…

La compagnie, très peu pour Eddy. Ni maintenant, ni jamais. Plus que d'habitude, il voulait être seul. Avec le fantôme de son père, les restes de son enfance, ses mauvais choix et la dépouille de la clocharde.

— Désolé, je vais pas pouvoir, j'ai rendez-vous.

— C'est bien, ça, tu vois du monde. Si tu changes d'avis pour le Père Fecto, t'as mon numéro. Il est top, leur cassoulet.

La brume s'était volatilisée. Les rayons du soleil peignaient en doré les vitres de l'Institut médico-légal, juste en face de la gare d'Austerlitz. D'un œil blasé, un chat perché sur une gouttière regardait les scooters sinuer entre les voitures, des automobilistes engueuler des jeunes à trottinette et des cyclistes engueuler des piétons.

Eddy resta planté plusieurs minutes devant la façade en briques rouges. L'immensité du bâtiment le déroutait, avec son fronton solennel posé sur deux grandes colonnes façon Empire, ses lettres gravées dans la pierre et son drapeau bleu-blanc-rouge. Surtout, il appréhendait l'accueil. Il n'était personne, pas crédible, pas légitime, il ne représentait rien pour cette morte. Être venu jusqu'ici était absurde, « on » ne manquerait pas de le renvoyer dans ses cordes.

Malgré son penchant pour la bagarre, Eddy avait toujours craint les gens, au fond. Exacerbée par un reste de petit gosse molesté, sa sensibilité le rendait plus ou moins inapte à l'existence. Évidemment, sa carrure lui avait donné les moyens de se défendre, mais le plus souvent à la façon d'un chien mordeur, qui fait face comme il peut à la peur. Résultat, à seize ans, large comme un bœuf et plus costaud que ses camarades, il s'était taillé une solide réputation de petit con. Puis, de méprise en quiproquo, s'était mué en graine de taulard.

Il prit une dernière inspiration et pénétra à l'intérieur de l'établissement.

Une petite femme à lunettes était postée derrière un comptoir. Il bredouilla un « Bonjour » d'une voix embarrassée. La femme leva son index, articula « Une seconde, je vous prie », décrocha un téléphone et grinça dans le combiné : « Institut médico-légal de Paris, bonjour » avant de souffler à Eddy, occupé à mordiller l'intérieur de ses joues :

— Tant pis, ça rappellera. Je peux vous aider ?

Il chercha ses mots.

— Je viens pour une femme décédée, une SDF… C'est moi qui l'ai… qui l'ai trouvée. Est-ce que… je voulais savoir… vous gardez des traces ?

— Oui… enfin, ça dépend.

— D'après le rapport de police, elle a été envoyée ici, insista Eddy tandis qu'une boule de flipper roulait entre les parois de son abdomen.

— Vous avez une date, quelque chose ?

— Le 14 novembre 2000. Le matin.

Un voile de méditation intérieure recouvrit le visage de l'employée.

— Nous disposons d'une salle de lecture pour les archives. Mais il faut réserver, je regrette…

Les points de suspension dégringolèrent sur le pauvre Eddy. Son dépit devait se voir comme le nez au milieu de la figure, puisque la femme embraya :

— Vous dites que vous l'avez trouvée en 2000… Pardon, mais quel âge aviez-vous ?

— Onze ans.

Elle remonta ses lunettes sur l'arête de son nez, s'adoucit.

— Installez-vous là-bas, le temps que je me renseigne.

Eddy s'exécuta. Assise à côté de lui, une femme rabougrie nouait et dénouait une dentelle de mouchoir en papier.

Les cuisses tressautant au rythme de son impatience, Eddy assista aux allées et venues des endeuillés venus identifier un proche. Là, un visiteur hagard tournait sur lui-même comme une soucoupe. Un peu plus loin, un groupe étouffait ses pleurs. Une femme s'écroula, façon cornet de glace fondue. N'atterrissaient ici que les morts inattendues, les accidentés, les victimes d'agression, les déglingués de la voie publique. Des cheveux sur la soupe, en somme. Les vivants y rentraient pétris de l'espoir d'une erreur, ils en sortaient estropiés. L'IML était l'antichambre de la catastrophe, le vestibule des espérances ravagées.

N'importe qui aurait tenté de se figurer la trajectoire de ces inconnus dont les douleurs se percutaient au même endroit, au même instant. Pas Eddy. Gêné d'assister à ce camaïeu de réactions, il s'absorbait dans les flocons de Kleenex qui tombaient des doigts de sa voisine et atterrissaient pile au milieu d'une dalle de carrelage.

Jusqu'à ce que la fausse neige s'éparpillât, poussée par les chaussures de l'hôtesse.

— Vous devriez jouer au Loto, annonça-t-elle dans un gentil sourire. On dirait bien que votre inconnue figure dans nos listings. Quelqu'un va venir vous parler.

Eddy remercia et retourna à son attente. Au bout d'un moment, un homme osseux se présenta, une chemise en carton jaune pâle à la main.

— Vous venez avec moi ?

Eddy suivit le directeur dans une pièce baignée de lumière. Sur le bureau trônaient un bonsaï chétif et la photo d'un petit garçon sage dans un cadre en pâte à sel. Un sofa dédié aux mauvaises nouvelles patientait contre le mur.

— Je vous préviens, ça peut heurter, annonça l'homme en invitant Eddy à s'asseoir.

Il avait rabattu une houppette de cheveux blancs sur son crâne dégarni. Assorti au parchemin de ses rides, son visage émacié dégageait un épuisement profond, contredit toutefois par la tendresse de son regard. Il tendit la chemise à Eddy. Sous une auréole brune – tache de café ou de sauce soja – se devinait le numéro 2000-11-14-F-12. Date, sexe féminin, douzième cadavre de la journée.

Eddy ouvrit le dossier sur une feuille et un Polaroid agrafés ensemble.

— Il s'agit de la femme que vous cherchez ?

Le choc de se retrouver face à elle, après tout ce temps. Les années n'avaient rien entamé : Eddy reconnaissait son visage, chaque mèche de ses cheveux.

D'un index incertain, il souleva la photo et parcourut l'unique page de compte rendu. Le médecin légiste de l'époque avait situé son âge entre cinquante-cinq et soixante-cinq ans. Il souffla :

— Jeune…

— Les SDF sont souvent plus jeunes qu'ils n'en ont l'air, confirma le directeur. On s'abîme plus vite dans la rue.

En l'absence de lésions traumatiques, à part la cicatrice ancienne d'une brûlure au poignet gauche mal soignée, le rapport concluait à une mort naturelle, probablement due à une défaillance cardiaque. À côté du nom était apposée la mention « non identifiée ».

— Pas de nom… soupira Eddy.

— J'espérais que vous seriez en mesure de nous le donner, confessa l'homme dans un croissant de sourire.

— Ça veut dire qu'on ne sait ni qui elle est, ni d'où elle vient…

L'homme haussa les épaules d'impuissance.

— Ça arrive… D'après l'inventaire, elle n'avait pas de pièce d'identité, aucun trait distinctif, pas de prothèse, pas de trace d'opération, rien qui aurait pu nous mettre sur la voie. Qui prévenir dans ce cas ?

Rien qui aurait pu nous mettre sur la voie, se répéta Eddy, soudain contrarié sans qu'il sache bien pourquoi. Surprenant son embarras, l'autre adopta un ton empreint de paternalisme :

— Certaines personnes disparaissent tout simplement de la circulation, vous savez. Elles descendent chercher un paquet de cigarettes et prennent la tangente, personne n'y peut rien. Des tas de gens passent leur vie à rechercher un disparu, à appeler hôpitaux, commissariats, associations, en vain. Ils ne sauront jamais si leur proche est mort ou vivant. Ils espèrent, c'est tout. Et puis, parfois, un miracle se produit. La personne revient. Ou alors la Providence s'en mêle et vous met sur une piste…

Son regard se brouilla. Était-il seulement compatissant ? ou bien expérimentait-il lui-même la tourmente d'une disparition non élucidée ? T'occupe, Eddy. Chacun sa vie.

— J'aurais aimé vous aider davantage, se reprit le directeur. Je ne dispose malheureusement d'aucun élément.

Le silence se propagea dans le bureau.

— Il est écrit là qu'elle était habillée d'une robe noire avec une ceinture blanche et qu'elle avait un sac, observa Eddy après quelques secondes de flottement. Où sont ses affaires ?

L'homme se leva en soupirant.

— Je présume qu'elle a été enterrée avec sa robe noire. Pour le reste… Je vais vous montrer quelque chose…

Sans un mot, ils quittèrent le bureau, descendirent des escaliers de service et débouchèrent sur un couloir de béton long comme une autoroute, troué de portes de part et d'autre. S'immobilisant devant l'une d'elles, le directeur fit passer par-dessus sa tête le cordon qu'il portait autour du cou, au bout duquel se trouvait une clef qu'il ficha dans la serrure. Au moment d'abaisser la poignée, il se tourna vers Eddy.

— Rien ne m'autorise à conserver leurs affaires. Si ça se savait, je risquerais le blâme, mon poste peut-être. Je peux compter sur votre discrétion ?

Eddy acquiesça. La porte s'ouvrit.

Une odeur aigre se répandit, des néons grésillèrent. Une lumière blafarde découvrit des étagères industrielles sur lesquelles s'avachissaient valises, vêtements, sacs de bowling, chariots à roulettes soigneusement étiquetés.

— Je stocke ici les effets personnels de ceux qui n'intéressent personne. Plus de trois mille anonymes.

— Trois mille ? s'écria Eddy en s'engageant dans le dédale de cette collection étrange. La salle n'est pas si grande pourtant.

Le directeur se retourna, un voile de révolte dans les yeux.

— Ces gens n'ont rien, monsieur. Vivants ou morts, ils ne prennent que la place qu'on leur octroie, c'est-à-dire résiduelle, pour ne pas dire aucune.

— Vous gardez tout chaque fois ?

L'homme répondit en progressant dans les allées, le regard focus sur les étiquettes :

— Quand mon assistant ou moi sommes sur place. Nous n'avons pas le droit de le faire, mais tout le monde s'en fiche. Il arrive parfois que des personnes comme vous se présentent. Ces affaires peuvent alors tout changer et ce qui semblait n'être qu'un simple prospectus revêt soudain l'importance d'un indice essentiel. Je suis entré à l'IML en 1989 en pensant réparer les morts. C'est faux. Ce sont les vivants qu'on rafistole ici. Ah, voilà ! s'exclama-t-il tout à coup. Numéro 2000-11-14-F-12…

Il déposa aux pieds d'Eddy le cabas dont l'humidité avait solidifié le plastique.

— Je vous en prie. Peut-être que quelque chose vous parlera, à vous…

La vue de son vieux manteau plongea Eddy dans une mélancolie diffuse. À l'intérieur de sa poche se trouvait encore la boule d'aluminium des BN que son père aimait préparer pour lui. Tout cela datait d'avant les mauvais choix.

Il retrouva aussi le sac de couchage taché, une robe crème qui avait dû être belle, un survêtement violet et, dans la poche de ce dernier, la clef d'un véhicule Renault au bout d'un anneau.

— Ça vous évoque quelque chose ?

Eddy secoua la tête. Les épaules de l'homme s'affaissèrent.

— Et après ? s'enquit Eddy pendant que l'homme repliait soigneusement la robe beige. Où on envoie ceux que personne ne réclame ?

— Nous les gardons quelques semaines, le temps d'obtenir un permis d'inhumer. Puis les services funéraires de la Ville se chargent de l'enterrement sous X, au cimetière parisien de Thiais, dans ce qu'on appelait autrefois le « carré des indigents ».

— Il n'existe plus ?

— Si, mais il a été rebaptisé en « jardin de la fraternité ». C'est moins… c'est plus… enfin, vous comprenez.

— Vous pensez que sa tombe est toujours là ?

L'homme enroula le sac de couchage miteux.

— N'y comptez pas. Les concessions sont allouées par la mairie pour cinq ans, le temps pour la famille éventuelle de prendre des dispositions. Dans le cas contraire, eh bien… il faut faire de la place.

Il remisa les affaires sur l'étagère.

Puis, refermant la porte de son étrange mausolée :

— Notre institution est une grande machine qui fonctionne de manière aveugle. Elle suit des procédures… Mais vous ? Vous n'avez rien remarqué, vous, quand vous avez trouvé cette femme ? Un objet près d'elle, passé inaperçu à l'époque mais qui serait resté gravé dans votre mémoire ? Vous étiez jeune, mais peut-être que… Il suffit parfois d'un rien pour donner un début de quelque chose…

Le trésor derrière la plinthe tamponna la mémoire d'Eddy. Il tenait enfin ce qui le tarabustait depuis le début de l'échange. Les Photomaton. Le porte-monnaie. Se pourrait-il que, par son geste inconsidéré, cette incompréhensible pulsion de pillage, il ait été responsable de l'absence d'identification de cette femme ?

La boule au fond de son estomac dansa la valse de la culpabilité.

— Réfléchissez… continua l'homme en posant une main sur l'avant-bras d'Eddy qui se liquéfiait de honte. J'ignore ce que cette personne remue en vous, on a tous des raisons d'avancer. Mais si votre cœur vous pousse à creuser, alors creusez. Peut-être que cette inconnue veut vous conduire quelque part. Qui sait ce que vous pourriez trouver ? Faites-vous confiance.

Le directeur le raccompagna sur le perron et lui souhaita bonne chance.

Dehors, les péniches glissaient sur la Seine.

Eddy avait envie de vomir.

Il devait réparer, rendre à cette femme son nom et sa vie, faire reculer le néant auquel son larcin l'avait condamnée. Pour retrouver le sommeil. Et pour qu'elle trouve le repos.

5

Printemps 2022, cette nuit
Maison de la Radio

— Bonsoir, quel est ton prénom ?

— *Je m'appelle Marc et j'appelle parce que…*

L'homme sanglote au bout de la ligne. Luciole ne l'interrompt pas, elle n'interrompt jamais, surtout les pleurs.

— *… parce que j'ai perdu mon boulot il y a deux mois et que je ne sais toujours pas comment l'annoncer à ma femme.*

— Que lui dis-tu depuis deux mois ?

— *Rien de spécial. Je me lève, je m'habille et je pars comme avant. Je rentre le soir, vers 19 heures.*

Elle porte une nouvelle cigarette à ses lèvres. Ne l'allume pas.

— Que fais-tu toute la journée ?

— *Oh, je traîne dans les magasins ou dans les cafés.*

Luciole s'imagine inspirer une bouffée de nicotine qu'elle recracherait aussitôt. Elle s'enfonce dans son siège qui grince, le cou en arrière, le regard tourné à l'intérieur d'elle-même. Ce qu'elle entend fait résonner un drôle d'écho.

— *Tu es là, Luciole ?* demande l'homme, subitement inquiet.

— Oui, je t'écoute… Pourquoi ne pas lui avoir dit tout de suite que tu étais au chômage ?

Derrière le vide perce la rumeur de la circulation. Un klaxon. L'homme appelle avec son portable. Il est dehors, dans la rue.

— *À cause de la honte, je suppose. Et de la peur qu'elle me vire.*

— Pourquoi te jetterait-elle dehors ?

— *Parce que j'ai fait une connerie et qu'on m'a licencié pour faute professionnelle. Je ne toucherai aucune indemnité.*

— Tu avais sans doute une bonne raison de faire ce que tu as fait.

— *Oui mais… C'est que… Nous avons un crédit. Nous allons perdre la maison.*

— Tu ne crois pas qu'elle pourrait comprendre et t'aider à trouver une solution ?

De l'autre côté de la ligne, un petit bruit d'expiration évoque un début de sourire.

— *Tu ne connais pas ma femme…*

— Eh bien, raconte-moi. Que je puisse la voir…

— *Elle est magnifique !* s'écrie l'homme brusquement, comme s'il n'avait attendu que cette autorisation. *Elle a des petites taches de rousseur qui ressortent quand elle bronze et des anglaises quand il pleut. C'est pour ça qu'elle déteste la pluie, enfin, elle ne la déteste pas vraiment, mais, tu vois, elle trouve que ça ne l'arrange pas. Je ne suis pas d'accord avec elle, moi j'adore quand ses cheveux ondulent. Le matin, elle enfile un peignoir japonais, elle boit du thé avec du miel, plus de miel que de thé, elle est plutôt sucré. Elle apprend à tricoter parce que c'est la mode sur Instagram. En ce moment, elle est sur une écharpe. Pour moi. Elle a fait des études, elle est instruite, elle m'apprend un tas de vocabulaire que j'essaie de replacer dans la journée. Elle aime la poésie, les lasagnes, les chats, marcher au bord de l'océan et le karaoké, surtout Gilbert Montagné.*

— Tu l'aimes ?

Il ne répond pas.

— Tu l'aimes, répète-t-elle, sans point d'interrogation. Dis-le-lui. Où es-tu ?

— *À Paris, dans le 13e. Devant la bibliothèque. Sur la passerelle.*

Luciole se crispe, elle connaît tant ces cheminements nocturnes, ces errances près des ponts et ces pulsions qui transforment les gens, cent mètres plus bas, en marmelade de sang ou en noyés boursouflés de gaz. Elle connaît ces situations qui semblent inextricables sur le coup.

Elle pose son index sur l'enveloppe kraft, l'attire doucement vers elle sans y prêter vraiment attention.

— *Tu es là ?* s'enquiert encore l'homme, angoissé par le silence.

— Je suis toujours là. Et ta femme, où se trouve-t-elle ? demande Luciole en repoussant le pli.

— *À la maison, chez nous.*

— Que fait-elle, à ton avis ?

— *Elle doit dormir.*

— Sans toi ?

Luciole décèle l'ébauche d'un autre sourire. Elle a tendu la main, l'autre est en train de la saisir. Elle est contente, faut voir comme elle aime les gens.

— *Non, bien sûr, elle doit s'inquiéter.*

— Rentre. Parle-lui comme tu m'as parlé. Tu verras, tout ira bien.

Elle dit ça avec conviction mais sans certitude. On ignore toujours comment les événements vont tourner. Et aussi, on n'est jamais à l'abri d'une impulsion.

Il y a : la musique qui se lance sitôt l'appel terminé.

Il y a : le silence, l'obscurité.

Il y a : le casque qu'elle ôte, la sueur subtile à la naissance de ses cheveux. Le mégot de l'unique cigarette qu'elle s'accorde chaque soir au fond du cendrier, l'odeur de tabac froid qui continue pourtant d'embaumer le cuir du fauteuil qui grince, le fœtus de huit mois tapi au fond de son ventre comme une mauvaise blague.

Il y a : le kraft épais qui résiste. Crrric, son ongle qui passe sous l'emballage et déchire sans le vouloir le message qu'il contient.

Il y a : la surprise de trois cassettes audio.

6

Printemps 2022, cette nuit
Tour Sapporo, quartier des Olympiades

Les ronflements légers rythment la nuit. Sous la couette d'où ne dépassent que la tête et le haut des épaules, le corps de son époux a la forme d'une colline rassurante.

Cécile se lève, enfonce ses pieds nus dans ses chaussons, enfile une veste de pyjama, sort de la pièce, glisse dans le couloir, entrebâille la porte de la chambre des enfants. Écoute la respiration profonde et régulière de l'aînée, les mots sans queue ni tête de la cadette qui monologue dans son rêve.

Referme la porte avec précaution.

Longe le long couloir, *pff pff,* marmonnent les chaussons sur le linoléum. Gagne la cuisine, appuie sur l'interrupteur de la bouilloire, prend un mug, un sachet de camomille. Fait chauffer l'eau plus que de coutume – elle aime boire tiède –, remplit la tasse à ras bord, y plonge un demi-sucre, une cuillère, touille, touille sans toucher les bords, se coule sur le balcon de son dixième-neuvième étage, s'assoit sur la chaise en métal, pose le mug sur la petite table ronde, observe, lasse, la vapeur filocher en direction des nuages.

Cécile a tout essayé ; manière douce : tisane, huiles essentielles, méditation, musique relaxante, lecture, reiki, homéopathie, luminothérapie ; manière forte : benzodiazépines, hypnotiques, mélatonine, alcool, drogue. Psy, ostéo, soins énergétiques, bols tibétains, marabout. Chou blanc, systématiquement.

À défaut de pouvoir éradiquer l'insomnie, elle s'en accommode. Si on accepte de voir le verre à moitié plein, être insomniaque n'est pas sans avantage. Ne pas dormir, c'est disposer de plus d'un quart de vie supplémentaire, expérimenter la dissolution du temps, une mise à distance du présent, une parenthèse longue où elle s'appartient totalement, sans chronomètre, sans métro, sans enfants ni repas à prévoir, sans chef sur le dos, sans réunions de travail, sans comptes à rendre, à personne.

Tiens, la lune est pleine, ce soir.

Cécile arrime sa lassitude aux immeubles d'en face. À cette heure dont on ignore si elle est tardive ou précoce, peu de fenêtres sont éclairées.

Elle aime regarder les couleurs des intérieurs de ceux qui veillent. Le jaune pâle d'une cuisine, les soubresauts d'un téléviseur l'émeuvent. À force, elle connaît les habitudes de ses voisins, l'heure à laquelle ils éteignent, celle à laquelle ils rallument, quand ils rentrent, se retrouvent et repartent. Elle connaît les silhouettes des squatteurs qui tiennent les murs, le type endormi sur le banc sous une bâche, les couples qui s'affrontent à tue-tête, ceux dont les étreintes sont réglées au millimètre. Elle a l'impression d'être partie prenante d'un mystère, affiliée à un club secret dont les membres s'éparpillent dans la foule le jour et se rassemblent la nuit.

Elle se demande souvent comment s'occupent les insomniaques à la campagne. Elle ne pourrait faire sans le spectacle de la vie des autres, elle tomberait en dépression, c'est sûr.

En attendant que la camomille refroidisse un peu, elle prend sa tablette et clique sur l'application de radio en streaming. La voix rituelle et bienveillante de l'animatrice de « La nuit de Luciole » emplit aussitôt son ciel et lui tient compagnie.

« *Bonsoir, quel est ton prénom ?*

— *Je m'appelle Marc et j'appelle parce que... parce que j'ai perdu mon boulot il y a deux mois et que je ne sais toujours pas comment l'annoncer à ma femme.* »

Cécile compatit et avale une gorgée de tisane, les paumes serrées autour du mug, les coudes sur la table, un genou remonté sous le menton.

Chaque nuit, elle essaie de passer à l'antenne. Si elle a la chance d'être sélectionnée, elle décrira l'empilement des êtres humains dans les immeubles d'en face, les solitudes, la valise qui vient de s'écraser au rez-de-chaussée sous des flots d'insultes, ses problèmes de boulot, l'ambulance du SAMU stationnée sur le trottoir, le gyrophare et ses éclairs bleutés. Elle racontera son mariage qui fout le camp sans que ce soit la faute de personne, ses enfants qu'elle élève comme elle peut mais pas assez, la dispute avec sa collègue, le poison de ses acouphènes, sa vie tartinée d'impératifs chronométrés et son impression de perdre pied.

Oui, si elle a la chance d'être sélectionnée.

La nuit est belle, et longue, et belle.

7

Printemps 2021

« Peut-être que cette inconnue veut vous conduire quelque part. Qui sait ce que vous pourriez trouver ? Faites-vous confiance. »

Dans son poste de surveillance, Eddy ruminait les paroles du directeur de l'Institut médico-légal. D'ordinaire, l'émission de Luciole lui permettait de s'échapper. Mais, cette nuit, tout le ramenait à sa morte. Dans la masse des inconnus appelant au secours, combien de clochardes ressemblaient à la sienne ? Combien de détresses similaires ? Les tragédies des autres amplifiaient son malaise.

Au petit jour, son désarroi n'avait pas dégonflé, si bien qu'au lieu de rentrer chez lui il vira soudain à droite sur le périphérique.

Il gara sa moto à proximité du cimetière et s'avança vers l'entrée, où trois gardiens discutaient. Comme la veille, il se sentait embarrassé. Sa présence était injustifiée, sa recherche absurde, cette femme, une parfaite inconnue. En plus, si elle avait un jour été enterrée dans le coin, sa sépulture avait depuis longtemps disparu. Bref, aucun intérêt. Oui, mais il était venu, alors tant qu'à être là…

Un plan, à l'entrée, l'aida à se retrouver dans le dédale des divisions. Sept parcelles étaient dévolues aux indigents. Ça en faisait, du monde.

C'était un joli cimetière. Des arbres ombrageaient les allées, des tourterelles roucoulaient dans les feuillages, des corneilles sautillaient entre les herbes folles. Un mulot détala sous le vol enjoué d'un papillon blanc. La direction avait adopté une politique de non-désherbage, sorte de laisser-faire naturel qui laissait la part belle à la vie sauvage. Eddy en fut agréablement surpris.

La réalité du lieu le rattrapa lorsqu'il parvint à proximité du jardin de la fraternité, ex-carré des indigents, donc. De parc, ici, il n'y avait plus. Seulement du ciment, à perte de vue. Les caveaux y étaient modestes, tous identiques et surmontés de plaques dorées estampillées « Service funéraire de la Ville de Paris ». Une énorme machine à roulement noire enserrait une dalle. On allait bientôt ouvrir la tombe.

Les mains au fond des poches, Eddy parcourut au hasard les noms sur les pierres tombales. Des vieux, des jeunes, des mioches.

Il s'arrêta devant une dalle garnie d'une bouteille de tequila, d'un verre, d'une salière pleine, d'un briquet et d'un foulard.

Jules Mahérault
29/07/1977 – 09/12/2020
« Pour Julot, nous ne t'oublierons pas. »

Effets personnels ou vestiges d'une nuit de beuverie, Eddy n'en avait pas la moindre idée. Il se détourna et continua sa visite. Parfois, sous le patronyme, figurait la date du décès. Parfois juste l'année. D'autres n'avaient pas de nom. La plaque portait la mention « X féminin », « X masculin », voire « X » tout court. Comme sa morte.

Ses pensées s'arrêtèrent sur deux fossoyeurs immobiles, les mains croisées devant eux, à côté de quatre trous expurgés de leurs anciens occupants. Un fourgon funéraire gris foncé écrasa les graviers.

Deux personnes âgées, un homme et une femme, descendirent du corbillard en tenant chacun une feuille et deux petits pots de cyclamens roses et blancs. Quatre cercueils glissèrent à leur suite.

La femme s'avança en premier pour lire son texte tandis que les cordages coulaient le premier cercueil dans le caveau.

— Cher Ali, vous êtes né en Algérie en 1958. Nous ne savons pas les chemins qui vous ont conduit ici. Vous que l'existence n'a pas épargné et que la solitude a accompagné souvent, vous ne partez pas seul. Nous ne nous connaissions pas mais nous vous assurons que vous avez compté. Partez en paix.

Son hommage achevé, elle déposa les cyclamens près de la sépulture et recula de trois pas tandis que s'amorçait l'inhumation du deuxième cercueil. À son tour, le vieillard voûté s'avança et déplia sa feuille de papier.

— Madame, entama-t-il d'une voix profonde. De vous, nous ne connaissons que le lieu qui vous a vue partir. Vous avez choisi un joli coin, face à la Seine, sous le pont Mirabeau. Vous vous y étiez installée, avec une chaise pliante et vos aiguilles à tricoter. « Sous le pont Mirabeau coule la Seine, écrivait Guillaume Apollinaire. Et nos amours. Faut-il qu'il m'en souvienne. La joie venait toujours après la peine. » Nous prions pour que vous trouviez cette joie au cours de cet autre voyage dans lequel vous nous précédez mais que, comme vous, nous arpenterons tôt ou tard.

Imitant sa compagne, l'homme déposa son pot de fleurs près du caveau. Puis, il extirpa de sa veste de longues aiguilles qu'il planta dans la terre des cyclamens.

S'ensuivit l'hommage, du même acabit, aux deux autres défunts. L'une se prénommait Gilberte, morte chez elle. L'autre, Achille. Évidemment, on le surnommait « Talon ». Après enquête auprès de ceux qui l'avaient côtoyé, on avait appris qu'il aimait Elvis Presley et portait un tatouage « Route 66 » sur le bras gauche.

Eddy avait assisté à la cérémonie, dissimulé derrière le tronc d'un arbre épais. Perplexe, il avisa une employée, assise sur une tombe un peu plus loin et occupée à manger un pain au chocolat.

Lui demander. Ou non.

Mais : « Peut-être que cette inconnue veut vous conduire quelque part. Qui sait ce que vous pourriez trouver ? Faites-vous confiance », c'est ce qu'avait dit le directeur de l'Institut médico-légal.

— Excusez-moi…

La petite femme souleva sa frange brune en direction du grand gars qui lui faisait de l'ombre.

— Mmh ? fit-elle, méfiante et la bouche pleine.

— Vous êtes en pause…

Elle opina, mastiquant tout à coup avec moins d'empressement. Les dragueurs, merci bien…

— Je peux vous déranger une seconde ?

Elle plissa les yeux à cause du soleil qui, à présent qu'Eddy s'était légèrement décalé, lui était revenu en pleine face. Elle l'encouragea d'un signe de tête, sans toutefois se départir de son air revêche. Comme il ne parlait pas, elle jeta :

— Oui, bah, allez-y.

— Les gens dans le fourgon de la Ville de Paris, c'est qui ?

Les épaules de la jeune femme se relâchèrent. Elle abaissa l'emballage de sa viennoiserie et en croqua un autre morceau.

— Ah, eux… Des bénévoles, postillonna-t-elle. Ils viennent une fois par mois environ. Ils accompagnent ceux qui sont isolés, en leur lisant un petit texte et en leur achetant des fleurs chez le fleuriste à l'entrée du cimetière. En général, ils regroupent les gens, quatre au maximum, pour éviter trop de déplacements.

L'image de la cérémonie de son père perfora le cœur d'Eddy.

— Ils n'ont pas de famille ?

— Ça… Chacun ses histoires…

Pas plus avancé, il rebroussa chemin, gagna le grand portail et considéra le magasin de fleurs à la sortie. La boutique partageait l'enseigne d'une marbrerie. Les fleurs, ici, n'étaient destinées qu'aux défunts.

Un homme arrangeait des roses coupées dans un seau.

— Je peux vous renseigner ? demanda le commerçant en apercevant ce client à l'allure de braqueur.

— Merci, je regarde, louvoya Eddy, en attendant de trouver un alibi.

— On regarde avec les yeux, pas avec les mains, hein.

Eddy n'en prit pas ombrage, il était habitué à susciter la méfiance.

Son regard tomba sur les petits pots de cyclamens en promotion, alignés au cordeau sur une étagère. Il tenait son prétexte, de quoi rester quelques secondes supplémentaires, le temps de chercher quoi chercher.

— J'en voudrais un.

— Je vous en prie, choisissez.

Eddy était indécis. L'avait toujours été.

— Tenez, les violets, là, ils sont pas mal, non ? intervint le vendeur qui n'avait pas que ça à faire.

— Oui, parfait, les violets.

L'homme embarqua au pas de course le pot de fleurs à l'intérieur, l'entoura rapidement d'un papier cristal et noua en deux temps, trois mouvements un ruban de bolduc assorti aux pétales.

— L'idéal, ce serait de les rempoter dans une jardinière. C'est l'avantage avec les cyclamens, ça refleurit d'une année sur l'autre… Autre chose ?

Eddy secoua la tête.

— Douze euros, s'il vous plaît.

Le fleuriste entrouvrit son tiroir-caisse en apposant ses mains par-dessus comme pour empêcher Eddy de sonder l'intérieur.

— Deux personnes sont venues vous acheter la même chose tout à l'heure, osa Eddy au prix d'un gros effort. Deux personnes âgées, un homme et une femme… quatre pots.

L'homme fronça les sourcils.

— Vous êtes de la police ?

Eddy s'empressa de réfuter, la police, non, juste… non, rien.

— Ce sont des membres du collectif des Morts de la Rue, répondit l'homme en rendant la monnaie. Ils ont un compte ici. Ils viennent environ une fois par mois pour les enterrements des pauvres gens. Ils changent, c'est pas toujours les mêmes. Si ça vous intéresse, ils ont un site Internet.

Il referma son tiroir-caisse d'un geste vif.

— N'oubliez pas, il faut rempoter le cyclamen si vous voulez qu'il tienne. C'est pas une fleur fragile mais faut en prendre soin quand même. Un peu comme les gens, quoi.

8

Printemps 2022, cette nuit
Maison de la Radio

Luciole connaît bien le collectif des Morts de la Rue qu'Eddy a découvert voilà plusieurs mois. Elle en a passé, du temps, sur leur site Internet, à compulser les tableaux Excel où figurent des listes de noms parfois assortis d'une date ou d'un lieu. En réalité, elle a surtout passé du temps à ne rien trouver. Depuis, nuit après nuit, son émission est une bouteille qu'elle lance à la mer. Elle n'y pense pas tous les soirs, elle n'y pense presque plus, d'ailleurs.

Luciole écarte l'enveloppe kraft où gisent les morceaux du message que ses doigts aveugles ont détruit. Intriguée, elle éclaire au moyen de sa tablette les trois cassettes qu'elle contenait. Chacune porte un numéro sur la tranche. Un, deux, trois.

Revenant au message, elle en discerne des bribes, toujours à la lueur de l'écran. Un mot court, déchiré. Elle plisse les yeux pour améliorer sa focale.

Il s'agit d'un prénom : Eddy.

Connais pas.

Un admirateur secret, sans doute. Combien de fois lui a-t-on fait parvenir à l'accueil un bouquet, une boîte de chocolats, une petite culotte, même ? Elle ne donne jamais suite. Elle préfère les bras anonymes, pseudo d'Internet, bonheur Tinder, tendresse fugace le temps d'une étreinte. Pas de promesse, pas de mensonge, aucune prise au désenchantement. Ça fait des lustres que Luciole n'a plus besoin de personne.

Il y a : un riff de guitare dans le casque qu'elle a baissé sur son cou, les diodes lumineuses dont le reflet danse sur son verre d'eau. L'envoi signé d'un type auquel elle ne répondra pas. La cigarette qu'elle crève d'envie de fumer. L'encombrement de son ventre arrondi.

Il y a : ce choc, survenu trois mois plus tôt.

Le cabinet est spacieux. Murs blancs, grandes fenêtres. Un large bureau noir surmonté d'une toile contemporaine, virgule bleue et orange sur un aggloméral de kaki et de bleu pétrole.

— Martin-pêcheur sur fond de pollution.

Luciole pose un regard interdit sur le gynécologue.

— Je vous demande pardon ?

Le médecin précise :

— C'est le titre du tableau. *Martin-pêcheur sur fond de pollution.*

Là-dessus, il pivote sur son fauteuil à roulettes, chausse ses lunettes et ajoute dans un sourire :

— J'admets qu'il faut un peu d'imagination. Vous aimez la peinture ?

— Oui…

Oui. Il y a longtemps, dans une autre vie.

— Dites-moi ce qui vous amène.

Luciole explique la fatigue lancinante, la prise de poids, la sensation d'inconfort permanent. Subodorant un problème hormonal, son médecin traitant lui a conseillé de consulter un gynécologue.

— Je vais vous examiner. Je vous laisse vous déshabiller entièrement et vous installer dans la pièce d'à côté.

Elle passe dans le recoin sombre, se coule derrière le paravent, en ressort nue – en chaussettes, plus exactement, par excès de pudeur –, et s'allonge sur la table où le médecin a déroulé un drap d'examen blanc.

Palpations. Le docteur parle de la pluie, des vacances, de la jeune fille au pair qu'ils accueilleront à la rentrée, je vais faire une échographie pour être sûr que tout est en ordre, nous avons encore des problèmes avec le système informatique. Blablabla.

Échographie endo-vaginale. Sourcils froncés derrière les grosses montures carrées.

— À quand remontent vos dernières règles, déjà ?

— Je ne sais pas trop, ça a toujours été irrégulier chez moi. J'ai eu des saignements il y a peut-être une quinzaine de jours…

Changement de technique.

— Ça risque d'être un peu froid, prévient le gynécologue.

Une coulée de gel sur le ventre. Balade de la sonde sur l'épiderme.

Le regard expert sur l'écran tandis qu'il effectue des va-et-vient réguliers. Des pauses de temps en temps.

Luciole ne distingue que des nuances de gris, des bulles, des formes informes.

Le gynécologue monte le son.

— Mon cœur bat vite, dit Luciole pour détendre l'atmosphère.

Le médecin souffle par le nez. Un long et profond soupir qui cherche à prendre de l'élan. Il remonte ses lunettes sur son crâne et plante ses yeux dans ceux de sa patiente.

— Ce n'est pas votre cœur. C'est celui de votre bébé. Un petit garçon qui se porte à merveille.

— …

— Vous avez entendu ?

— C'est impossible… C'est…

— Vous devez être entre la vingt et unième et la vingt-troisième semaine.

— Non… mais…

Cinq mois et elle ne s'en serait pas rendu compte ? Ce n'est pas sérieux. Le médecin se trompe, c'est évident.

— Avez-vous déjà entendu parler du déni de grossesse ?

Oui, non, peut-être.

— Nous allons en discuter à mon bureau, nous serons plus à l'aise.

Elle n'a gardé aucun souvenir de s'être rhabillée, d'avoir donné sa carte vitale, payé la consultation. Aucun souvenir non plus du grand type qu'elle a heurté d'un coup d'épaule en sortant. Aucun souvenir du voyage en taxi qui l'a ramenée chez elle.

Elle n'a conservé que cette information, tombée comme un couperet : le délai d'avortement légal était dépassé.

Que faire de ce gosse qui nichait illicitement au fond de ses entrailles ?

Dans les heures qui ont suivi, elle s'est accoudée au rebord de sa terrasse et, un cendrier à la main, a enchaîné les cigarettes jusqu'à la nausée. Elle n'est pas faite pour être mère, c'est une certitude. Dans la barre de recherche Google elle a inscrit : « Avortement

Suisse », puis « Avortement Belgique ». Et, enfin, en désespoir de cause : « Abandon sous X ».

Admettons qu'elle accepte de faire office de refuge temporaire. Elle ne s'embarquera pas plus loin. Être mère, on l'a ou on ne l'a pas. Et, s'il y a bien un truc que Luciole n'a pas, c'est celui-là.

Ce soir-là, elle s'est servi un verre de rhum agrémenté d'une flopée de glaçons. Elle a fait tourner la glace, la tête ailleurs. Avalé la moitié du contenu. Vidé le reste dans l'évier.

Comme tout le monde, Luciole a ses raisons.

De nouveau, trois petits éclairs déchirent la nuit du studio. Un appel se profile.

Luciole enfile son casque et approche ses lèvres du micro tandis qu'elle ôte ses talons du bout des orteils et croise ses jambes que la rétention d'eau gonfle un peu :

— Bonsoir, quel est ton prénom ?

Son ventre l'encombre comme pas permis. Vivement que ça se termine.

9

Printemps 2021

Les pétales du cyclamen se ratatinaient contre le papier cristal comme la langue d'un mioche effronté sur une vitre. Le quartier de son enfance n'existait plus. L'échoppe de l'épicier avait été murée, une agence immobilière se dressait à la place de la librairie. La balançoire où il s'envolait jadis avait été remplacée par un *skate park*. La mère Tinot mangeait ses poireaux par la racine depuis des années, Michel le facteur avait pris sa retraite et pouvait s'engueuler avec sa femme à toute heure du jour ou de la nuit.

Bien sûr, les changements avaient été progressifs. Mais il avait fallu que son père décède pour qu'Eddy en prenne la mesure. Désormais couvert de graffitis, l'endroit où il avait trouvé la SDF avait été équipé de piquets censés prévenir les installations intempestives. Eddy resserra son étreinte autour du pot de fleurs dont l'emballage crépitait d'indignation et pressa le pas.

À présent, il se tenait devant son ancien bâtiment, à l'endroit même où Noémie l'avait gratifié d'un majestueux doigt d'honneur. À la fenêtre de son ancienne chambre pendaient des voilages inconnus. Le logement avait déjà été reloué.

Il pressa l'interphone. Claudie décrocha aussitôt.

— *Oh, c'est toi, mon grand ? Je t'ouvre tout de suite !*

Il grimpa les étages en montant les marches deux par deux. Une odeur de graillon flottait dans l'escalier. Il était bientôt midi.

— Quelle belle surprise ! s'exclama Claudie sur le pas de sa porte. Dommage que tu ne m'aies pas prévenue, j'aurais préparé quelque chose pour le déjeuner. Comment tu vas, mon grand ?

Puis, apercevant les fleurs à l'emballage tordu :

— Oh, tu n'aurais pas dû, c'est adorable, merci beaucoup !

— Il faut les rempoter, bredouilla Eddy en songeant que ces fleurs tombaient bien, en fin de compte. Pour qu'elles refleurissent l'année prochaine.

Claudie sourit d'un air attendri.

— Rentre, ne reste pas là.

Contrairement à la rue, l'appartement de Claudie s'était figé, comme un Néandertal dans les glaces sibériennes. Une nappe en toile cirée sur la table du salon, une bibliothèque de romans à l'eau de rose, la télévision allumée sur un jeu. La même horloge arrêtée, les mêmes cadres photos suspendus aux murs dans lesquels Noémie n'en finissait pas de grandir.

— Tu veux boire quelque chose ? Un Orangina, comme quand tu étais petit ?

— Oui, merci.

Eddy n'avait jamais aimé l'Orangina. Mais il était poli.

— Installe-toi, dit-elle en disparaissant dans sa cuisine.

D'où elle ressortit une minute plus tard, les bras chargés d'un plateau.

— Comment se fait-il que tu reviennes ici ?

— J'ai oublié quelque chose chez papa. Je crois qu'il y a du monde dans l'appartement…

— Ah oui, tu as vu… Moi aussi ça m'a fait drôle au début. On a passé tellement de bons moments avec ton père. Tu te souviens quand on jouait au 4-21 ? Ce qu'il pouvait être mauvais joueur !

Les yeux de l'éternelle voisine s'embuèrent.

— Enfin, que veux-tu, c'est comme ça… soupira-t-elle. Ce sont des gens charmants, une famille avec deux petits, la dame garde des enfants en plus, c'est parfois bruyant.

Comme en écho à ses paroles résonna soudain, du dessous, le cri d'un bambin.

— Quand on parle du loup… s'amusa Claudie. Ils ont emménagé, ça fait quoi, un mois à peu près. Ils ont bien arrangé leur intérieur, ils ont tout refait…

— Tu crois qu'ils accepteraient que je regarde quand même ?

Claudie était déjà debout, le pouce sur le bouton off de la télécommande.

— Il suffit de le leur demander. Je vais descendre avec toi. J'ai peur que la dame n'ouvre pas sinon. Attends…

Elle s'empara du pot de fleurs et entreprit de retendre le papier et d'arranger le bolduc.

— Ça pourrait aider à la dérider.

Une minute plus tard, Claudie pressait le bouton de la sonnette. Des hurlements excités retentirent aussitôt.

— Il en faut, de la patience, pour s'occuper de tous ces moutards, observa Claudie.

La porte s'entrebâilla sur une femme voilée. Elle portait un bébé sur les hanches pendant qu'un bambin d'environ deux ans s'accrochait à ses jupons. Se posant d'abord sur Eddy, son regard se para d'un vague soupçon. Avant de se détendre quand il dériva sur Claudie, qui s'empressa de faire les présentations et d'expliquer les raisons de leur visite par-dessus la chaîne de sécurité.

La femme consentit à ouvrir sa porte. Une odeur d'épices, de plat mijoté et de peinture flottait au-dessus des tapis aux couleurs orientales. Des jouets et des livres d'enfants jonchaient le sol. Un troisième gamin suçait son pouce dans l'angle d'un grand canapé.

Claudie caressa le dos d'Eddy.

— C'est étrange, hein, mon grand ? J'ai l'impression que ton père va surgir dans la pièce d'un moment à l'autre.

Eddy, dont le manque atteignait des profondeurs abyssales, ne répondit rien. Il y avait une incongruité à être dans la maison d'inconnus qui était la sienne auparavant.

Pour couper court à la nostalgie, il désigna le couloir en s'adressant à la locataire :

— Je peux… ?

Elle accepta d'un sourire.

Eddy se dirigea vers son ancienne chambre dont les murs avaient été repeints. Il se baissa près d'une table à langer, à l'endroit exact qu'avait occupé son armoire. Il sonda la plinthe à la recherche de l'ouverture, inquiet à l'idée qu'elle puisse avoir été condamnée lors des travaux. Mais les traces étaient là, visibles, quoique légèrement atténuées par la réfection récente.

Pour la seconde fois, il demanda : « Je peux ? »

La femme hocha la tête, déroutée de voir ce grand type à quatre pattes dans la chambre de son fils.

D'un geste qui lui revint comme s'il l'avait effectué la veille, Eddy appuya sur un coin du bois en soulevant son opposé. Le morceau céda, la cachette apparut.

— Je réparerai ça, promit-il à la femme qui roulait à présent des yeux courroucés du côté de Claudie.

Eddy enfonça ses doigts dans l'ouverture, tâtonnant à l'aveugle, gratouillant la poussière, retrouvant des objets qui, tous, témoignaient d'un moment charnière de son enfance. Un emballage de graines Pipasol partagées avec Noémie. Une carte de Mille Bornes, unique rescapée du jeu après que trois camarades de CM2 eurent déchiré le reste. Le morceau du T-shirt d'un sale gosse à qui il avait flanqué une rouste, la première. Et, enfin, le porte-monnaie qu'il s'empressa d'ouvrir.

Il ne contenait pas grand-chose : quelques pièces, la moitié d'une carte à jouer, une lettre pliée depuis si longtemps que le papier s'était cimenté, un morceau de feutrine, un étui d'allumettes à moitié vide à l'effigie d'un hôtel situé dans le 14e arrondissement et, collées au cuir du porte-monnaie, les deux Photomaton où l'inconnue apparaissait, souriante, près d'un adolescent grimaçant. Son fils ?

Il reboucha le trou comme il put, se déplia, remercia, s'excusa pour le désagrément, déposa une bise sur les joues de Claudie et dévala les escaliers.

10

Été 2021

« En attendant le marchand de sable, compte les moutons », conseillait son père à Eddy comme la plupart des pères. Parfois, il comptait avec lui. Et Eddy s'engouffrait dans l'odeur rassurante de son paternel.

Ensuite, il y avait eu la prison. Dès le premier jour de son incarcération, les moutons avaient viré méchoui. Le seul décompte possible avait alors été celui des ronflements irréguliers de son codétenu, en proie à une pénible apnée du sommeil. Le cercle vicieux s'était installé. L'insomnie avait donné des angoisses à Eddy, dont les angoisses avaient entretenu l'insomnie. Torturé par les remords et le manque de sommeil, Eddy s'était brisé peu à peu. Jusqu'à ce qu'un prisonnier en partance lui léguât un trésor à piles. « Tiens, cadeau, tu penseras à moi », avait jeté le type dont le dos était orné du portrait de sa mère.

Durant des semaines, Eddy avait écouté la radio en sourdine, à moitié camouflée sous son oreiller, en tripotant frénétiquement la molette de changement de station. Une nuit, recroquevillé sur sa paillasse grouillante de cafards, terrassé par des idées noires et l'envie d'en finir, il était tombé sur Luciole. Un petit miracle à la voix de velours qui avait rallumé sa vie.

Depuis, elle était le port auquel il s'arrimait chaque nuit, son rendez-vous. Il l'attendait, suspendu à ses mots. Quand elle ne murmurait pas à son oreille, qu'elle se taisait pour laisser place à la musique ou se dérobait aux prémices du jour, elle lui manquait infiniment.

Le samedi, le dimanche, elle lui manquait, aussi.

Justement, c'était samedi. D'ici le lundi suivant, Eddy serait cet amant piégé, écartelé entre la nostalgie de la rencontre précédente et l'excitation de la suivante. Toutefois, pas de méprise sur ses sentiments : Luciole lui suffisait telle qu'elle était, une fée désincarnée, évanescente, un être d'ailleurs.

Le souvenir de la voix se dissipa à mesure qu'il cheminait vers un lieu que sa clocharde avait peut-être fréquenté. Dans ses mains, l'étui d'allumettes défraîchi, sur lequel on pouvait lire en lettres d'or :

Hôtel du Lion⋆
10 rue Poinsot
75014 Paris

Il n'y avait plus d'hôtel au 10, rue Poinsot.

Eddy observa des clients sortir en riant d'un kebab, une barquette jaune à la main. À l'intérieur, des employés s'affairaient, salade tomate oignons, frites complet, sauce blanche, harissa, mayo ketchup s'il vous plaît. Des tables en plastique, des chaises blanches et rouges, un frigo à canettes, un carrelage gris clair, pratique à nettoyer, complétaient le décor.

À quoi t'attendais-tu, au juste ? se rabroua Eddy, pris au dépourvu.

Deux décennies le séparaient de sa morte, le temps emportait tout. En plus, cette adresse était peut-être un faux indice, la SDF avait pu récupérer ces allumettes n'importe où, dans une poubelle, dans le métro, comment savoir.

Alors que l'envie de tout laisser choir le titillait, Eddy entendit la voix de son père : « Dis donc, Eddy Alune, c'est tout ce que t'as dans le ventre ? Tu comptes passer ta vie à décevoir tout le monde ? »

Bon.

Eddy souleva le rabat de l'étui, détacha une des trois allumettes restantes et remit son sort à l'univers. Si l'allumette craquait, il continuerait. Si elle ne s'allumait pas, il laisserait tomber, parce que, merde, il n'était obligé à rien du tout.

Il brandit la tige et balaya les alentours du regard. Rasséréné par l'indifférence des passants, il approcha la tête rouille du grattoir, inspira, grinça entre les dents un « Allez », frotta, frotta. En vain : le phosphore était inopérant, la poudre de verre saturée d'humidité, l'allumette se brisa entre ses paluches de rhinocéros.

Tant pis, le sort en était jeté, la vie avait décidé pour lui, bye-bye cette enquête débile aux allures de cul-de-sac.

Une dernière fois, il s'attarda sur les façades que la femme avait peut-être vues, la rue qu'elle avait peut-être arpentée. Il traversa le carrefour qu'elle avait peut-être traversé et éloigna d'un pas lourd sa grande carcasse de déception ambulante. Il n'était pas content de lui, mais enfin, ça passerait.

Il croisa en route une drôle de girouette : un type approchait un briquet vers une cigarette pincée entre ses lèvres, une main en cône pour contrer le vent, virant à la recherche de l'angle adéquat. Surpris par le regard fixe d'Eddy sur son mégot et sa danse de derviche tourneur, l'homme finit par l'aborder :

— C'est du feu que vous voulez ?

Comme éveillé d'un songe, Eddy passa de l'homme à son bout d'allumette, qu'il souleva doucement à hauteur de son visage, sans un mot. L'autre fronça les sourcils et lança, ses lèvres serrées sur sa clope :

— Vous voulez pas une cigarette, plutôt ?

Eddy secoua la tête. Le type esquissa une moue perplexe et, haussant les épaules d'un air de dire « Bof, si ça vous fait plaisir », leva le briquet vers l'allumette. Qui s'embrasa, à l'instar du regard d'Eddy.

— Tout va bien, monsieur ? s'inquiéta le vis-à-vis alors que la flamme rasait les phalanges d'Eddy, tout à son émerveillement. Ho, ho monsieur ?!

D'un mouvement réflexe, le type souffla sur la flamme. Une odeur de cramé et de cochon grillé s'échappa de l'épiderme rougi.

— Vous alliez vous brûler, s'excusa le type en reculant parce que Eddy était costaud.

Celui-ci se para d'un demi-sourire énigmatique, remercia et s'en alla, abandonnant l'autre, cigarette au bec sur le trottoir, ahuri.

Une semaine plus tard, Eddy était de retour aux abords de l'ancien Hôtel du Lion, rouleau de scotch dans une main, liasse de photocopies dans l'autre.

Il s'arrêta à chaque réverbère, chaque arbre, chaque mur pour y coller avec application les affiches qu'il avait mis trois jours à composer : une reproduction des Photomaton et une phrase laconique, écrite de sa calligraphie de collégien mal dégrossi, où subsistait une rature à demi camouflée : *« Si vous les connaissez, merci de me contacter. »*

Alors qu'il était occupé sur le tuyau d'une gouttière, il aperçut une jeune femme qui consultait une des affiches. Dans l'esprit du trentenaire, une lueur d'espoir s'alluma, avant de se débiner quand la jeune femme tourna les talons.

Sans se laisser démonter, Eddy se remit à semer les portraits de la clocharde et de son adolescent derrière lui. Ça l'occupait.

Il retourna dans le quartier dès le lendemain, sitôt après l'heure de la débauche. Certaines affiches placardées la veille étaient par terre, déchirées et souillées. Il ramassa ce qu'il put, en accrocha de nouvelles et s'accorda une dernière balade à proximité du kebab.

Quand, tout à coup, il se figea. Deux gamins d'une douzaine d'années trituraient un tronc sur lequel un avis de recherche était apposé.

— Hé, vous !

Effrayés, les gosses déguerpirent, l'un entraînant l'autre qui courait d'une manière particulière. Eddy les prit en chasse sur quelques mètres avant de s'arrêter. Ce n'étaient que des mioches, après tout.

Résigné, il remarqua sous l'affiche un porte-clefs Ferrari coincé dans la grille de l'arbre. Chercha les gosses des yeux avant de revenir à l'affiche, où une demi-moustache ornait à présent le nez de sa morte. Il la remplaça par une nouvelle puis resta planté devant, la tête dans la lune, tandis que, dans son dos, le feu tricolore glissait du rouge au vert une dizaine de fois.

— On a fait tomber notre clef, entendit-il soudain. Dites, monsieur, vous l'avez pas vue, des fois ?

Les deux gamins se tenaient à distance raisonnable. L'un portait des lunettes rafistolées et fourrait son index dans sa narine quand l'autre, bouclé, arborait un regard perçant. Mêmes cheveux bruns, teint chaud, iris olive identiques. Des jumeaux.

Eddy décida de les faire lambiner. C'était de bonne guerre.

— Vous allez vous fâcher si on s'approche pour regarder ? insista le bouclé. Mon frère dit qu'elle est tombée pas loin de là où vous êtes et notre mère a prévenu que la prochaine fois qu'elle appellera le serrurier, elle le paiera avec notre argent de poche. Ça craint.

Eddy se déporta sur le côté.

— Pourquoi tu parles pas ? s'étonna l'enfant à lunettes et au nez fourragé pendant que son frère examinait les abords du tronc.

Ce dernier le rembarra aussitôt d'une pichenette à l'arrière de la nuque.

— Non, mais t'es fou ! Ça se demande pas des trucs comme ça, tu vois bien que c'est pas poli, c'est pour ça qu'il te répond pas. Faut être poli, c'est important. Pas vrai, monsieur ?

— Je parle pas pour rien dire, maugréa Eddy en leur lançant le porte-clefs.

— Merci, m'sieur !

Puis, à son frère :

— Allez, viens, on s'tire.

Mais l'autre ne bougea pas, à ceci près que son doigt noir de feutre abandonna sa cavité nasale pour gratouiller sa joue.

— C'est des copains à toi ? demanda le gosse à Eddy en bougeant de manière un peu bancale.

Eddy soupira un « non » las. Il n'était pas plus à l'aise avec les enfants qu'avec le reste de l'humanité.

— Alors pourquoi tu les cherches si tu les connais pas ? fit encore le mioche.

— Parce que…

Les boucles s'invitèrent en s'adressant aux lunettes d'un ton de connaisseur :

— Tu vois, c'est comme une chasse au trésor, en fait. Sauf que, le trésor, c'est les gens de la photo.

La réflexion du chevelu se perdit dans le klaxon d'une camionnette.

— On peut coller des affiches pour la chasse au trésor ? glapirent les lunettes.

— Faut qu'on retourne au Franprix, répliqua le chevelu en entourant les épaules fraternelles avec tendresse. Regarde, maman est dehors, elle va s'inquiéter.

En effet, sous le store marron et orange, une femme, peau caramel et bras croisés, sondait les alentours.

Les lunettes revêtirent un minois déçu. L'autre céda.

— Bon, d'accord, maman s'inquiète tout le temps, de toute façon. Et puis, au Franprix, justement, y a le panneau avec toutes les annonces. Tu te rappelles quand on a fabriqué les pubs pour la kermesse l'année dernière ? On pourrait faire pareil. On les photocopierait avec la photocopieuse du bureau du patron. Vu qu'on est dimanche, il sera pas là avant la fermeture. Et puis on les distribuerait devant le magasin.

— Driss, maman dira non… anticipèrent les lunettes dans une moue tragique.

— On n'a qu'à lui promettre de faire la vaisselle jusqu'à son anniversaire, elle déteste ça.

Eddy n'eut pas le temps de protester que le bouclé lui piquait une de ses feuilles et tirait la main de son frère en direction de la supérette.

De retour chez lui, alors qu'il déposait devant Jojo une poignée de graines – nous reviendrons à Jojo le pigeon un peu plus tard –, Eddy éprouva un vague sentiment de dépossession. C'était sa quête, son enquête, sa chasse au trésor, sa culpabilité. De quoi se mêlaient ces moutards ?

Il ignorait que les frangins, pressés d'actionner la machine, avaient bourré la photocopieuse après seulement dix pages. Que l'appareil serait désormais hors service jusqu'à ce que le réparateur le décoince, ce qui prendrait une bonne semaine, et que, par voie de conséquence, le gérant du Franprix verrait rouge au point de défendre aux jumeaux abonnés aux conneries de s'approcher de son magasin.

Qu'ils devraient donc se débrouiller avec seulement dix exemplaires et que, du coup, il n'y aurait point de distribution d'avis de recherche sur le trottoir.

Eddy ignorait également que Driss, le bouclé, ne manquait pas de ressources. Qu'il montrerait à son frère comment transformer ces affiches en avions supersoniques et que ces deux petites terreurs à gueule d'ange les jetteraient de la cage d'escalier pour les voir tournoyer sous l'œil torve du concierge, M. Brochet, qui commençait à en avoir ras le pompon de cette paire de calamités.

Une quinzaine se passa. La chaleur ramollissait le goudron, les rues de Paris se vidaient. À force d'attendre, Eddy n'attendit plus et glissa doucement dans une moiteur morne. Il n'oubliait pas la clocharde, mais son quotidien moto-boulot-sandwich-Luciole-Jojo-chagrin grippait sa motivation. Eddy était en berne. Rien n'avait changé, il demeurerait à jamais cette errance désenchantée, sans autre perspective que de se tenir à l'écart du monde.

Ce matin-là, la vibration de son téléphone ruissela dans son sommeil. Au son de la voix qui demandait si elle était au bon numéro, Eddy se redressa, électrocuté de curiosité. Au bout de la ligne, l'homme toussa avant d'articuler, d'une inflexion caverneuse :

— *Je me rappelle un des visages de votre affiche. Le plus âgé des deux. Elle s'appelle Rosa.*

11

Printemps 2022, cette nuit
Maison de la Radio

Il faut reconnaître que cet Eddy fait preuve d'originalité dans sa tentative d'approche. Ça change des lettres enflammées, des fleurs et du chocolat. Mais quand même, trois cassettes… Une seule aurait suffi, non ?

La curiosité de Luciole est piquée. Elle profite d'un nouvel intermède musical pour examiner de plus près les morceaux de papier déchiré. À la lueur de l'écran, elle découvre des bouts de phrase, en vrac, dont elle est contrainte de reconstituer le puzzle. Si elle avait su, elle se serait montrée plus délicate.

« *trouvé* » ; « *diffuser ces enregistrem* » ; « *Chère Luciole* » ; « *emme morte* » ; « *dérange* » ; « *sous X* ».

Le dernier fragment déstabilise l'animatrice, qui ne peut s'empêcher de faire le lien avec l'enfant qu'elle porte, puis, soudain, avec tous ceux, hommes, femmes, enfants, qui disparaissent sans identité. Il y a des gens qui meurent comme des chiens, et des chiens qui meurent comme des gens. Et quand ça démarre dès la naissance ?

Luciole sent sa cicatrice battre sur son avant-bras, juste sous son tatouage, comme chaque fois qu'elle s'attarde sur son passé et repousse ses doutes d'un revers de la main. Ne pas devenir mère, c'est ce qu'elle a décidé.

Déjà, la musique s'éloigne et met un terme à ses réflexions. Un nouvel appel. Elle inspire, sa bouche contre la mousse du micro :

— Bonsoir, quel est ton prénom ?

*

Dans le local technique, la lumière du téléphone clignote sans discontinuer. Théo jongle. Musique, sono, standard, console.

Il décroche. Prononce à voix basse : « "Nuit de Luciole", je vous écoute. » À l'autre bout de la ligne, un auditeur souhaite parler à Luciole. L'assistant demande qu'on lui explique brièvement la situation. Si l'auditeur semble respectueux, honnête dans sa démarche, il passera à l'antenne dès que possible. Dans le cas contraire – ce qui est plutôt rare –, Théo décline poliment, sans explication, pour couper court à d'éventuelles protestations.

Pas d'autre alternative, c'est du direct. Mais c'est une lourde responsabilité de choisir qui va pouvoir s'exprimer et qui on bâillonne. Théo est comme tout le monde, il est faillible, jamais à l'abri d'une mauvaise interprétation.

Il y a trois ou quatre ans, un homme s'est suicidé une nuit où il avait appelé le numéro de l'émission à plusieurs reprises – la facture détaillée le prouvait – avant d'appuyer sur la gâchette de sa carabine. Bien que dissuadée de porter plainte contre Luciole pour non-assistance à personne en danger, son épouse s'est répandue sur les réseaux sociaux. Théo en a alors d'autant plus pleinement mesuré l'importance de sa tâche. Décrocher, c'est choisir, et choisir, évidemment, c'est renoncer.

Tout le monde se figure que c'est Luciole qui décide. Or, si Luciole décide de tout, du rythme, de la forme, du nombre d'appels, du temps qu'elle prend, du ton, de tout, donc, elle délègue le principal, les gens, parce qu'elle a confiance. Alors, Théo filtre. Sans lui, l'émission serait bancale, polluée par les désaxés, les malades, les malpolis. Il faut un garde-fou, quelqu'un pour la protéger. Non seulement parce qu'il est payé pour, mais surtout parce qu'il l'apprécie et refuse de la mettre dans une situation inconfortable.

En règle générale, deux ou trois personnes patientent sur la ligne. Pas plus, pour que Luciole ait le temps. Dès que l'animatrice raccroche, Théo prend un nouvel appel. Il est attentif, il se cale sur sa cadence.

Sa vocation est née il y a longtemps, à la faveur d'un coup du sort, comme souvent naissent les vocations. C'était au temps de sa peau grasse, de son acné encombrante, de ses lunettes rondes sur son nez rond et de week-ends entiers dans sa chambre devant des jeux vidéo.

Un samedi soir, une coupure de courant avait neutralisé sa partie de Counter-Strike. Désœuvré, l'adolescent avait cherché quoi faire en attendant le retour du jus dans les câbles. C'est alors qu'il avait tourné la molette d'un transistor et découvert la radio libre. L'horizon s'était subitement ouvert devant lui. Il avait investi tout son argent de poche pour monter un petit studio dans le garage familial grâce à des tutoriels en ligne. Son père avait pesté un peu, sa mère avait tempéré, il fallait que jeunesse se passe, ça valait toujours mieux que des jeux violents.

Théo s'était mis à réaliser, seul, une émission où il parlait *gaming*, qu'il diffusait ensuite sur Internet. Sa voix ayant le charisme d'un steak tartare, sans trait distinctif ni rien, il s'était rapidement rendu compte que sa place était en régie, pas au micro.

En parallèle, il avait décroché des stages et tranquillement suivi son petit bonhomme de chemin de radios associatives en stations locales. Le jour où il avait appris qu'on recherchait un employé polyvalent pour accompagner une trentenaire prometteuse, il avait posé sa candidature. Débrouillard, discret, poli, bosseur et fiable, l'autodidacte Théo correspondait au profil.

La première fois qu'il avait vu Luciole, c'était dans le bureau du directeur des programmes. Tant qu'elle n'avait rien dit, il n'en avait rien pensé, il n'était pas du genre à juger à l'emporte-pièce. Puis elle avait ouvert la bouche et il avait été rudement impressionné. Encore plus lorsqu'il l'avait entendue parler en studio.

Au début, travailler dans le noir, à la seule lueur des diodes et des touches électroniques, l'avait désarçonné. Il avait pourtant été obligé de constater que la voix était encore plus envoûtante dans l'obscurité, parce que, tout à coup, elle appartenait à tout le monde.

Entre l'animatrice et lui, ça a toujours été fluide. Les rôles sont précis, séparés, il est le back-office, elle est la scène ; il est le tamis, elle est le réceptacle ; il est le gardien, elle est la reine.

Cette obscurité quotidienne a façonné leur intimité. Ils sont presque un couple, se respectent et se connaissent, mais au présent seulement. Ils ont une sorte d'accord tacite : ce qui ne concerne pas « La nuit de Luciole » n'a pas droit de cité. Jamais de questions sur ce qu'ils sont avant, ni sur ce qu'ils seront après l'émission. Quand ils échangent, c'est de maintenant qu'ils parlent, de la météo, des auditeurs, de la direction.

D'elle, il ne sait rien, pas même son vrai prénom. De lui, elle sait deux, trois choses, guère plus. La chorégraphie parfaitement huilée de leurs rituels, de leurs gestes, de leurs signes suffit à se donner des nouvelles. Que l'un tremblote un peu, et l'autre s'inquiète. Que la voix de Luciole vacille, et Théo comprend qu'une pause musicale s'impose. S'il met du temps à réagir, elle comble. En un mot, ils se complètent.

Retour au studio, à l'ici et maintenant. Habitué à la pénombre, Théo entrevoit Luciole, penchée sur l'emballage qu'elle a déchiré.

Elle répond au type au téléphone, mais le ton est machinal, un peu lointain. Manifestement, le pli qu'elle a reçu l'intrigue. De là où il se trouve, Théo n'en discerne pas le contenu, encore moins les mots qui l'accompagnent.

D'ordinaire, il attend la fin de l'émission pour lui remettre son courrier, pour ne pas la déconcentrer. Ce soir, il a innové. Vu comment elle réagit, il regrette, pas sûr d'avoir bien fait.

12

Été 2021

Eddy aurait préféré s'en tenir à un échange téléphonique, mais l'homme lui avait opposé d'un ton ferme qu'une rencontre valait mieux et suggéré un café du quartier. Avant de rappeler le matin même, en expliquant que sortir lui était difficile sous cette chaleur assommante.

Résultat, Eddy arpentait de nouveau la rue Poinsot, à deux pas du Franprix et du kebab. Non loin de l'adresse que lui avait indiquée son interlocuteur, il aperçut les jumeaux, assis côte à côte sur le rebord du trottoir, un livre sur les cuisses. De là où il se trouvait, il lui sembla que le bouclé faisait la lecture à son frère. Lorsque les boucles brunes le gratifièrent d'un signe de la main, Eddy s'engouffra dans le hall du bâtiment en feignant de n'avoir rien vu – une astuce vieille comme le monde.

Il sonna brièvement à l'interphone.

— Faut appuyer longtemps, intervint le gardien installé avec une canne à pêche sur un siège pliant devant sa loge. Y a un faux contact.

Eddy s'exécuta.

— *Quatrième à gauche en sortant de l'ascenseur*, grésilla une voix.

Le gardien, qui avait la forme d'un bol à l'envers, le dévisagea en affûtant ses gaules. Mal à l'aise, Eddy le salua à voix basse avant de décliner l'invitation d'une vieille femme à emprunter l'ascenseur aux dimensions d'une cabine d'essayage. La promiscuité, très peu pour lui. En plus, comme il appréhendait cette visite, gravir les marches la retarderait un peu, c'était toujours ça de pris.

Dans son dos rebondissait son sac. Et, dans son sac, une cassette vierge et son vieux magnétophone, dont il avait pris soin de changer les piles. Il les avait emportés sans véritable raison, sous le coup d'une pulsion. Question impulsivité, Eddy en connaissait un rayon. « C'est votre pire ennemie, l'avait averti son contrôleur judiciaire. Soyez vigilant. »

Sur le palier, un paillasson propret devançait une porte entrouverte. Eddy pressa toutefois la sonnette.

— C'est ouvert ! tonna une voix de baryton. Tout droit !

Eddy s'engagea dans un couloir sombre où flottait une odeur mentholée. Les lattes du parquet gémissaient sous ses pas.

Il trouva l'homme assis devant une fenêtre dont les volets, bloqués à l'espagnolette, ne laissaient filtrer qu'un peu de jour. Dans un coin pendait un squelette grandeur nature, affublé d'un tricorne, dont les jambes rasaient un tapis oriental.

Eddy s'encadra sous le chambranle et balbutia un bonjour étranglé.

À l'instant où il se retourna, son hôte fut pris d'une quinte de toux qui dura de longues secondes.

— Je suis désolé, s'excusa le petit homme en portant un mouchoir à ses lèvres, mes poumons sont attaqués au lance-flammes aujourd'hui.

Il se déplia et traîna ses pantoufles jusqu'à Eddy, dont le regard s'attardait sur les multiples portraits de femme qui ornaient les murs.

— Ma merveilleuse épouse, précisa l'homme en lui serrant la main. Docteur Kadoche, enchanté. C'est bien aimable à vous d'avoir fait le déplacement. Hier, j'aurais été capable de vous rejoindre en terrasse, mais mon état fluctue d'un jour sur l'autre.

Le squelette grelotta tout à coup.

— Fichus courants d'air, bougonna le médecin en s'emparant d'un gilet. Je passe mon temps à dire au concierge de fermer les fenêtres des communs, d'autant que, depuis que les chambres de bonne ont été rénovées, personne ne les utilise plus. Mais non, rien à faire, une vraie tête de mule doublée d'un caractère de cochon, ce Brochet. Laissez-moi deviner : planté comme un mollusque devant sa loge à astiquer ses hameçons. J'ai bon ?

— Faut dire qu'il fait chaud dehors… temporisa Eddy.

— Qu'il fasse chaud ou froid, les courants d'air ne sont jamais conseillés. C'est justement pour cette raison que je n'ai pas fait installer la climatisation. Les climatiseurs sont des nids à microbes, de vrais bouillons de culture. Vous prendrez un thé, un café ?

— Un verre d'eau fraîche, plutôt.

— Boire froid par des températures pareilles n'est pas très adapté, trancha le médecin. N'est-ce pas, Oscar ? lança-t-il au pirate édenté. Il n'a pas l'air commode mais, au fond, il est très sympathique, chuchota-t-il à un Eddy décontenancé.

Un miaulement rauque en deux temps lui répondit. Aussitôt après, deux oreilles pointues jaillirent, surmontant un museau rose et un gruyère de fourrure blanche.

— Oscar perd ses poils. Une pelade, d'après la vétérinaire. Il angoisse depuis la disparition de ma femme.

— Un café, alors, répondit Eddy avec un train de retard, en espérant que les confidences n'iraient pas plus loin.

Il était venu pour Rosa, le reste n'était pas son affaire. Ce squelette, déjà, lui donnait à lui seul presque envie de tourner les talons.

Le docteur disparut dans la cuisine tandis qu'Eddy, s'habituant à la pénombre, déchiffrait de mieux en mieux le décor. Une bibliothèque massive, sur laquelle s'étageait une encyclopédie anatomique, des meubles en bois foncé et des portraits de l'épouse en veux-tu, en voilà.

L'homme revint avec deux tasses fumantes qu'il posa sur la table basse avant de s'asseoir sur un rocking-chair. Il se balança doucement, sans un mot, attendant sans doute l'avalanche de questions. Le regard d'Eddy s'obstinait à divaguer.

— Je dois admettre que revoir le visage de Rosa m'a procuré une drôle de sensation, articula soudain le médecin. Surtout qu'il m'est arrivé sur le haut du crâne alors que je descendais à la boulangerie. C'est encore un coup des gosses du troisième, les jumeaux. Ces salopiots ont dû voler vos affiches.

— En fait, c'est moi qui leur ai donné, répliqua Eddy, qui n'aimait pas qu'on accuse sans savoir.

— Oui, bon, dommage que Chirac ait supprimé le service militaire, ça remettait un tas de jeunes dans le droit chemin. Il paraît que c'est le progrès... Dites-moi, vous êtes un membre de la famille de Rosa ? Un petit-fils à la recherche d'une aïeule ? Ou bien une sorte de journaliste ?

Va pour un journaliste. Ça valait toujours mieux que d'avouer qu'il avait pillé une morte.

— Journaliste.

— Umh… Je m'en doutais. Vous travaillez pour quoi ?

— Un article.

— Sur Rosa ?

— Oui. Non, en fait. Les morts de la rue.

Quitte à mentir, autant y aller franco.

— Ah… En tout cas, votre affiche m'a rappelé des souvenirs. Je me demande ce qu'est devenue Rosa. Elle doit friser quoi, les quatre-vingts, quatre-vingt-dix printemps… Mais j'y pense, si vous la cherchez, c'est que…

— Oui, elle est morte, répondit Eddy sans ambages.

Un voile passa dans les yeux du septuagénaire en même temps qu'un nuage dans le ciel bouchait le peu de lumière filtrant dans la pièce. L'homme paraissait peiné. Couillon de s'être montré si peu prévenant, Eddy précisa que ça ne datait pas d'hier.

— Ah… vingt et un ans, quand même… souffla l'homme.

Il éternua, se moucha et roula son mouchoir en boule dans sa manche.

— Je suis allergique aux poils de chat, clarifia-t-il. Vous allez penser que je cumule, surtout pour un médecin, une vraie contre-publicité. Vous dites que Rosa est décédée en 2000, donc. J'espère au moins qu'elle a eu une belle fin de vie, à son image…

L'homme attendait une confirmation. Il en fut quitte pour une réponse brute de décoffrage, prononcée par un nigaud au summum de sa maladresse.

— Un gamin l'a trouvée en allant au collège un matin. Sur des cartons, à l'entrée d'un parking. Morte.

— Seule ?

Eddy hocha la tête. Seule, oui, si on excepte les gens autour.

Une nouvelle chape de silence tomba sur le tapis oriental.

— Mourir seul… fit le médecin. Y a-t-il pire chose que celle-ci ? Ce n'est pas juste, mais la vie se fiche d'être juste, n'est-ce pas ?

Là-dessus, il flanqua deux morceaux de sucre dans son café. *Ploc. Ploc.*

— Au diable mon diabète pour aujourd'hui, demain il fera jour… Rosa a beaucoup fait pour nous, c'était quelqu'un de bien. Ma femme aussi était quelqu'un de bien.

Quelqu'un de bien, se répéta Eddy avec un brin d'agacement. N'était-ce pas le propre des morts ? L'éloge posthume, couramment répandu, ne coûtait pas cher. Et ce squelette, vrai ou faux ?

— Dites-moi, reprit le médecin, cette photo, d'où la tenez-vous ?

La salive d'Eddy s'épaissit sous l'assaut de la culpabilité. Il fixa un point lumineux sur le parquet.

— Le gamin l'a trouvée à côté d'elle…

Le front de l'homme se plissa.

— Et le gamin l'a gardée plus de vingt ans ?

Eddy opina, la gorge sèche.

— Eh bien, il est du genre à avoir des idées fixes, votre gamin…

Eddy se garda de rétorquer qu'à voir les portraits qui tapissaient les murs, le médecin ne se défendait pas mal non plus.

L'homme aspira une gorgée de café avant de reposer sa tasse.

— Trop sucré, grigna-t-il. Ce n'est qu'une question d'habitude, après tout, mais j'en ai perdu le goût depuis le décès de mon épouse. Sa spécialité, c'étaient les tartes aux abricots et à la menthe. Elle aimait les mélanges, disons peu catholiques. Ratatouille à la vanille, fondant brie-chocolat, ce type de choses. Mon diabète, c'est un peu ce qu'il me reste d'elle. Du coup, je le chéris, même s'il m'empoisonne l'existence. Heureusement que je ne consulte plus… Pardonnez-moi, j'ai la digression facile. Que voulez-vous savoir au sujet de Rosa ?

— Tout.

Le médecin passa la main sur son gros chat, dont le dos épousa la forme de la caresse.

— Tout… Eh bien, il va m'être difficile d'accéder à votre demande. Rosa a passé quoi, deux, trois ans tout au plus avec nous, et puis elle s'est envolée, du jour au lendemain. Quand même, je suis surpris d'être le premier à vous avoir contacté, quand on voit la quantité d'avions en papier que les moutards du troisième ont balancée… Les gens ont la mémoire courte. À moins que je ne sois le dernier des Mohicans. Le quartier a changé, la population n'est plus la même. Prenez l'immeuble, par exemple. Avant, c'était bon chic, bon genre. Maintenant, c'est plus, comment dire ça sans passer pour un vieux grincheux… c'est plus populaire, voilà. Savez-vous qu'il faut environ un siècle pour que le souvenir d'une personne disparaisse tout à fait ? C'est à la fois triste et rassurant de se dire que tout finit par passer, n'est-ce pas ? Un monde sans le souvenir de ma femme, j'ai quand même du mal à m'y résoudre. Enfin… Savez-vous de quoi Rosa est morte ?

— Mort naturelle, d'après le rapport. Le cœur peut-être.

— Je m'en souviens, maintenant que vous le dites. Rosa souffrait d'une arythmie sévère. Elle avait un cœur essoufflé qui battait n'importe comment, parfois trop vite, parfois trop lentement, et toujours à contretemps. Un comble, pour une femme qui avait le rythme dans la peau. Je ne l'ai auscultée qu'une seule fois, dans l'arrière-boutique du Georges 5. Je lui avais recommandé de consulter à l'hôpital, elle avait besoin de voir un spécialiste. Mais elle a refusé tout net. C'était une forte tête.

Les jointures du squelette vibrèrent soudain sous l'attaque d'une musique rap en provenance de l'étage inférieur. Le petit homme soupira, se redressa et, à l'aide d'un manche à balai, cogna sur les chauffages en fonte tandis que le chat se carapatait sous le canapé. Le volume de la musique baissa d'un cran.

— Mes voisins, expliqua-t-il en reprenant sa place. Un jeune couple auquel personne n'a jamais pris soin d'expliquer ce que revêt la notion de « collectivité ». Ils ne sont pas méchants, mais ils ont un mal de chien à se plier aux règles. La jeunesse… Enfin, c'est ce que je vous disais, le quartier a changé, les anciens sont morts, les autres ont déménagé, et avec tous ces gens qui viennent d'on ne sait où et qui ne respectent rien…

Le chat à trous bondit sur ses genoux, coupant court à ses réflexions aigres. Eddy ne commenta pas.

— Je suis arrivé dans l'immeuble quand je suis entré à la fac de médecine. Au début, je vivais dans une chambre de bonne à l'étage. Je n'étais pas malheureux, je passais mon temps en cours, à l'hôpital, à la bibliothèque ou au café. Vivre dans neuf mètres carrés avec douche sur le palier ne me posait aucun problème. Aujourd'hui, les jeunes veulent le beurre et l'argent du beurre, et tout de suite tant qu'à faire. À l'époque, on avait le sens de l'argent, il fallait gagner son confort. On n'avait pas de RTT, on ne rechignait pas, on pensait à s'installer, à fonder un foyer.

Eddy le laissait parler.

— Mon squelette vous turlupine…

— Quoi ?

— Autant couper court tout de suite, c'est un vrai. Oui, ça s'achetait jusque dans les années 60, il avait tapé dans l'œil de mon père, et non, ça ne me dérange pas de cohabiter avec lui. Le squelette, pas mon père. Avec mon père, Dieu ait son âme, ç'aurait été une autre paire de manches. Ma femme le détestait. Remarquez, ça, ça vaut pour les deux, mon père et le squelette. Enfin… Martine et moi venions de nous marier lorsque j'ai appris que le propriétaire cherchait à vendre. Un notaire, qui partait dans le sud de la France. Ici vivaient des gens bien, comme je vous l'ai dit, des notables pour la plupart. Nous nous sommes portés acquéreurs, ce n'était pas donné, le notaire avait le sens des affaires, mais nous étions heureux de pouvoir continuer à vivre dans l'immeuble qui avait vu naître notre histoire. Cette année, ça fera trente-neuf ans que nous avons emménagé.

Dehors, un klaxon.

— Vous avez évoqué le Georges 5, s'impatienta Eddy en s'efforçant de ne plus regarder le squelette. C'est le palace près des Champs-Élysées ?

— Le palace ? s'esclaffa l'homme en toussant. Ah ah, non, si vous l'aviez connu, vous sauriez qu'on en était loin, c'était d'ailleurs le grand drame de la patronne. Le Georges 5 était un bistrot qui ne payait pas de mine, situé passage des Cascades, à deux pas d'ici. Annie, la patronne, avait hérité de l'affaire familiale. Elle était toute jeune alors, comme moi quand je suis arrivé dans le quartier, à peu près à la même période. Elle avait eu dans l'idée de transformer ce bistrot en établissement de gastronomie, le genre de lieu à la mode dans les années 70-80 où se pressait le gratin du showbiz. Mais ses envies de grandeur passaient bien au-dessus de la tête de son mari. Annie était une petite liane blonde. Robert, lui, était tout en ventre et en épaules par-dessus des cuisses de serin. Sous ses dehors d'ours bourru, c'était un amour d'homme. Ils s'enguirlandaient souvent. Elle lui reprochait son manque d'ambition, il répondait qu'il n'avait rien demandé et s'esquintait quand même à lustrer la tireuse à bière. Ils se crêpaient le chignon sans arrêt, fallait voir… On se demande d'ailleurs par quel miracle ces deux-là avaient échoué ensemble.

Eddy sembla soudain sortir de sa torpeur.

— Excusez-moi. Ça vous ennuie si… expliqua-t-il en dégainant son magnétophone.

Il avait percuté d'un coup. La peur d'oublier, sans doute, et aussi l'idée qu'il se faisait d'un vrai journaliste. Il devait tenir son rôle.

— Vous allez m'enregistrer ? s'étonna le médecin. Eh bien, soit, si cela peut être utile à votre travail d'investigation…

Eddy pressa le bouton « *record* ».

— Je n'ai pas intérêt à dire des sottises, s'amusa le docteur en bombant le torse dans un élan de fierté. Qu'allez-vous faire de ce que je vous raconte ? Vous allez l'utiliser tel quel pour votre reportage ?

— Je ne sais pas encore, admit Eddy en suivant les contours de l'ombre squelettique sur les formes persanes du tapis. Je ne suis qu'au début de mes recherches. Mais si j'oublie ce que vous racontez, elle mourra deux fois.

Le docteur à la retraite hocha la tête d'un air satisfait. Ce jeune homme mettait du cœur à l'ouvrage, ça changeait du je-m'en-foutisme ambiant.

13

Printemps 2022, cette nuit
Maison de la Radio

« La nuit de Luciole » a commencé depuis une demi-heure. Trente minutes à écouter, laisser s'épancher, créer des liens et à sauver, le temps d'un appel, des êtres rassis de solitude.

Mais, depuis tout à l'heure, ces cassettes la taraudent. Après tout, elle est libre, ici chez elle. Alors, sans attendre la fin de la pause musicale, elle se lève et remet les cassettes à Théo.

La direction apprécie son travail, l'audimat est correct, on lui laisse carte blanche. Le jour où les choses changeront, elle partira. Luciole n'a jamais possédé que la liberté. Elle ne craint pas les changements de programme. À la différence de Théo, qui lui oppose un visage circonspect et une bouche en forme de point d'interrogation.

— Tu sais ce qu'elles contiennent ?
— Je n'en suis pas sûre.
— Et si c'étaient des horreurs ?
— Je ne crois pas, non.

— Comme tu veux. Mais tu me fais signe dès que tu veux arrêter.

Elle sourit légèrement. Théo ferait un bon père.

— Évidemment.

Elle ne s'inquiète pas pour la technique, ils bossent pour une grosse maison, dénicher un lecteur cassette ne devrait pas poser de problème. D'ailleurs, Théo s'affaire déjà aux branchements d'un vieil appareil. En moins de deux minutes, c'est réglé.

Retour au fauteuil en cuir qui sent la clope, au casque. Elle attend la fin de la musique, le pouce levé de Théo, approche ses lèvres du micro et s'adresse à son public, de l'autre côté du transistor :

« Il faut que je te dise, cher auditeur. Un certain Eddy m'a confié trois cassettes. Je ne sais rien, si ce n'est qu'il a l'air de tenir à ce que je les diffuse et que cela a quelque chose à voir avec une femme morte sous X. Eddy, j'ai décidé de t'offrir ce cadeau. »

D'abord, on entend un crépitement, le temps que la bande démarre. Puis une voix caverneuse prononce, dans un gargouillis de bruits de fond qui augure d'un enregistrement de mauvaise qualité :

« … *l'utiliser tel quel pour votre reportage ?* »

L'animatrice arbore une expression perplexe. Elle ne comprend pas ce qu'elle entend et que, par ricochet, elle donne à entendre à ses auditeurs.

« *Je ne sais pas encore, je ne suis qu'au début de mes recherches* », répond un homme plus jeune *a priori*.

Serait-ce Eddy ?

« *Mais si j'oublie ce que vous racontez*, ajoute cette voix, *elle mourra deux fois.* »

Sur l'enregistrement, quelqu'un tousse.
On discerne en fond un petit moteur. Ou le ronron d'un chat.

« *Du coup, je suis perturbé, je ne sais même plus ce que je vous disais.* »

L'homme s'éclaircit la gorge.

« *Je vous parlais de Martine, ma femme. Elle était coiffeuse, elle possédait un salon dans le quartier. Il existe toujours, enfin, les murs. C'est devenu un salon de massage et de manucure, avec poster de points d'acupuncture et petits bouddhas en vitrine. Je crois que c'est tenu par des Thaïlandais…*

» *Martine était très appréciée. C'était une femme peu commune, vous savez. Nous nous sommes rencontrés en 1976, au bistrot dont je vous parlais tout à l'heure. J'avais la vingtaine, je venais de rater mes examens et je déprimais à l'idée d'annoncer mon échec à mon père. Lui, l'imminent chirurgien issu d'une lignée de professeurs et de directeurs d'hôpital… Et moi, qui ne prétendais devenir "que" généraliste. À côté de mon frère neurologue, j'étais le vilain petit canard… Mais Martine… Notre rencontre est gravée là, je n'ai rien oublié. J'en rêve souvent.*

» *Bref, je noyais mon accablement au comptoir et Robert, alors tout jeune marié, essayait de me remonter le moral avec sa piquette, un horrible vinaigre, quand une tornade blonde est entrée en jurant des noms d'oiseaux, une odeur de beurre, d'abricot et de menthe dans son sillage. Avec ses bottes et sa robe portefeuille moutarde, elle ressemblait à Agnetha, du groupe Abba. Vous connaissez Abba ? Mais si, voyons, vous connaissez… "Dancing Queen", "Fernando", "Waterloo"… Les vainqueurs de l'Eurovision 74… Non ? Bon. Mon Agnetha, qui s'appelait Martine, s'est assise près de la lucarne du PMU, elle a déballé une tarte et s'est mise à dévorer ses abricots en reniflant avec rage.*

» Annie, qui était brute de décoffrage, a rappelé que les tables allaient de pair avec le fait de consommer. Ma jeune apparition n'avait pas d'argent, Robert a roucoulé que ce n'était pas grave, Annie a dit que si, quand même, comme quoi ça s'habillait comme une aguicheuse et ça n'avait pas un rond pour se payer un crème, c'était pas l'Armée du Salut, merci. Je me suis empressé d'offrir à boire à la belle inconnue, qui a accepté en séchant ses larmes et en poussant vers moi sa tarte où les trois derniers abricots se battaient en duel.

» Le lendemain, elle est revenue à la même heure, une tarte entre les mains. Elle était encore plus jolie que la veille. Quand elle m'a vu, elle m'a avoué qu'elle était venue me rendre la pareille. Elle m'a demandé ce que je désirais boire, j'ai répondu "un demi", elle a dit "moi aussi". Elle a évidemment refusé que je l'invite, elle était même un peu fâchée que je propose. Elle était indépendante et, si j'insistais, elle finirait par croire que je n'étais qu'un macho. Or, les machos, elle en avait soupé pour cette vie et la suivante.

» Sans transition, elle m'a demandé si j'aimais la tarte aux abricots et à la menthe. Une nuit, elle avait vu en songe qu'elle épouserait un homme épris de ce dessert. Convaincue qu'il s'agissait d'une prémonition, elle en présentait à tous les hommes qui lui plaisaient pour jauger

leur réaction. J'ai évidemment répondu que c'était mon gâteau préféré. Un petit mensonge, mais que voulez-vous, j'adorais déjà sa façon de froncer le nez. Après ça, on ne s'est plus quittés. »

La voix pouffe, puis marque une courte pause. On entend un chat miauler.

« *Oui, je sais, Oscar, à toi aussi elle te manque… Pendant vingt ans, Martine et moi avons gardé l'habitude de descendre boire un verre et jouer à la belote avec les copains du Georges 5, le jeudi soir. C'est comme ça que j'ai rencontré Rosa, au cours d'une partie de cartes.* »

Luciole écoutait distraitement, en buvant un verre d'eau. Elle le repose, pas certaine d'avoir bien entendu. Comme c'est en direct, impossible de rembobiner. Pas grave, elle a dû rêver.

« *Je vois une lueur d'intérêt s'allumer dans vos yeux… J'ai beau digresser, je ne perds pas le fil ! Martine me reprochait souvent de ne pas aller à l'essentiel. Ma femme était un orage permanent, impétueuse comme pas deux, franche du collier. Quarante et un ans de mariage… Ça fait un vide, depuis qu'elle est partie…*

— *Et Rosa ?* » coupe l'autre.

Ce prénom ! Cette fois, c'est sûr, l'homme l'a prononcé. Luciole s'entend déglutir. Elle se reprend. Des Rosa, il y en a des tas.

Pour ne pas laisser son malaise l'envahir, elle se concentre sur l'histoire. L'intervieweur est cassant, son empressement l'agace. Ne voit-il pas que cet homme est inconsolable ? Que tout le ramène à son épouse ? Comment cet Eddy, si tant est que ce soit lui, peut-il ne pas compatir ?

« *J'ai l'impression d'entendre râler Martine… C'est elle qui a choisi la décoration de l'appartement. Vous aimez ? Nous avons tout acheté chez Darnal, c'était de la qualité à l'époque, pas comme maintenant, avec leur Ikea et leurs Krisprolls. Il paraît qu'ils ont retrouvé des coliformes fécaux dans leurs boulettes de viande, il y a quelques années. Vous savez ce que c'est ? Du caca, tout bêtement. Du caca dans les boulettes ! Je ne mens pas quand je dis que j'ai la manie des détours. Je vous prie de m'excuser. Rosa, donc…* »

14

Printemps 2022, cette nuit
Hôtel Continental

« *Rosa, donc. Le Georges 5 ne payait pas de mine. Je vous parle de ça, c'était au milieu des années 90. C'était le genre d'endroit où les gens faisaient la queue au PMU, et prenaient l'apéro en tapant le carton. Ça sentait fort le pastis et la cigarette. Enfin, vous voyez… Crrr, crrr…* »

Joséphine fronce les sourcils en jouant avec l'antenne de son transistor. Un peu plus à gauche, *crrr, crrr*, un coup à droite, *crrr, crrr*, elle secoue la tige, rien à faire, il y a de la friture sur les ondes. Dommage, le documentaire semblait intéressant. La qualité du son est médiocre, mais ça change de d'habitude.

Voilà que la ligne intérieure sonne. Décidément.

— *Chambre 63, s'il te plaît. Il y a eu un petit accident*, annonce la réceptionniste.

Joséphine raccroche, baisse le volume sans éteindre car elle sera de retour d'ici peu, vérifie que rien ne manque sur le chariot, produit d'entretien, sacs-poubelles ou draps de rechange, débloque le frein du pied droit et pousse en boitillant son équipement à travers les couloirs de l'hôtel cinq étoiles tandis que, dans la petite salle de repos où personne n'écoute plus, la radio déroule la suite en sourdine.

« *Annie servait des vins pas chers et des omelettes minute, avec un brin de crème et de ciboulette quand même, pour la couleur. Dans un coin clignotaient un flipper noirci par la cendre de deux générations de loubards à perfecto, ainsi qu'un juke-box vieillot dont Robert astiquait les chromes en cachette. La voix d'Eddy Mitchell, qu'il vénérait, résonnait souvent entre les tables. Ça donnait un côté mélancolique à l'atmosphère. C'était modeste, mais chaleureux, et on s'y sentait bien. Annie s'occupait de la vente du tabac, des timbres et des tickets de Loto, Robert, du service et de la cuisine. Danielle râlait derrière son guichet PMU contre ces automates qu'on commençait à voir germer un peu partout et qui signaient la perte de son emploi à court terme, même si Annie jurait ses grands dieux qu'il faudrait lui passer sur le corps avant qu'elle accepte de louer un de ces engins de malheur.*

» *Il y avait aussi Lili, prostituée de son état, dont on n'a jamais su le vrai prénom, une grande brune avec une poitrine énorme. Elle se plaignait que l'âge lui donnait une allure de pomme cuite qui n'attirait plus qu'une clientèle d'habitués. D'après elle, les habitués, dans son domaine, c'était le début de la fin. Elle cherchait des voies de reconversion et s'enthousiasmait chaque semaine d'une nouvelle idée : toiletteuse pour chien, caissière, serveuse chez McDo, hôtesse de l'air, représentante Tupperware à domicile. Je crois que c'est cet enthousiasme qui la faisait tenir, son quotidien ne devait pas être très rigolo.*

» *À la table de belote, il y avait aussi Ahmed. Il tenait une épicerie, aujourd'hui remplacée par le Franprix. Les terreurs du troisième, vous savez, les pilotes de chasse, ce sont justement ses petits-fils… Il y avait Alexandre, un comédien dépressif qui travaillait à la Samaritaine en attendant que le septième art le repère, et Mimo. Ah, Mimo... Une véritable institution dans le quartier. Personne ne savait exactement quand il s'était installé avec son chariot plein de bazar dans sa bicoque en pneus usagés. Il connaissait tout sur tout, c'était un chic type qui faisait rire tout le monde et ne faisait de mal à personne. À chaque mariage, il attendait sur le parvis de l'église et montrait son derrière au curé. Pour les baptêmes, il dansait sur les marches en se prenant pour Fred Astaire. Il n'y a que pour les enterrements qu'il se tenait tranquille : son galure déglingué sur la poitrine, il saluait les cercueils d'un air solennel. On le voyait débouler au Georges 5 en braillant que c'était sa tournée, Robert faisait semblant de l'encaisser et lui remettait sa monnaie dans la poche dès qu'il en avait la possibilité. Annie fulminait et Martine riait du manège. Elle avait un sacré rire, ma femme...*

» À la mort de Mimo, en 1998, l'église était bondée. Il a fallu pousser les bancs pour faire de la place. Même le curé, à qui il avait pourtant montré sa lune, était chamboulé. Mimo était l'âme du quartier, il en a emporté un bout en partant, c'est sûr. Comme il n'avait pas de famille, nous nous sommes cotisés pour payer son enterrement et lui offrir une sépulture décente. Une concession de cinquante ans, ça nous a paru le minimum, vu tout ce qu'il nous avait donné. Au cimetière de Montparnasse, allée 19, emplacement 32. Au nom de... »

Tandis que la radio parle toute seule, Joséphine, elle, s'arrête devant la chambre 63. Toque prudemment. La porte s'entrouvre. Elle murmure « Femme de chambre ». Salue le client avec politesse. Ce dernier désigne le téléphone collé à son oreille puis, tout en poursuivant sa conversation, lui montre la salle de bains d'un geste du menton et disparaît sur le balcon avec vue sur l'Opéra Garnier.

Joséphine s'empare d'une balayette pour ramasser les éclats de verre, d'une serpillière pour nettoyer la flaque de parfum. Elle fait vite, ne veut pas déranger.

Elle profite toutefois que l'occupant de la chambre soit toujours sur le balcon pour passer un rapide coup de lingette sur le miroir et ramasser le tapis de bain, en boule, au pied de la baignoire.

Après, elle est embêtée, elle voudrait signifier sans déranger qu'elle a terminé. Quand le client pivote, elle lui adresse un signe fugace que l'homme regarde sans voir, trop absorbé. Alors Joséphine sort discrètement, et de sa chambre et de sa vie, et pousse en claudiquant son gros chariot en sens inverse sur les tapis épais.

De retour dans la petite salle réservée aux femmes de chambre, elle remet le volume de la radio, s'assoit, allonge sa jambe tiraillée par la sciatique et, tout en écoutant « La nuit de Luciole », attend que la réception sollicite de nouveau ses services.

15

Printemps 2022, cette nuit
Maison de la Radio

Ainsi raconté, ce Mimo coche toutes les cases de l'image d'Épinal, se dit Luciole. La vérité est sans doute moins lisse. La rue n'est pas une sinécure, elle connaît trop bien le problème. Combien d'agressions ce Mimo a-t-il subies ? Quelles souffrances a-t-il traversées ? Après tout, il était peut-être heureux. Que sait-on vraiment des gens ?

Luciole caresse, machinale, le tatouage sur son avant-bras. Un tatouage aux couleurs de sa culpabilité. Sous l'encre affleurent les aspérités de sa cicatrice. On pourrait penser qu'elle l'a fait recouvrir pour faire table rase du passé et mieux construire l'avenir. On se tromperait.

Le tatouage est là pour accentuer les contours de la plaie et lui rappeler qu'elle a bâti son existence sur une faute. Luciole tient à se souvenir des épreuves. Elle sait d'où elle vient et que ce n'est pas joli, joli. Mais ça fait partie d'elle. C'est le chemin qui nous façonne.

« *Tout à l'heure*, coupe l'intervieweur, *vous vous apprêtiez à me raconter la première fois que vous avez vu Rosa.*

— *On peut dire que je tiens mon public en haleine, pas vrai ? Mais vous faites bien de me reprendre. La première fois qu'on l'a vue, c'était un jeudi. Je me rappelle, puisqu'on était tous à la table de belote. Hein, mon Oscar ? Tu t'en fiches, toi, de ce que je raconte... C'est pas possible, tu m'as encore mis des poils partout. Je crois qu'on va devoir retourner voir la vétérinaire.* »

16

Printemps 2022, cette nuit
Tour Sapporo

« *Il déteste y aller. Dès que le rendez-vous approche, il se débine, on dirait qu'il le sent. Il paraît que les chats ont un sixième sens. Savez-vous que les Égyptiens anciens les vénéraient ? La dernière fois, il m'a fallu deux heures pour le faire entrer dans sa caisse. Elle est pourtant gentille, la vétérinaire, hein, Oscar ?* »

Frigorifiée sur son balcon, Cécile écoute l'émission d'une oreille distraite, confisquée par le numéro qu'elle compose de plus en plus régulièrement à mesure que la nuit avance. Tiens, l'ambulance est partie. Est-ce qu'elle a embarqué quelqu'un ?

Pour calmer sa nervosité, elle retourne voir ses enfants, borde la cadette, embrasse la couverture de l'aînée pour ne pas la réveiller, ramasse une chaussette abandonnée sur le lino, passe dans la chambre où son époux, en étoile, a investi le milieu du lit.

Direction la cuisine. Elle sourit au dessin qu'une des filles a accroché au frigo. Une poule, une colombe ou un aigle et, en dessous, « MAMAN D'AMOUR », en lettres bâtons tracées aux couleurs de l'arc-en-ciel.

C'est fou ce que Cécile se sent seule ce soir.

Fou aussi ce qu'elle culpabilise. Elle a ses enfants qu'elle adore, un mari attentionné, et pourtant, voilà, sa solitude l'étrangle, c'est peut-être ça, la dépression, être seule entourée de millions d'autres, dans l'impossibilité de rejoindre qui que ce soit. Seule devant l'existence, tu nais et tu meurs, y a pas de secret, ma pauvre Cécile. Et puis, bon Dieu, ces acouphènes, interdiction de silence, on dirait un essaim d'abeilles, on ne s'entend plus réfléchir.

Allez, arrête de te plaindre. Tu gagnes bien ta vie, un boulot intéressant, des responsabilités, tickets resto – chèques vacances – participation – prime sur objectifs, et puis t'as tout réussi, un chalet à Morzine, un SUV dans ton garage souterrain, des enfants en bonne santé, un mec fidèle, exemplaire. Combien aimeraient être à ta place, ça t'étoufferait de réaliser ton bonheur ? Ingrate, va.

17

Printemps 2022, cette nuit
Maison de la Radio

Luciole ne perd pas une miette de ce qu'elle entend. Elle fronce les sourcils, préoccupée.

« *Enfin bref, le soir où Rosa est arrivée, il pleuvait comme vache qui pisse. Elle est entrée avec son air triste, sa robe noire et un sac en plastique. Elle s'est attablée près de la vitrine, a commandé une tisane et est restée longtemps, immobile, à contempler la rue dégouliner derrière le carreau.*

» *J'ignore pourquoi son arrivée m'a marqué, il y avait du passage au Georges 5. C'était peut-être son allure un peu stricte, le fait qu'elle soit trempée comme une soupe, ou sa façon de fixer l'extérieur avec des yeux au bord des larmes. Il y a des gens et des moments comme ça qui se gravent, allez comprendre. Remarquez, tant mieux en un sens, puisque vous êtes là. Ça me fait des choses à vous raconter, parce que, autrement…*

» *Pardonnez ma franchise, mais vous n'êtes quand même pas très causant pour un journaliste. Ça doit être voulu, une tactique pour laisser de la place aux autres.*

Les médecins, voyez, c'est différent, on a tendance à aimer parler… Ne faites pas cette tête, je reviens à Rosa.

» Je me souviens qu'elle a fini par se lever et s'est approchée du juke-box. Robert était si content de voir un client s'intéresser à sa bécane qu'il s'est empressé de lui fournir le mode d'emploi complet. À la fin des explications, qu'elle a écoutées avec politesse, elle a simplement demandé "La vie en rose", de Piaf. Tout fier, Robert a mis une pièce dans la fente et enclenché la musique. Rosa est partie se rasseoir. Pendant que la musique jouait, elle, elle souriait à sa tasse. Elle a fini par s'en aller, peu avant la fermeture, alors qu'on remballait nos cartes.

» Ensuite, chaque jeudi, elle revenait écouter sa chanson et boire sa tisane. On voyait bien que ça lui offrait du réconfort, un répit, je ne sais pas trop comment dire. Elle ne parlait pas, elle s'installait toujours à la même table et elle écoutait en regardant la rue. Durant les trois minutes que durait la chanson, son regard s'allumait, pour mieux retomber à la fin dans une sorte de mélancolie. Elle m'intriguait, c'est le moins qu'on puisse dire.

» Au fil des semaines, son apparence évoluait. Les modifications étaient subtiles, mais en tant que médecin, je suis plus aguerri à l'observation que le commun des mortels. Sous son long manteau, toujours la même robe noire qui s'usait. Ses traits s'altéraient, aussi, ses cheveux s'enneigeaient de racines blanches.

» Et puis un soir, il s'est passé quelque chose. Elle s'est approchée du juke-box et, sans prêter attention au panneau "hors service" *que Robert avait scotché dessus, elle a mis une pièce et appuyé sur sa touche favorite. Comme rien ne venait, elle a continué à presser le bouton. Nous la regardions benoîtement, sans comprendre. Annie a fini par s'en mêler en lui jetant une parole désagréable, quelque chose comme : "Le panneau, c'est pas pour les chiens", voyez ? Rosa s'est confondue en excuses et est*

retournée s'asseoir, penaude, devant sa tisane. Martine s'est rendu compte qu'elle pleurait, elle trouvait qu'Annie exagérait. Elle ne supportait pas l'injustice, Martine.

» *Nous avons repris notre belote dans un silence ennuyé. Quand, tout à coup, une voix s'est élevée. Rosa était debout, les paupières closes, une main posée sur le dossier de la chaise, l'autre à cheval entre son cœur et son ventre. Elle chantait "La vie en rose", comme ça,* a cappella. *Nous étions subjugués, non seulement parce qu'on ne s'y attendait pas, mais aussi parce que sa voix possédait une force inouïe, une sorte de rage, qui détonnait avec son allure chétive.*

» *Alexandre regardait Lili, en larmes, Mimo battait la mesure de son chapeau, Martine serrait ma main, Annie fronçait les sourcils, Robert se tenait le ventre, une main sur le front comme s'il essayait de comprendre. Ce n'est pas tant qu'elle chantait bien. C'est l'énergie qu'elle y mettait, on aurait dit un cri en provenance directe des entrailles. Ce petit bout de femme nous commandait de l'écouter.* »

L'expression de Luciole s'altère, son souffle trébuche.

Des Rosa, il y en a des tonnes.

Des Rosa qui chantent, aussi.

Enfin, sûrement.

Sur la bande, on entend soudain la sonnerie d'un téléphone fixe. Des pas, le parquet qui râle, l'homme qui prononce un « Allô » enroué, le silence, puis :

« *C'est noté, mardi 10 heures, veuillez m'excuser, je ne reste pas, j'ai du monde, au revoir. Mon kiné décale son rendez-vous,* explique-t-il tandis que ses pas se font plus audibles. *Je constate à votre expression que mon histoire vous surprend. Ce n'est pas ce à quoi vous vous attendiez ?*

— *Je ne m'attendais à rien*, confesse la voix étale de l'interlocuteur.

— *Tant mieux, c'est la meilleure façon de n'être jamais déçu.* »

Luciole fait signe à Théo, elle a besoin d'une pause.

18

Printemps 2022, cette nuit
Maison de la Radio

Théo s'exécute et enclenche la playlist.

Le téléphone n'arrête pas de clignoter. Il ne répond plus, il y a déjà trois auditeurs en attente : une insomniaque dont la fenêtre donne sur un zoo et qui a peur des cris d'animaux, un vieillard terrifié à l'idée de mourir seul, une femme de ménage qui s'ennuie.

Il ne répond plus, mais ce n'est pas l'envie qui lui manque. Il a hâte que Luciole reprenne le cours normal de l'émission.

— On repasse aux appels ? interroge-t-il dans le casque.

L'animatrice secoue la tête dans l'obscurité.

— Il va y avoir un embouteillage sur la ligne, insiste-t-il en espérant la faire sourire.

De nouveau, elle secoue la tête.

Tant pis. On fait comme elle veut. C'est elle qui décide.

La musique s'arrête et, docile, Théo remet le lecteur en route.

L'homme de la cassette soupire, on l'entend proposer du café. Il tousse, s'excuse, se navre de ces foutus courants d'air, du père Brochet, du double vitrage qu'il faudrait remplacer par un triple, des crédits d'impôts censés favoriser les travaux d'isolation.

« *À force d'être isolé, on finira par ne plus se voir du tout. Où en étais-je déjà ?... Ah oui, Rosa, la première fois qu'on l'a entendue chanter... Sa chanson achevée, elle a avalé sa tisane cul sec et lancé un regard satisfait à la ronde, puis elle est sortie, droite comme un I, nous laissant interdits devant sa tasse vide et le montant de la consommation. Pas besoin d'être devin pour savoir que la patronne était vexée, elle aimait être reine en son royaume et personne ne se risquait jamais à lui rabattre son caquet. Toute la semaine qui a suivi, elle a répété que si la chanteuse d'opérette revenait, elle ne la servirait pas. Mais Rosa n'est pas revenue.*

» *Un jeudi, Mimo a débarqué en hurlant : "Je le savais !" Il a poussé les cartes sur la table et déplié une coupure de magazine vieille de plusieurs dizaines d'années qu'il avait récupérée dans une poubelle. Des taches de gras la rendaient transparente par endroits. Je le revois poser l'index sur le cliché d'une artiste brune aux yeux noirs, accompagné d'un entrefilet. Il y était question d'un concert donné à l'Alhambra par une certaine Délia, une jeune chanteuse prometteuse. Mimo était convaincu qu'elle et Rosa ne faisaient qu'une. Nous nous sommes gentiment moqués de lui, mais il n'en démordait pas.*

» *Notre Rosa est réapparue au bout de plusieurs semaines. Elle avait encore pris du plomb dans l'aile. Éreintée, mal peignée, vêtue d'un survêtement violet et d'une paire de baskets, elle a commandé sa tisane, regardé par la vitre et s'est avancée vers le juke-box. C'est là que Mimo lui a demandé si elle était Délia. Elle a répondu qu'il devait confondre ; elle, elle s'appelait Rosa. Ahmed et Robert se sont fendu la poire. Mimo, lui, se grattait le menton et passait de sa feuille à la dame en répétant : "C'est marrant, y a quand même un air." Sans se démonter, il a demandé si elle accepterait de chanter comme la dernière fois. Rosa a cherché notre approbation du regard, s'est illuminée en constatant nos mines réjouies et a fermé les paupières. Quand sa voix a surgi, l'émotion était intacte. Même Annie, qui lui tournait le dos, jetait des coups d'œil humides sur cette femme qui s'offrait sans condition. Nous l'avons applaudie à tout rompre, en réclamant une nouvelle chanson. Rosa s'apprêtait à s'exécuter quand Mimo l'a stoppée d'un geste, lui a baisé la main avec la déférence un peu ridicule dont il était coutumier et a détalé comme un lièvre pour revenir, dix minutes plus tard, les bras chargés d'un accordéon déglingué. Ensemble, ils se sont lancés dans un concert improvisé. Rosa sifflotait un air, l'accordéon se calait sur la mélodie, c'était incroyablement fluide. Une évidence, comme pour Martine et moi. Enfin, vous voyez ce que je veux dire.*

» Attirés par la musique, les curieux entraient les uns après les autres. Annie était aux anges. Alexandre et Lili ont dansé ensemble. Je crois d'ailleurs qu'ils sont repartis bras dessus, bras dessous, ce soir-là. C'est comme ça que notre Georges 5 s'est transformé en café-concert chaque jeudi. Le bouche à oreille fonctionnait à plein tube, les gens venaient de plus en plus loin. Même Rosa reprenait du poil de la bête. Puis l'été est arrivé, Robert et Annie ont fermé trois semaines, Martine et moi sommes partis sur la côte basque. Paris, en août, c'est vide et déprimant, comme en ce moment… Vous ne partez pas, vous ?

— Non. »

La voix du jeune homme.

Un revenant, songe Luciole. Prise par le récit du médecin, elle en avait presque oublié sa présence. Il n'a même pas la politesse de feindre l'empathie. Décidément.

« *L'année prochaine peut-être…*

— *Peut-être.*

— *Quand nous l'avons retrouvée à la rentrée, tout indiquait que ces trois semaines avaient dû être difficiles pour Rosa… J'ai insisté pour la recevoir à mon cabinet, où je l'ai attendue en vain. D'après Martine, c'était à cause du prix des soins. J'ai réitéré ma proposition le jeudi suivant, en précisant que la consultation serait gratuite. Rosa s'est braquée, elle a pesté qu'elle ne faisait pas la mendicité et qu'elle avait sa dignité. Moi qui avais cru bien faire, je l'avais manifestement blessée.*

» *C'est à cette période que la mauvaise nouvelle est tombée. L'immeuble du Georges 5 avait été racheté par un promoteur durant l'été et le loyer d'Annie s'en trouvait considérablement augmenté, menaçant l'existence même du café. Son affaire vivait grâce aux clients de passage, des éphémères venus avaler un petit noir ou un ballon. Mais surtout grâce à ses habitués, qui y trouvaient un point de chute, une famille, un abri. Un sas, si vous voulez. Lili voulait sortir du trottoir ; Ahmed attendait la retraite ; Alexandre rêvait de gloire et des bras de Lili ; Mimo s'y réchauffait à la chaleur des copains ; Annie cherchait la fortune ; Robert, la reconnaissance de sa femme. Quant à Martine et moi, nous nous y fabriquions des souvenirs. Cette nouvelle était un choc.*

» *Les temps étaient durs et on nous confisquait notre histoire. Prenez Alexandre, par exemple : à plus de quarante ans, ses castings ne donnaient aucun résultat et il croupissait au rayon bricolage de la Samaritaine. Pour arrondir ses fins de mois et entretenir son espoir, il faisait la Statue de la Liberté, le week-end, sur les bords de la Seine. Les clients de Lili se débinaient, attirés par les filles des pays de l'Est qui débarquaient par camions. Ahmed avait perdu toutes ses économies, escroqué par l'entrepreneur véreux qui devait lui construire une maison pour ses vieux jours en Algérie. Le salon de Martine souffrait de la concurrence des franchisés, et moi, j'esquivais les repas de famille, ras le bol de m'entendre traiter de médecin de bas étage. Seul Mimo était hermétique à la crise. L'avantage d'être au fond du trou, d'après lui.*

» Je crois que c'est Martine qui a soumis l'idée de mettre nos efforts en commun pour éviter qu'on nous dépouille. Elle pensait qu'il fallait alerter la population et prouver au propriétaire l'importance de notre QG dans la vie de quartier. Ma femme avait la révolution dans le sang… »

Luciole discerne un sourire dans la voix du veuf inconsolable. C'est beau d'aimer autant. Le sourire ricoche sur ses lèvres, dont le rouge commence à s'estomper.

« Son idée était simple : créer un spectacle et le jouer toutes les semaines jusqu'à ce que le propriétaire change d'avis. Rosa au chant, Mimo à l'accordéon et Alexandre en mime dansant. Martine serait maquilleuse, coiffeuse et costumière, Lili harangueuse, Robert et Annie, au service. Et moi, prêt à brandir ma trousse de secours, comme les bénévoles de la Croix-Rouge dans les festivals. J'adorais entendre Martine tirer des plans sur la comète… Toute sa vie, elle a cultivé son enthousiasme d'adolescente. Elle disait en riant que c'était sûrement grâce aux fruits en conserve qu'elle cuisinait chaque semaine… La boîte, ça conserve… Martine était merveilleuse à tous points de vue, même dans les jeux de mots… »

La voix de l'homme déraille dans un rire qui s'efforce d'être heureux.

« *Le soir de la première, Rosa, Mimo et Alexandre sont sortis de l'arrière-boutique avec un air solennel. Mimo était rasé et habillé de frais, Alexandre était coiffé d'une casquette de Gavroche ; avec sa paire de bretelles, ses joues peintes en rose et sa figure blanche, il ressemblait à un Pierrot. Quant à Rosa, les ciseaux et les pinceaux de Martine lui avaient rendu sa superbe. Je n'irai pas jusqu'à dire qu'elle était belle, mais elle était émouvante. Pour la première fois, je me suis demandé ce qui avait bien pu la conduire au Georges 5, quels échecs, quel genre de vie l'avaient menée jusqu'à nous.*

— *Vous ne lui avez pas posé la question ?* »

Quel enfant gâté, se dit Luciole. Dès que cet Eddy parle, c'est pour couper ou pour juger.

L'enregistrement marque un silence, puis :

« *Je n'ai pas osé… Poser la question, c'était peut-être risquer de devoir aider, je ne sais pas… Y a tellement de gens malheureux. Enfin, c'est du passé, c'est comme ça.*

— *Le spectacle a eu lieu ?*

— *Et comment ! Ce soir-là, ils nous ont offert une représentation que je qualifierais de providentielle. Une chanteuse, un accordéoniste, un mime, un cercle formé de bougies. Une ambiance de titi parisien mâtinée de poésie, parfaite pour susciter la nostalgie d'une époque en train de ficher le camp. Entre deux chansons, Lili prenait la parole et distribuait des tracts dénonçant le procédé du bailleur. Nous étions des résistants contre le capitalisme et, semaine après semaine, le nombre des curieux grossissait.*

Finalement, à force de manifestations et de rassemblements, nous avons obtenu gain de cause.

— Le Georges 5 existe toujours ?

— Eh oui… Passage des Cascades, pas loin d'ici. J'ai arrêté de le fréquenter à la mort de Martine, vous savez comment c'est, trop de souvenirs… Pareil pour les tartes aux abricots à la menthe. Voilà, personne n'est éternel… Même Mimo nous a quittés, lui qui faisait pourtant partie des murs. Son enterrement, c'était quelque chose… Quand les porteurs ont sorti son cercueil, Rosa s'est levée pour entonner une chanson gaie. Ne manquait que son accordéon… Demandez aux gens du quartier, enfin, ceux qui restent de cette époque, vous verrez que je n'exagère pas…

— Et Rosa ?

— Je me rappelle l'avoir vue glisser un morceau du chapeau de Mimo dans ses affaires… Le lendemain de l'enterrement, elle s'est présentée quasi aphone au Georges 5 et m'a supplié de la recevoir en consultation. Elle était très agitée. Je l'ai fait asseoir, j'ai écouté son cœur, pris sa tension et lui ai fait ouvrir la bouche. Polypes, nodules, laryngite ou pire, comment être sûr sans examen approfondi ? Une visite à l'hôpital s'imposait. J'ai tenté de faire de l'humour pour la détendre en lui disant que sa voix était peut-être restée dans l'église. Mais Rosa ne m'écoutait pas, elle ressemblait à une gamine déboussolée. Quand Martine s'y est mise à son tour pour lui remonter le moral, elle est entrée dans une colère noire. Sa gorge a raclé qu'elle crèverait de ne plus chanter. Il ne lui restait plus rien, on ne pouvait pas lui enlever ça aussi. Je crois qu'elle sentait au fond d'elle que les dégâts étaient irréversibles.

» La nuit suivante, vers 2 ou 3 heures du matin, de grands coups portés contre la porte de l'appartement nous ont tirés du lit. Rosa était accompagnée d'un vagabond

sérieusement amoché. Un certain Patrick, je crois. J'ai voulu les renvoyer vers les urgences ou, à défaut, vers la pharmacie de garde, mais Martine m'a jeté un regard noir. Impossible de laisser tomber Rosa. Je me suis retrouvé à recoudre l'arcade sourcilière d'un SDF au milieu de ma cuisine, en robe de chambre. Puis l'oiseau s'est envolé et nous n'avons plus jamais entendu parler de Rosa. Enfin si, une fois, des mois plus tard. Un soir, nous avons retrouvé le même homme sur notre palier. Il avait une mine effrayante, des yeux fous. Il cherchait Rosa. Martine lui a offert un café. Le pauvre bougre était paniqué, terrifié à l'idée qu'il soit arrivé quelque chose à "sa" Rosa, comme il disait. Martine a noté son numéro de téléphone – il possédait un de ces vieux portables increvables, vous voyez ? – et a promis de l'appeler à la moindre nouvelle. Depuis, plus rien, jusqu'à votre affiche… »

Un silence, le chat miaule. Puis la voix :

« *Eh oui, mon Oscar, c'est la vie… Lili et Alexandre se sont séparés, Ahmed a pris sa retraite et confié son affaire à sa fille, qui l'a vendue à un franchisé. Danielle a été remplacée par un automate imposé par les PMU et Martine est tombée malade… J'ai fermé le cabinet deux mois avant son décès pour m'occuper d'elle, trop tard, évidemment… Nous avons sauvé le Georges 5, mais pas pu empêcher l'eau de couler sous les ponts… En parlant de pont, j'ai entendu dire que Lili travaillait comme dame pipi du côté de Notre-Dame. Une reconversion comme une autre, vous me direz. Je vous ressers ?* »

La conversation s'arrête net, l'entretien n'a fait l'objet d'aucun montage. Surprise, Luciole se demande qui peut être cet Eddy. Un homme mutique, assurément, et imperméable à la douleur des autres. Certainement pas un journaliste, en tout cas. Et probablement un dingue…

Ses oreilles bourdonnent. Quand même, des Rosa qui chantent « La vie en rose »…

— *Ça va ?* s'inquiète Théo dans son casque.

— Tu peux m'apporter un autre verre d'eau, s'il te plaît ?

Théo enclenche la playlist et, vingt secondes plus tard, pose un verre devant elle et une main sur son épaule. Il sent bon.

— Il y a vraiment beaucoup d'appels, tu sais…

Les appels… Elle pourrait arrêter là, reprendre son émission.

— Non. On continue les enregistrements.

Pour une fois, c'est elle qui a besoin des autres.

19

Été 2021

Eddy sortit groggy de l'appartement du Dr Kadoche. Il était venu parler de Rosa et se retrouvait dépositaire d'une masse de souvenirs qui n'avaient pas grand-chose à voir. Heureusement qu'il avait eu l'idée d'enregistrer, ça lui permettrait de réécouter le tout à tête reposée.

Au pied de l'escalier, M. Brochet n'avait pas bougé d'un iota. En passant devant lui, Eddy répondit d'un sourire au « R'voir » grinçant que le concierge lui adressa. Le soleil dardait ses rayons sur la rue poussiéreuse. Eddy aperçut au loin les jumeaux, occupés à tapisser le trottoir à l'aide d'un sac de sable.

Dès qu'il apparut dans leur champ de vision, les frères délaissèrent leur fausse plage et accoururent à sa rencontre.

— Vos recherches, monsieur, ça avance ? s'enquirent les boucles tandis que les lunettes rafistolées émettaient des bruits de pet avec la bouche.

Eddy louvoya, pressé d'en finir.

— Un peu.

— Un peu, c'est pas beaucoup, trancha le bouclé.

— Un peu, c'est bien, déjà…

— Dites donc, je vous ai pas dit de dégager votre bordel de mon trottoir ?

Eddy pivota et découvrit le gardien, congestionné de colère, campé droit sur ses deux cuisses qui n'en paraissaient qu'une seule. Tenant sa canne à pêche comme une baïonnette, il prit Eddy à témoin :

— L'hiver, y m'piquent mon sel, l'été, y m'piquent mon sable. Ils boufferaient le riz sur la tête d'un malnutri ! Mauvaise graine un jour, mauvaise graine toujours, tiens.

— C'est pour faire la mer ! plaidèrent les lunettes en biais, au bord des larmes.

— S'il vous plaît, juste dix minutes, renchérit l'autre en tenant la main de son frère. Ça lui fait plaisir…

— Allez hop, remballez-moi ça, sinon je fais débarrasser par la Ville aux frais de votre mère.

Eddy sentit poindre un début d'énervement. Combien de fois, comme ces deux gamins, avait-il été remis à sa place de pauvre ? Le manque d'argent, les jeans au logo inversé, les mauvaises copies chinoises achetées au marché… Et les railleries incessantes.

Fin de collège. Les sanitaires au bout du couloir. Ils lui étaient tombés dessus à trois, toujours les mêmes. Pour rigoler, soi-disant. Le sac en vrac, les cahiers et les stylos noyés. La tête dans les chiottes, Eddy avait pensé à son père qui se saignerait pour lui racheter des fournitures. Il avait vu rouge. Pas bleu, rouge : pour la première fois, la rage avait supplanté la peur. Alors que les trois collégiens sortaient hilares des WC, il avait sauté sur le dos du meneur, qui n'avait pu que parer les coups. Un cercle s'était formé autour d'eux. L'adrénaline était si forte qu'il avait fallu l'intervention de deux pions pour venir à bout des lutteurs. Eddy fulminait. L'autre, vexé, reniflait en tenant son nez fracassé.

Cet épisode avait marqué le premier jour de la nouvelle vie d'Eddy, qui avait gardé et caché derrière sa plinthe un bout de T-shirt arraché dans la bagarre. Son trophée.

Évidemment, les choses n'en étaient pas restées là. Conseil de discipline, exclusion d'une semaine, assortie de l'obligation de rédiger une lettre d'excuses. La mère de son tortionnaire avait approuvé d'un air supérieur, tandis que le père d'Eddy gardait le front baissé. Eddy en avait conclu que le monde ne tournait pas rond. La haine. Viscérale.

Deux possibilités : sublimer ou s'enfoncer. Il avait glissé vers la seconde. Et pour cause : à son retour au collège, sa vie avait changé. Fini, les moqueries, Alune n'était plus le pauvre gosse à l'anorak rapiécé, il avait gagné une notoriété. Grossi jusqu'à la légende par le téléphone arabe, le récit de la rixe tenait les autres en respect.

Pour l'heure, Eddy commençait à prendre le gardien en grippe. Mais intervenir au bourre-pif se retournerait contre lui. Ça s'était déjà vu…

Indifférent au débat intérieur qui secouait le baraqué devant lui, le concierge retourna affaler son postérieur de chefaillon sur son siège en toile. Les gamins, défaits, soupirèrent en contemplant le sable éparpillé.

— Vous avez du boulot, les gars, compatit Eddy en se radoucissant.

— De toute façon, on n'a rien d'autre à faire, répliqua le gamin chevelu.

— Est-ce que vous sauriez où se trouve le passage des Cascades ?

— Carrément ! On vous emmène.

— Pas la peine. Indiquez-moi le chemin.

— C'est facile… Vous voyez le Franprix ? Vous comptez deux rues après, et c'est la perpendiculaire. Vous cherchez quoi, là-bas ?

— Un bar qui s'appelle le Georges 5.

Le chevelu esquissa une moue hésitante.

— Y a bien un bar, mais c'est le Plazza…

Il ajouta à voix basse, voyant qu'Eddy s'attardait sur les mimiques bizarres de son frère :

— C'est pas sa faute, vous savez. Ça aurait pu être moi.

Eddy esquissa un léger sourire. Ils étaient touchants, ces gamins.

Il délaissa les jumeaux et leur ennui estival, et prit la direction du passage des Cascades, l'attention confisquée par les éléments qu'il avait glanés chez le Dr Kadoche. Il savait, en vrac :

Que Rosa était têtue.

Qu'elle n'aimait pas l'hôpital.

Qu'elle entretenait un lien particulier avec « La vie en rose » d'Édith Piaf.

Qu'elle parlait peu.

Qu'elle ressemblait vaguement à une chanteuse oubliée.

Qu'elle avait peut-être un fils.

Qu'elle chantait comme si sa vie en dépendait.

Qu'elle s'était acoquinée avec un sans-abri, un certain Patrick dont le médecin lui avait livré le numéro de téléphone, vieux de vingt ans.

Qu'elle était partie crever ailleurs, aphone, à la manière des éléphants dont on dit toujours qu'ils se cachent pour mourir, même si les zoologues ont infirmé l'idée.

Finalement, chaque indice soulevait son lot de questions.

Eddy sourit. Son enquête avançait et Rosa commençait à prendre du relief. Les Photomaton sortaient de leur cadre pour s'incarner en trois dimensions.

Il s'engagea dans le passage et se posta devant la façade du Plazza. Un couple élégant bavardait autour d'un cocktail sur la terrasse en caillebotis. L'homme parlait, la femme fumait en silence.

Eddy se détourna et se concentra sur la vitrine rénovée. Les voilages évoqués par le médecin avaient disparu, tout comme le juke-box et le flipper. Comment s'assurer que le vieux ne s'inventait pas des souvenirs ?

Il contourna la terrasse et poussa la porte.

L'intérieur était tout en contrastes, peintures récentes, mobilier ancien et touches de contemporain. Une jeune fille blonde en marinière s'activait derrière le comptoir.

Eddy s'établit le plus loin possible du zinc pour s'offrir une vue panoramique. Il observait les anfractuosités du carrelage quand il remarqua quatre marques grosses comme une pièce de 2 euros – l'empreinte de quatre pieds. Un peu plus loin, celle, rectangulaire, d'un engin qui avait dû être imposant. Le flipper, le juke-box. Dans la tête d'Eddy, le décor se mit doucement en place. En poussant un peu l'effort, il visualisa Rosa, assise près de la vitre. Son profil contemplait la rue sous la pluie.

La vision dégringola sur la serveuse.

— Excusez-moi, je vous demandais ce qui vous ferait plaisir…

— Une limonade.

— Light ? normale ?

— Normale.

La jeune fille apporta un verre rempli de glaçons à moitié fondus, flanqué d'une tranche de citron, d'un sous-verre et d'une coupelle en plastique sur laquelle l'addition, discrète, était pliée en deux. Tandis qu'elle décapsulait la bouteille, Eddy chercha un moyen d'amorcer la conversation.

— C'est vous, la propriétaire ?

Elle gloussa.

— Ah ça non, alors.

— Les patrons, ce sont bien Robert et Annie ?

— Robert et Annie ? Désolée, je ne vois pas.

— Ce café portait bien un autre nom avant ?

— Vraiment, je suis navrée, je ne peux pas vous dire. Je travaille ici depuis trois mois, je suis étudiante…

Eddy sirota sa limonade en silence avant de repartir à sa vie. Tant de relations humaines en quelques heures l'avaient épuisé.

Dans la solitude de son poste de surveillance, il eut tout loisir de réécouter l'enregistrement. Lui qui n'aimait pas s'appesantir sur les gens ne pouvait nier que ce docteur à la retraite, la fourrure clairsemée de son chat et son amour fou pour sa défunte épouse l'avaient touché. Tout comme les personnages du café.

Mais la mémoire tord tout et diffracte ce qu'elle veut. La réalité était sans doute assez éloignée du récit qu'en avait fait le vieil homme.

Il avait envie de creuser.

Il n'y eut que Luciole, cette nuit-là, pour lui faire lâcher l'os de son enquête. Les remords, les regrets et sa solitude remontèrent à foison. Flottant à la surface, le corps de Diego et le regard humilié de son père.

Diego, qui lui avait offert sa radio en prison. Il ne parlait que de sortir et y était arrivé, pendu à la tuyauterie de la cellule. Un matin, Eddy avait ouvert les paupières sur ses pieds qui se balançaient lentement. Une tache d'urine sur son jogging, le portrait de sa mère sur son dos. Le cou ceint d'un tortillon de draps, les yeux exorbités. Son troisième macchabée, après un deuxième qu'il faudra bien évoquer tôt ou tard. Mais pas tout de suite.

Son père, lui, était le quatrième.

Peu à peu, Eddy et son paternel s'étaient éloignés. À force de traîner en roi du monde, Eddy avait changé de point de vue et décidé qu'il ne passerait pas ses journées à récurer le sol des supermarchés. Quand on voulait quelque chose, suffisait de se servir et de cogner. Dans le regard de son père, la première fois qu'il avait débarqué chez les flics en catastrophe, le teint verdâtre, un peu perdu, il y avait surtout eu de la tristesse. Et, dans le cœur d'Eddy, de la haine pour l'univers tout entier.

On soigne sa culpabilité comme on peut. Au fil des semaines, la lubie d'Eddy pour sa clocharde vira à l'obsession. Il envisagea toutes les pistes esquissées par le Dr Kadoche : l'épicier Ahmed, le grand-père des jumeaux, qui avait pris sa retraite en Algérie ; le vieux numéro de portable que le médecin lui avait communiqué – il bafouilla un message sur le répondeur automatique ; enfin, Lili, l'ancienne prostituée reconvertie en dame pipi.

Eddy se mit à arpenter les WC du côté de Notre-Dame. Il ne disposait que d'une description sommaire et forcément obsolète : une grande brune avec une belle poitrine. Chaque fois, c'était la même rengaine, il se plaçait dans la file d'attente et, quand arrivait son tour, il lançait un : « Bonjour, je cherche Lili. » La plupart du temps, on se bornait à lui désigner la soucoupe où déposer un pourboire et il tournait les talons.

Une fois, pourtant, on lui proposa de repasser : la dame de l'après-midi s'appelait Liliane. C'était peut-être celle qu'il cherchait.

20

Printemps 2022, cette nuit
Maison de la Radio

Luciole se doute que l'histoire de Rosa ne passionne pas ses auditeurs, mais tant pis. La paroi de son ventre s'étire, elle reçoit un coup de pied dans les côtes. Luciole soupire en regardant le cendrier. Vivement qu'il sorte, pour qu'elle puisse se remettre à fumer. Elle prendrait bien un whisky, d'ailleurs. Si ce n'est toute la bouteille.

L'enregistrement de la face B s'enclenche sur un crépitement, des bruits de pièces et, en plus de celle d'Eddy, une voix au timbre légèrement nasillard.

« *Bonjour, madame.*

— *'jour, 50 centimes s'il vous plaît. Au fond à droite vous avez une cabine de libre.*

— *Non, en fait… je cherche quelqu'un.*

— *Allons bon. Mettez-vous là pour laisser passer, s'il vous plaît… Bonjour madame, 50 centimes, oui, c'est pas donné… Vous cherchez qui, du coup ? Je connais pas grand monde, c'est surtout des touristes qui viennent.*

— Lili. On m'a dit qu'elle travaillait du côté de Notre-Dame.

— On peut savoir qui ?

— Un docteur à la retraite…

— Vous m'en direz tant. Et qu'est-ce que vous lui voulez, à cette Lili ?

— Lui parler.

— Elle a peut-être pas envie de causer. Madame, s'il vous plaît, c'est pas gratuit, c'est écrit là… Sans doute parce qu'il faut payer les gens comme moi, qu'est-ce que vous voulez que je vous dise ? Voilà, mettez les sous dans la machine, elle rend la monnaie s'il y a lieu. »

La femme n'est pas très aimable. L'enquêteur force sa nature, il se donne du mal, ça se sent. Luciole éprouve un début de compassion. Pas évident de se retrouver face à une porte de prison.

« *Écoutez, je n'ai pas vraiment le temps, ça dépote.*

— Je peux revenir si vous voulez.

— Non. En plus, j'voudrais pas être malpolie, mais j'aime pas trop ça, qu'on m'enregistre. Des Lili, ça court les rues. Je vous souhaite de trouver la vôtre. Allez, bien le bonsoir.

— Vous êtes grande.

— Et vous, vous êtes bizarre. Pour la sortie, c'est de l'autre côté, faut suivre les flèches.

— …

— Pliz, put money here, Seur. Fifty centaïmes. Tank you. Oui voilà, c'est ça, bye et bonne journée. »

Les secondes passent, durant lesquelles on entend le bruit de la vie, le quotidien d'une dame pipi.

« *Vous êtes encore là ?*

— *Vous connaissez Alexandre ?*

— …

— *Alexandre, ça vous dit quelque chose ?*

— *C'est lui qui vous envoie ?* »

Un empressement soudain. Et un nouveau coup dans l'abdomen de Luciole.

« *Non.*

— *Ah. Bon.*

— *Je vous sens déçue…*

— *Non, c'est un con. On n'est plus déçue une fois qu'on le sait.*

— *Du coup, c'est vous, Lili.*

— *Vous êtes doué, félicitations. On peut savoir pourquoi vous enregistrez ?*

— *Je mène une enquête. Je cherche à retrouver qui était Rosa.*

— *Rosa… Rosa… Pourquoi "était" ?*

— *Elle est décédée.*

— *Ah…*

— *Vous venez de faire le signe de croix…*

— *Bah oui, c'est pour que le Bon Dieu la prenne. Je l'ai pas beaucoup connue mais c'était quelqu'un de bien.*

— *Qui ça, le Bon Dieu ?* »

Cet Eddy serait-il doué d'humour ?

« *Mais non enfin, vous faites pas plus nigaud que vous êtes, je parlais de Rosa…*

— *Vous êtes croyante ? Vous portez une médaille avec un ange…*

— *Oui, ça date de quand j'étais petite, à mon baptême. Les petites marques, là, c'est des traces de dents de lait.*

— Les vôtres ?

— Non, celles du Bon Dieu... Bah oui, pardi, les miennes. Vous me voyez porter un pendentif avec les chicots de quelqu'un d'autre ? Je vois qu'une cabine a été libérée, faut que je passe un coup dedans, je reviens... Bon alors, qu'est-ce que vous voulez savoir au juste ?

— Lili, c'est votre prénom ?

— Un surnom. Je m'appelle Liliane. Lili, ça date de quand j'étais petite.

— Comme votre médaille.

— Oui, voilà, comme ma médaille. Et vous, on peut savoir c'est quoi, votre nom ?

— Eddy.

— Eddy... Vous avez pas une tête à vous appeler comme ça, je trouve.

— Ah oui ?

— Bah oui.

— ...

— Et donc ?

— Le Dr Kadoche m'a parlé de vos parties de belote.

— Oh là là, c'est la préhistoire. Et ?

— Vous vous souvenez un peu de cette période ?

— Pas beaucoup, faut être honnête...

— Le Dr Kadoche dit que vous étiez en pleine reconversion.

— Toujours aussi bavard, le docteur Sécu...

— Le docteur Sécu ?

— Kadoche, quoi. On l'appelait "Sécu" parce qu'il avait du mal à se dépatouiller des feuilles de soins. Faut avouer que l'administratif c'est souvent une usine à gaz. Comment va-t-il ?

— Il a perdu sa femme il y a deux ans.

— Martine ? Elle était si jeune... Enfin, on avait à peu près le même âge... Lui et Martine étaient toujours fourrés ensemble. Ça a dû lui faire tout drôle de la voir partir, pauvre homme... Enfin, c'est la vie, on n'est pas grand-chose.

— …

— Y a autre chose ? Parce que faut que je travaille, si ça ne vous ennuie pas.

— Vous étiez prostituée ?

— Euh… oui…

— Ça vous embête que je l'évoque ?

— Non, mais ça m'étonne que vous le lanciez de but en blanc. D'habitude, les gens osent pas, ils ont peur de me fâcher. Remarquez, c'est pas que je m'en vante non plus, mais j'ai pas honte. Pourquoi faudrait avoir honte ? Ça m'a payé mon indépendance, et puis c'était pas tout noir, j'ai eu des jolis moments, certains clients sont touchants, vous savez. On n'imagine pas, mais y a beaucoup de solitude dans nos villes. J'aimais bien, je me sentais utile.

— …

— Bon, c'est comme dans le showbiz, faut savoir raccrocher à temps, y a un âge où ça devient pathétique. Comme vous le voyez, ma reconversion s'est pas déroulée comme prévu. Je crois que j'avais tout envisagé, sauf de faire carrière dans les guoguenots. C'était pas de Rosa que vous vouliez parler, au fait ?

— Si… De vous aussi, puisque vous l'avez connue. »

Dans l'interview précédente, Eddy n'en avait que pour son enquête. Cette fois, il fait l'effort de s'intéresser à son interlocuteur. Sa timidité affleure, des blancs parsèment l'échange. Luciole aime bien ce que ces hésitations racontent.

« *Je sais pas quoi vous dire sur Rosa. Ça date, maintenant.*

— Il paraît qu'elle chantait.

— Ça, pour chanter, elle chantait sacrément. Elle était pas bien grande, elle m'arrivait aux épaules à peu près, c'était une petite dame discrète, le genre qu'on croise

chez le boucher. Mais sitôt qu'elle chantait, c'était plus la même. Elle dégageait.

— Comment ça ?

— Elle avait du charisme, quoi. Ça vous collait des frissons. Elle n'avait pas besoin de micro, sa voix portait loin. Par contre, quand elle finissait de chanter, elle redevenait une petite dame normale, sans plus.

— Elle habitait à proximité du café ?

— Je vais vous avouer, elle m'intriguait, alors ça m'a pris un soir de la suivre, c'était le soir où elle a chanté pour la première fois pour clouer le bec à cette saleté d'Annie. Je l'ai vue entrer dans un box électrique désaffecté. J'ai fait "toc toc" à la porte qu'était pas fermée. Elle avait l'air embêté de me voir là. Elle s'était installée avec son baluchon. On a parlé toutes les deux, elle m'a raconté qu'elle avait tout perdu dans un incendie mais que c'était provisoire, le temps de se retourner. Je connaissais le propriétaire d'un petit hôtel, rue Poinsot. J'ai négocié une chambre pour trois nuits. C'était pas le grand luxe, mais ça dépannait et le propriétaire était arrangeant, on avait déjà fait affaire ensemble. Après ça, je payais l'hôtel à Rosa de temps à autre, quand je la trouvais trop fatiguée. Elle m'avait fait promettre de ne rien dire. Elle avait honte d'être à la rue. J'ai jamais bien compris. Moi, j'ai jamais eu honte, par exemple. Notez qu'elle était pas du genre à laisser des dettes, elle m'a remboursée jusqu'au dernier centime. Je sais pas de quoi elle vivait. La manche, peut-être.

— Pourquoi l'avez-vous aidée ?

— Peut-être parce que ça gelait dehors et que j'aurais pas pu dormir de la savoir grelotter dans son placard en béton. C'est peut-être rien que de l'égoïsme, au fond. Je pouvais pas la prendre dans mon appartement, j'exerçais chez moi, si vous voyez ce que je veux dire. Elle est drôle votre question, comme si fallait se justifier…

— Vous avez bon cœur.

— Bof.

— J'ai l'impression que ça vous gêne que je vous dise que vous avez bon cœur…

— C'est pas ça, mais… C'est comme si je vous disais que vous avez un beau cul, vous allez répondre quoi ? Bah voilà, c'est pareil… Cinquante centimes, oui, merci madame, bonne journée. Voilà.

— J'ai une photo de Rosa.

— Montrez un peu… Oui, c'est bien elle, là, à gauche… Oh là là, ça me fait drôle de la revoir… C'est une photo qu'elle avait sur elle, non ? L'écriture, là, au dos, vous voyez, c'est la mienne. "Vagalome". *Elle m'avait demandé d'écrire à sa place parce qu'elle avait mal à la main, à cause d'une brûlure, un truc comme ça. Elle avait peur d'oublier. "La vie est une grosse gomme", elle disait.*

— Vous savez qui est Vagalome ?

— Rosa était une femme secrète… J'imagine que c'est le gamin de la photo.

— Ça pourrait être son fils, d'après vous ?

— Comment voulez-vous que je le sache ? Il a l'air d'avoir quoi, douze, treize ans sur la photo. Ça fait une sacrée différence d'âge quand même, encore que. Non, vraiment, je peux pas vous renseigner. »

Le regard de Luciole se brouille.

Le souvenir de sa mère la percute. Le fœtus lui flanque un coup.

Elle plonge ses lèvres tremblantes dans le verre d'eau.

« *Et Alexandre ? Que s'est-il passé ?*

— Vous êtes bien curieux, à débarquer comme ça et à poser des questions aux gens… Pourquoi est-ce que je vous parlerais de ma vie privée ?

— Vous n'avez pas envie d'en parler ?

— Pour ce qu'il y a à en dire… Si Alexandre avait été moins abruti, on serait sans doute dans une petite maison au bord de la mer à l'heure qu'il est. C'est comme ça, on va pas refaire l'histoire. Le passé, c'est le passé.

— Vous vous êtes disputés ? »

Soupir dans l'enregistrement.

« *On s'est dit nos quatre vérités, plutôt. Il m'a traitée de putain décatie. Venant de n'importe qui d'autre, ça me serait passé au-dessus de la cafetière. Mais de sa part, ça m'a blessée. Ça fait plus de quinze ans, y a prescription.* »

Luciole connaît ces mots terribles balancés l'air de rien, d'autant plus tenaces qu'on fait tout pour les étouffer. « Tu me déranges, jetait sa mère. Si t'étais pas là, je serais pas en train de me faire chier comme ça. T'as gâché ma jeunesse. Et puis, t'as la même tronche que lui, tu me dégoûtes. »

« *Vous savez ce qu'il est devenu ?*

— Aucune idée et je m'en porte pas plus mal. Tiens, y a un car de Japonais qui débarque. Avec eux, attention, faut que ça brille. C'est pas comme les Chinois, on dit qu'ils se ressemblent mais pas du tout en vérité, les Chinois sont nettement moins à cheval sur la propreté. Remarquez, je leur jette pas la pierre, aux Japonais, c'est important que ce soit propre. Et puis y a rien qui nous oblige à faire le métier qu'on fait, alors autant bien le faire. Sur ce, bonne journée, et puis bonne continuation pour vos recherches. Wait, it's in in ze fente ire, not dans ma pocket, yes, voilà, tank you.

— Je peux utiliser vos toilettes ?

— Si vous avez 50 centimes… »

21

Automne 2021

Pendant qu'Eddy avalait son petit déjeuner et que septembre décrochait les feuilles des arbres, Jojo le pigeon amorça un atterrissage sur le rebord de son vasistas. Le jeune homme ouvrit la fenêtre et déposa un Chocapic devant l'oiseau avant de se demander si les oiseaux pouvaient souffrir de diabète. Se ravisant, il récupéra la friandise et la remplaça par une poignée de graines.

— C'est pour ton bien, justifia-t-il.

C'est nouveau, ça... Depuis quand tu te préoccupes des autres ? roucoula Jojo. Serait-ce cette Rosa qui te chamboule ? Et les cendres de ton père, tu comptes les encadrer ? Ça fait plus de six mois...

Eddy referma la fenêtre. Il n'allait pas se laisser enquiquiner par un pigeon de mauvaise humeur.

Jojo était mort et avait ressuscité un nombre incalculable de fois depuis qu'Eddy l'avait trouvé en train de nicher sur le balcon de l'appartement de son enfance, quelques heures après être tombé sur Rosa. Eddy se doutait bien que Jojo n'était plus exactement Jojo, et que le premier avait été remplacé par toute une lignée d'autres. Peu lui importait, il s'était façonné sa réalité. Dans son monde d'enfant qui refusait de grandir, il y avait donc un pigeon immortel.

Il prit son téléphone et, pour la énième fois, composa sans trop y croire le numéro de Patrick, le SDF à l'arcade déglinguée. Un petit miracle se produisit pourtant : quelqu'un, qui n'était pas Patrick, décrocha.

— *Il a oublié son téléphone dans la cabine du camion. Je lui rendrai dès qu'il reprendra son service. Vous avez un message ?*

— Je voudrais savoir où le trouver.

— *Ce n'est pas pour lui causer des problèmes au moins ?*

— Non, j'ai quelque chose à lui rendre.

— *Bien, alors dans ce cas... Vendredi de la semaine prochaine, sur le coup de 8 heures, il sera sur le parking de la Marée, à Rungis.*

Eddy remercia et dressa le bilan de ses recherches. Il avançait à la vitesse d'un escargot dépressif. La personnalité de Rosa demeurait difficile à appréhender. Un être délicat à la dignité non négociable, voilà de quel hélium il pouvait remplir le ballon de baudruche de son inconnue.

En se couchant sur son canapé, il se rappela qu'il rêvait souvent d'elle : elle courait sans qu'il parvienne jamais à la rattraper.

L'après-midi suivant, il retourna traîner ses guêtres du côté du Plazza. Il y but une limonade, posa mentalement le juke-box et le flipper dans leurs empreintes et se figura Rosa, en train de chanter au milieu des tables comme si sa vie en dépendait. Puis, ne sachant que faire, il enfonça ses mains dans ses poches et, magnétophone en bandoulière, déambula dans les rues adjacentes.

— Vous êtes revenu, monsieur ?

Le jumeau chevelu se tenait devant lui, hirsute comme un gazon en friche.

— C'est drôle qu'on se croise, dit-il en tenant par la main son frère qui s'amusait à faire l'Indien avec sa bouche.

Eddy éprouva l'envie, inédite, d'un brin de conversation.

— La rentrée s'est bien passée ?

— Ouais, ça va.

— Quelle classe ?

— Cinquième pour moi. En ULIS pour Wassim, c'est une classe spécialisée. Et vos recherches, elles avancent ?

— Pas beaucoup. Vous croyez que votre grand-père accepterait de me parler ?

— Pour la chasse au trésor ? s'intéressèrent soudain les lunettes.

Eddy opina.

— On n'a qu'à lui demander, fit Driss, le bouclé. Il habite pas loin. Wassim, ça t'ennuie de marcher un peu ?

Eddy, qui avait cru l'aïeul retiré sur la terre de ses ancêtres, sentit un courant électrique lui parcourir la nuque.

— Faut prévenir votre mère, non ?

— Pas besoin, elle sait pas qu'on a terminé les cours, c'était pas vraiment prévu.

Eddy cala son pas sur celui, un peu tordu, de Wassim. En chemin, ils discutèrent des équerres qui se cassent deux semaines après la rentrée, de l'huile de palme, des gorilles en voie de disparition, de Darwin, des voyages spatiaux et du bitcoin. Eddy se surprit à rire. Il se sentait bien avec eux.

Parvenus aux portes du périphérique, ils s'engagèrent dans une cité aux briques rouges, au milieu de laquelle s'étendaient des jardins partagés.

Un vieil homme bêchait la terre, penché sur son râteau.

— Jeddi ! le héla Wassim en se ruant sur son grand-père.

L'homme se redressa en essuyant son front et pivota vers eux un sourire doux qui se mua en perplexité.

— Eh alors, vous n'êtes pas à l'école ?

— On a fini !

— À 15 h 30 ? Vous seriez pas en train de me raconter des salades ?

— Ah non ! s'indignèrent les cheveux. L'assistant d'éducation de Wassim est pas venu…

— Ça, ça vaut pour Wassim… Et toi ?

— Mon prof d'anglais était absent.

Le grand-père émit un grognement navré.

— J'avais dit à votre mère que c'était pas un bon collège. Elle est têtue comme une mule…

— C'est pas elle, Jeddi. Je voulais pas aller dans le privé…

Le grand-père sortit des confiseries de sa poche en grommelant que sa fille faisait tout de travers et, les joues gonflées de chocolat, Driss fit signe à Eddy, resté en retrait, de s'avancer.

22

Printemps 2022, cette nuit
Maison de la Radio

— *On reprend les appels ?* demande Théo dans son casque. *J'ai déjà quatre auditeurs qui ont renoncé. Les gens ne comprennent pas pourquoi tu ne les prends pas… Tu m'entends, Luciole ?*

Luciole s'est murée dans le silence avec les fantômes de son passé.

L'incendie. Les flammes au plafond de la cuisine. Le début de l'enfer.

Elle s'entend hurler. À six ans, elle trop petite pour affronter un grille-pain qui brûle. Elle est seule. Sa mère est encore partie quelque part.

— *Ho ! Luciole, tu es avec moi ?* insiste Théo.

Elle appuie sur le bouton. Approche ses lèvres du micro.

— Mets la suite, s'il te plaît.

— *Si tu y tiens*, soupire Théo. *Ça part à la fin de la chanson.*

Théo a la délicatesse de ne pas s'immiscer. Sa silhouette rassurante se dessine entre les petits feux des diodes. Si elle avait eu un fils, elle aurait aimé qu'il lui ressemble, ni trop beau ni pas assez, le charme de l'entre-deux. De lui, elle ne sait pas grand-chose. Seulement qu'il a une petite amie, des lunettes rondes, un faible pour les T-shirts de super-héros, une passion pour la cuisine coréenne et tendance à s'écorcher le menton quand il se rase.

Vlan, une nouvelle attaque dans son abdomen. Elle en a le souffle coupé.

Dans le parc à deux pas de chez elle, des pères poussent des enfants sur les balançoires, des mères en rattrapent sur les toboggans, des nounous pianotent sur leur téléphone portable, des gamins cuisinent de la bouillie avec du sable et de l'eau. Il y a des bisous magiques sur les croûtes de sang, des lacets refaits, des nez mouchés. Ça ne lui fait ni chaud ni froid. À la distribution de la tendresse, Luciole est arrivée trop tard. Résultat des courses, elle ne sait pas plus en donner qu'en recevoir.

Un pied ou une main écarte ses côtes avec la lenteur d'un mollusque vicieux. Elle n'a pas un gros ventre. Le bébé essaie de se faire tout petit. N'empêche, Luciole compte les jours. Un mois encore et puis *ciao*, à jamais.

Le troisième enregistrement débute sur un chant d'oiseau et la voix d'Eddy, peu assurée.

« *Il fait bon aujourd'hui.*
— *Pas mal, oui.* »

Ces trois mots laissent transparaître un accent maghrébin. L'épicier d'origine algérienne…

« *Il paraît qu'il va pleuvoir dans la soirée…*
— *J'ai vu ça à la météo. Mais, moi, je me fie au ciel.*

— *Vous faites du jardinage ?*
— *Un petit potager.*
— *Qu'est-ce qui pousse en ce moment ?*
— *Potiron, courgettes, carottes, ail, oignon. On ramasse les dernières tomates aussi.*
— *Tout ça dans un si petit espace ? Vous avez quoi, dix mètres carrés ?*
— *Onze exactement... Avant je les vendais, maintenant je les récolte. J'ai pris du galon.* »

L'homme rit. Eddy aussi, un peu.

« *Et c'est comment de cultiver au milieu de la ville ?*
— *Pareil qu'à la campagne, avec du béton en plus.*
— *Ça vous plaît ?*
— *J'aime bien, c'est mon petit jardin...*
— *Jeddi,* s'invite la voix d'un enfant, *le monsieur cherche quelqu'un que t'as connu quand tu avais l'épicerie. Elle s'appelle Rosa...* »

Jeddi, « grand-père » en arabe. Parmi les trois familles d'accueil que Luciole a intégrées, il y avait une famille d'origine tunisienne. Le grand-père, vicelard comme pas possible, avait du mal à garder ses mains dans ses poches.

« *Rosa ?*
— *Une chanteuse...*
— *Ah oui, Rosa, la chanteuse... C'était il y a longtemps...*
— *Jeddi, t'as fait du thé à la menthe ?*
— *Oui, va chercher la Thermos dans le cabanon, la porte est ouverte. Et prends quatre verres.*
— *Je ne veux pas vous déranger...*
— *J'avais presque terminé. Venez, on va s'asseoir.*
— *Le mobilier est à vous ?*

— *À l'association. On aime bien se réunir. On regarde les tomates pousser. Justement, voilà Marcelle. Hey, salut Marcelle.* »

La voix d'une femme.

« *Salam Ahmed ! C'est toujours bon pour demain soir ?*

— *Les brochettes d'agneau sont en train de mariner.*

— *Parfait ! J'ai vu avec Ghislaine, elle prévoit un far aux pruneaux, Ivanka prépare un chou farci et Jean-Dominique apporte des acras. Comme d'habitude, à la bonne franquette. Y a plus qu'à espérer que la pluie nous épargne. Au pire, on dépliera l'auvent. Allez, à demain. Bonjour, monsieur. Et au revoir !* »

On entend des pas qui s'éloignent.

« *J'ai l'impression que c'est très international ici.*

— *C'est Paris. On vient tous s'y perdre.*

— *Vous souriez…*

— *Parce que c'est agréable, on s'entend bien.*

— *Votre thé à la menthe est délicieux. Vous le préparez vous-même ?*

— *Évidemment ! Avec de la menthe du Maroc que je fais pousser là, regardez. Les autres ne valent rien. Il faut aussi des lingots de sucre que j'achète exprès, pas le tout-venant du supermarché. Et de la patience, comme pour tout.*

— *Vous êtes un homme patient ?*

— *Je passe ma retraite à faire pousser des légumes. Alors la patience, ça me connaît.*

— *Vous êtes en France depuis quand ?*

— *1974.*

— *L'année de la victoire d'Abba à l'Eurovision.*

— *Peut-être. Moi, les films, vous savez…*

— Pardonnez-moi si je suis indiscret… Pourquoi êtes-vous resté en France ?

— J'ai essayé de retourner en Algérie, mais Oran a changé. Ma femme, c'est pas pareil, elle est restée.

— Ça vous rend triste ?

— Quoi ?

— Que votre épouse ne soit pas avec vous.

— Du moment qu'elle est contente, je suis content aussi. Driss, où c'est que vous allez ?

— Wassim a envie d'aller aux toilettes.

— D'accord. Faites pas n'importe quoi dans l'ascenseur. La dernière fois, ils ont bloqué la cabine à force de sauter dedans. »

On entend Eddy étouffer un rire puis embrayer :

« *Driss s'occupe beaucoup de son frère…*

— C'est comme ça depuis qu'il est tout petit. Une lourde responsabilité. Un jour viendra il fera sa vie, Inchallah… Yasmine a de la chance de l'avoir, elle ne se rend pas compte.

— Yasmine ?

— Ma fille, la mère des petits. Une vraie tête de mule, elle n'écoute personne.

— Vous ne vous entendez pas bien ?

— C'est pas ça, chef, disons qu'on n'est pas d'accord sur grand-chose. Je suis trop de là-bas pour elle et elle est un peu trop d'ici pour moi. Je lui ai donné tout ce que j'avais bâti et regardez ce qu'elle en a fait. Elle est tombée amoureuse d'un type, elle lui a vendu et maintenant elle est caissière, salariée du commerce que j'ai construit. Qu'est-ce que vous voulez que je vous dise… Vous revoulez un peu de thé ?

— Oui, s'il vous plaît. »

Luciole discerne le glouglou de la Thermos.

« J'espère qu'ils ne font pas les andouilles dans l'ascenseur… Je m'excuse mais, sur Rosa, la seule chose que je sais, c'est qu'elle était comme moi. Pas vraiment d'ici, elle du Portugal, moi d'Algérie. »

La mâchoire de l'animatrice se contracte. Aucun doute possible, la présence de ces cassettes dans son studio ne doit rien au hasard, cet Eddy sait exactement ce qu'il fait. Qu'attend-il d'elle, au juste ? Des excuses ? De la contrition ?

« On portait tous les deux un ailleurs au fond du cœur… Pas vraiment un endroit, plutôt la nostalgie de notre jeunesse. On en discutait parfois dans l'arrière-boutique, autour du tajine de ma femme. On rigolait bien.

— J'ai discuté avec le Dr Kadoche…

— Ah, le docteur Sécu ! Comment il va depuis le temps ? Il mange toujours ses horribles tartes à l'abricot ? Soi-disant que ma menthe était trop forte. N'importe quoi.

— Non, plus depuis la mort de sa femme.

— Le pauvre…

— Vous avez gardé contact avec la bande du Georges 5 ?

— Seulement Alexandre. On s'appelle une fois par an, on se donne des nouvelles. Il tient un magasin de journaux à Saint-Germain-en-Laye. Il est bien installé, avec un jardin et une petite maison où il collectionne des tas de trucs. Il en saura peut-être plus que moi sur Rosa. À part vous dire qu'elle aimait bien les pois chiches, qu'elle ne buvait pas d'alcool et qu'elle me trouvait trop dur avec Yasmine… Tiens, revoilà Driss et Wassim. Vous avez bien claqué la porte ? Donne-moi les clefs avant de repartir avec. J'ai pas envie de me retrouver coincé sur le palier. »

La sonnerie d'un téléphone. L'homme s'excuse, répond et raccroche.

« *Je viens de me faire engueuler par Yasmine. Elle s'inquiétait de pas voir les garçons. J'ai à faire, de toute façon, faut que je termine de bêcher avant la nuit. Driss, Wassim, prenez ça, mais ne les mangez pas avant le dîner, hein, et ne dites rien à votre mère.*

— *Promis, Jeddi !*

— *Pro-mis.*

— *Tenez, prenez, vous aussi. Y a pas d'âge pour les chocolats.* »

La troisième conversation s'achève sur un clic tandis que Luciole se ronge un ongle, le regard tourné vers son passé, ce fichu grille-pain, l'incendie, les flammes. Ses hurlements qui lui déchirent la voix.

Elle lève son verre. À la grande et perpétuelle absente.

À la valse des foyers et des familles d'accueil.

À la santé des gamins perdus.

23

Printemps 2022, cette nuit
Maison de la Radio

« *Qu'est-ce que vous foutez, bordel ?* »

Un SMS du directeur de la programmation tombé droit sur l'écran du portable de Théo. Et son numéro qui appelle. Ça sent l'engueulade.

Théo hésite à répondre, il est déjà assez embêté par la tournure qu'a prise l'émission pour se coltiner des reproches en plus. Mais c'est son patron et il tient à son boulot.

— Allô ?

— *C'est quoi ce cirque ? Elle nous fait quoi, Luciole ?*

— Elle a reçu des cassettes.

— *Personne n'appelle ?*

— Si, mais…

— *Ça pue le comblement, votre histoire. Tu vas lancer la publicité et en profiter pour dire à Luciole de reprendre l'émission de d'habitude. On va perdre nos annonceurs avec ses conneries.*

— Je…

— *Tu lui dis ?*

— Oui, je…

— *OK. Je te fais confiance.*

La direction se balance du contenu, pourvu que la publicité se vende. Au prix d'âpres négociations, Luciole est parvenue à la restreindre au minimum. Une pause de deux minutes trente, au milieu de la nuit.

Théo s'empare d'une feuille de papier et d'un gros feutre. Il écrit : « *Annonce la pub* » puis colle son message à la paroi vitrée, en l'éclairant avec la torche de son smartphone.

24

Automne 2021

Printemps, été, automne. Après plusieurs mois d'enquête, Eddy avait maintenant la sensation de reculer. Rosa n'existait plus, dans les mémoires, que sous forme de pièces de puzzle éparses impossibles à rassembler. On lui parlait de nostalgie, de lutte sociale, d'immigration, de rires autour d'un couscous, mais rien qui touchât réellement la personne qu'elle avait été. Rosa était morte avec la considération qu'on témoigne à un insecte écrabouillé.

Pourtant, la facilité avec laquelle il était envoyé d'une personne à l'autre le déconcertait, tout comme le désarçonnait la fluidité avec laquelle les gens se confiaient, une fois qu'ils s'étaient habitués à son magnétophone. Parfois, même, Eddy se sentait guidé, comme si Rosa était à la manœuvre. Au point qu'il commençait à douter que la mort, comme il l'avait toujours pensé, ne fût qu'un gigantesque néant.

Un soir qu'il observait l'urne de son père, Eddy se mit à lui parler ; l'urne ne moufta pas. Il convoqua les pieds flottants de Diego ; sans plus de résultat. Alors, avec un soupçon de gêne, il invoqua son deuxième cadavre, celui qui lui avait valu la prison. L'homicide involontaire resta muet, la nuque brisée. En désespoir de cause, Eddy se tourna vers Jojo. Le pigeon roucoula une réponse incompréhensible et changea de balcon.

Si l'au-delà ne semblait rien avoir à lui dire, une chose était certaine, cependant : depuis que Rosa chantait dans sa tête, Eddy avait un but et une occupation. Et, demain, il avait rendez-vous.

Quand Eddy avait demandé à partir un peu plus tôt, Jeff, son chef, avait cligné de la paupière, l'air de se réjouir qu'il eût une vie en dehors du boulot. Huit mois après la mort du père, il était temps.

— Je vois, je vois. Et on peut savoir comment elle s'appelle ? avait-il demandé avec un sourire égrillard.

— Rosa.

— Et elle est… enfin, tu sais, elle a ce qu'il faut là où il faut ?

— Elle est morte.

Le sourire graveleux s'était évanoui aussitôt.

— D'accord, avait répondu Jeff sans creuser davantage. Tu rattraperas à l'occasion.

Jeff l'avait à la bonne. Eddy était fiable et ponctuel, deux qualités, selon son chef, qui tenaient du prodige, vu qu'on touchait plus au chômage qu'à bosser.

À 6 heures, brume, bruine sur la visière du casque et le blouson, l'espoir chevillé au corps d'obtenir enfin un indice probant, Eddy fusait sur l'autoroute à cent cinquante à l'heure sous un ciel couleur d'encre. Parvenu au parking de la Marée, il observa la grisaille, les déchargements, les invectives, les embrassades. Compta les places de stationnement ; le nombre de mouettes venues becqueter les coquillages tombés des camions. Et questionna un type enrobé d'un tablier en plastique, de bottes kaki jusqu'aux genoux et d'une odeur de crabe mort.

— Je cherche Patrick, on m'a dit qu'il serait là ce matin.

— D'ici vingt minutes. Un poids lourd avec une crevette orange. Pouvez pas le louper.

À l'heure annoncée, un semi-remorque flanqué d'une crevette hilare s'engagea sur le parking. L'engin s'immobilisa après une manœuvre à reculons. Le conducteur ouvrit sa portière, sauta en bas de sa cabine, étira ses muscles et enfonça la clef dans la serrure des deux vantaux arrière tandis qu'une nuée de manutentionnaires apparaissait pour décharger la cargaison. La cinquantaine avancée, énergique et costaud, l'homme avait le visage étrillé par les rides, le sourcil gauche subtilement déformé et un mégot au coin du bec.

Pas de doute, c'était lui.

25

Printemps 2022, cette nuit
Maison de la Radio

Luciole se mord l'intérieur des lèvres et secoue la tête. Non, elle n'annoncera pas la publicité, elle doit connaître la suite, c'est viscéral. Le message de Théo glisse sur la paroi vitrée et disparaît. Il pourrait tout interrompre, c'est lui qui a la main sur les commandes techniques. Mais Luciole sait qu'il ne le fera pas.

Lorsque s'amorce la deuxième cassette, un goût ferrugineux se répand dans la bouche de l'animatrice. Elle s'est mordue jusqu'au sang.

« *Excusez-moi… c'est vous, Patrick ?*

— *Ouais…*

— *Je mène une enquête, je cherche à contacter ceux qui ont connu Rosa dans les années 90…* »

On entend des bruits de déchargement, des gens qui s'interpellent en riant. Le raffut d'un transpalette.

Luciole lorgne les morceaux déchirés du message. Reconstituer le puzzle de la lettre d'Eddy la terrorise.

« *On m'a dit que vous la connaissiez...*
— *Qui ça ?* »

L'intonation est sèche, l'inflexion grave.

« *Des gens...*
— *Ah ouais ? Eh ben, qu'ils causent.*
— *On m'a donné votre numéro de téléphone.* »

Eddy paraît mal à l'aise. Luciole s'attendrit. Elle pose une main distraite sur son ventre dont le petit habitant s'est calmé.

« *Qui ?*
— *Quelqu'un.*
— *Des gens, quelqu'un, vous m'en direz tant. C'est quoi, le truc que vous tenez sous votre bouche ?*
— *Un magnétophone. Pour enregistrer les personnes que j'interviewe.*
— *Pas très commode. Vous devriez utiliser votre téléphone, ce serait plus pratique. Vous risquez la tendinite avec ce gros machin.*
— *C'est une longue histoire.*
— *Dommage, j'ai pas la journée. Au revoir, m'sieur.* »

Des bruits de pas, de moteur. Allez, Eddy, ne le lâche pas.

Luciole aussi veut savoir.

« *Rosa, vous l'avez connue ?*
— *Ça se pourrait, vu qu'il y a des gens qui vous l'ont dit. Qu'est-ce que vous lui voulez à Rosa ?*
— *Je voudrais lui rendre son histoire.*
— *Ch'uis désolé, j'ai du boulot, là...* »

L'autre grommelle en allumant une cigarette.

De nouveau, le vacarme du transpalette et des travailleurs de la Marée.

« *Malik, t'oublies pas de compter ce que tu me décharges, hein ? Pas comme la dernière fois, on a été obligé de tout repasser en revue.*

— *J'ai essayé de vous appeler à plusieurs reprises. Je ne veux pas vous déranger. Si vous préférez, on se donne rendez-vous plus tard, je peux vous attendre si c'est plus facile…*

— *Écoutez, je n'ai rien à vous dire. Rosa, c'est de l'histoire ancienne. Elle est partie du jour au lendemain, je n'ai plus eu de nouvelles, je pensais qu'on ferait notre vie ensemble mais faut croire que j'étais pas assez bien pour elle… Sur ce, bonne journée, faut pas briser la chaîne du froid.* »

Des semelles sur des graviers.

On entend la voix d'Eddy murmurer :

« *Je ne veux pas qu'il s'en aille… Il a des choses à me raconter… Tant pis, je tente un truc pour le rattraper…* »

Luciole ouvre des yeux stupéfaits. Pour la première fois, Eddy s'est adressé directement à son enregistreur. À elle.

« *Vous savez, ça fait plusieurs personnes que j'interroge au sujet de Rosa. Mais, pour le moment, elle reste un courant d'air.*

— *On peut savoir en quoi vous êtes concerné ? Vous êtes de sa famille ?*

— Non…

— Alors j'ai rien à vous dire. Le passé, c'est le passé, mieux vaut s'en tenir au présent… Et puis, votre enregistrement là, ça sert à quoi ?

— C'est parce que je ne peux pas tout retenir.

— Vous cassez pas, y aura rien à se rappeler. Allez, ça suffit, j'ai pas le temps pour ces conneries. »

De nouveau, Eddy parle en aparté :

« *Il repart… Il faut que je le provoque si je veux qu'il me parle.* »

On l'entend qui presse le pas, il est un peu essoufflé.

« *Vous saviez que Rosa a été enterrée à deux pas d'ici ?*

— Qu'est-ce que vous dites ?

— En novembre 2000, dans le cimetière de Thiais. Elle a été enterrée sous X. C'est pour ça que je cherche à savoir qui elle était.

— Rosa ? Sous X ? Ça veut dire quoi ?

— C'est comme pour les enfants abandonnés. Ça veut dire qu'il n'y avait pas de nom sur sa tombe. »

Luciole frissonne.

« *Pourquoi ils ont fait un truc pareil ?*

— Parce qu'ils n'ont pas réussi à savoir qui elle était…

— Et vous, vous en savez plus que les gars des cimetières ?

— C'est justement ce que j'essaie de faire. Je vous offre un café ?

— C'est plutôt d'une bière que j'aurais besoin, là.

— Va pour une bière…

— Impossible. Plus une goutte d'alcool. Sobre depuis près de vingt piges.

— Félicitations.

— Je m'en suis sorti, j'ai eu de la chance. Vous me barbez à tenir votre machin tout près de votre bouche comme si vous alliez l'avaler... Qu'est-ce que vous comptez faire de ce que vous enregistrez ?

— Je ne sais pas encore... Mais je vais trouver.

— Vous êtes un drôle, vous...

— Allez... On part sur un café... Vous connaissez un endroit ?

— Euh, oui... Attendez, je... Malik, tu me remplaces dix minutes ? »

L'enregistrement s'arrête. Puis reprend avec la voix d'Eddy.

« *Je vous sens touché...*

— Normal, vous débarquez pour me parler d'une personne qui a beaucoup compté et vous m'apprenez qu'elle est morte. Anonyme, en plus. Évidemment que ça me touche... Rosa, c'était ma petite fleur, ma lumière. Quand elle est partie, ça a été terrible. Elle m'a laissé choir sur le bitume comme un con, elle a pris ses affaires et voilà...

— Comment vous vous êtes rencontrés ?

— Une nuit, dans la rue.

— Vous étiez SDF ?

— Disons que j'ai traversé une période difficile.

— Comment c'est arrivé ?

— Comment c'est arrivé... C'est culotté de se pointer comme ça et de poser des questions aux gens sur leur intimité, en les enregistrant en plus. Salut, Agnès. Un expresso pour moi... Et vous ?

— Pareil.

— Deux expressos et deux croissants, s'te plaît. Tu pourras dire à Bruno que je pourrai pas passer demain ? Béa a prévu une surprise. Ouais... Merci. »

Bruits de soucoupes qu'on dépose sur une table.

« *Qu'est-ce que je vous racontais... Ah si, comment c'est arrivé... En général, j'aime pas trop remuer tout ça. On s'enfonce, tout bêtement, et on ne s'en rend pas compte. On imagine qu'on a le contrôle, que ça n'arrive qu'aux autres, ce genre de conneries. On passe à côté des clochards, on leur donne une petite pièce pour la bonne conscience, on leur fait un sourire, on leur souhaite bon courage, ou alors rien du tout, parce qu'au fond on n'est pas tellement concerné. Pour vous dire le décalage : y a pas longtemps, à la télé, j'ai entendu un écrivain dire qu'aujourd'hui, pour être à la rue en France, avec toutes les aides qui existent, alimentaire, logement, sécu, allocs, il faut vraiment avoir un pète au casque. Bien sûr, il est resté poli, il s'est contenté de parler de "problème mental". Le type avait participé à trois maraudes, il pensait avoir fait le tour de la question. Vaut mieux entendre ça que d'être sourd, remarquez... Je vais vous dire : tomber à la rue, c'est un engrenage. Les raisons sont souvent plus compliquées qu'elles en ont l'air. Chacun fait comme il peut, avec les moyens du bord. Si vous parvenez à vous relever, c'est que vous êtes plus fort qu'un bœuf, ou alors vous avez une veine pas possible.*

— Et vous ?

— J'ai eu de la veine, la bonne rencontre au bon moment, et puis je savais pourquoi je devais m'en sortir, j'avais ma fille, elle était ma béquille, l'unique raison qui me tenait. Certains pensent qu'il y a deux catégories de personnes : les prédestinés à la galère et les autres. C'est archifaux. Je suis loin d'être une exception : des comme moi, y en a plein la queue de la soupe populaire. A priori,

je n'avais pas la tête de l'emploi : j'étais heureux, j'avais une princesse de sept ans, une femme, un logement, un boulot que j'aimais bien. J'étais prestidigitateur. Je travaillais au musée de la Magie, je me produisais devant les visiteurs, trois créneaux par jour, les foulards qui sortent du chapeau, les cartes qu'on devine, les colombes, enfin vous voyez, ce genre de choses… Bien sûr, j'avais d'autres ambitions, je rêvais de grands spectacles, de remplir Bercy avec des shows à l'américaine ou de me faire embaucher au Lido. Ce boulot au musée de la Magie, c'était temporaire, j'attendais que le destin toque à ma porte. Je vais être honnête, c'était pas Byzance. Je gagnais à peine ma vie, on était souvent à court d'argent.

» Ma femme travaillait beaucoup, elle était assistante de direction chez Rozier, vous savez, les luminaires. Moi, je m'en fichais de manquer d'argent, tant qu'on était heureux. Pour ma femme, c'était différent, ça prenait tellement de place dans le quotidien qu'elle ne voyait plus que ça… Ras le bol de compter les coupons de réduction chez Leclerc, qu'elle râlait. Elle a fait des pieds et des mains auprès de son patron pour qu'il m'embauche. Mutuelle, participation, congés payés, RTT, un pour cent patronal, tout le bastringue. Sauf que je n'y connaissais rien aux luminaires, et puis, mon truc, c'était la magie. Ma femme m'a fait du chantage, elle m'a dit : "Soit tu prends tes responsabilités de chef de famille en acceptant d'intégrer Rozier, soit tu t'en vas." Alors je suis parti. Y avait peut-être un peu de fierté dans ma décision mais pas que ça, y avait aussi le fait que j'ai la magie à l'intérieur depuis tout gosse et que, vivre de ma passion, même chichement, eh ben, c'était déjà du luxe. Ce que ma femme ne voulait pas comprendre, c'est que c'était provisoire. J'étais sûr qu'un jour on me donnerait ma chance, un spectacle rien qu'à moi dans une salle immense. Il fallait juste être patient. »

26

Printemps 2022, cette nuit
Hôtel Continental

Joséphine secoue la tête. Elle aussi a eu des rêves, mais faut savoir s'accommoder, pour le bien de tout le monde. Elle monte un peu le son de son transistor.

« *Je me suis retrouvé dehors. J'ai loué une chambre d'hôtel pour la nuit ; la nuit est devenue une semaine. Ce n'était pas si terrible, au début. Je reprenais ma liberté, j'allais pouvoir gagner ma vie comme je l'entendais sans être obligé de me justifier. Pour être honnête, j'étais persuadé que ma femme m'appellerait au bout de quelques jours pour me dire de rentrer. Elle avait seulement besoin de réfléchir.*

» *Plus tard, enfin, dès que ça a été possible, j'ai pris un portable, un gros, ça coûtait cher à l'époque. Je voulais rester joignable à tout moment, pour ma femme et surtout pour ma fille, Élodie. Je mettais un point d'honneur à lui souhaiter bonne nuit tous les soirs, je lui racontais une histoire dans le combiné, c'était notre petit rituel. Un samedi sur deux, je la prenais le matin et je la ramenais le soir. On allait au restaurant manger des frites et une glace, ou au cinéma, ça dépendait. On a même été au Parc Astérix et à Disneyland… Je m'arrangeais pour l'occuper tout le temps. Rien n'était trop beau pour elle. On restait à l'extérieur, Élodie n'a jamais su que je vivais à l'hôtel.*

» *Ma fille était ma priorité. Quand j'étais avec elle, j'oubliais tout, même qu'il m'arrivait de manquer d'argent pour dormir. Je la déposais chez sa mère et j'écumais les foyers, ou bien je passais la nuit dans le métro ou dans une gare. Tant qu'Élodie n'était pas au courant, je pouvais endurer. J'étais convaincu que ma situation allait se débloquer. Ma femme, elle, elle a tourné la page rapidement. Elle ne m'aimait plus assez. Le mieux, disait-elle, était que chacun fasse sa vie de son côté et qu'Élodie ne pâtisse pas de nos histoires d'adultes. Pour les huit ans de la petite, j'ai loué une salle dans une pizzeria et j'ai organisé un spectacle de magie pour elle et ses copines. Elle me regardait avec des étoiles plein les yeux, elle était fière d'avoir un papa magicien…*

» *Évidemment, à force de galérer, mon travail périclitait. J'ai fini par le perdre en avril 1996. Oh, je peux rien reprocher à M'sieur Philippon, le directeur du musée : j'avais du mal à tenir mon costume propre, j'arrivais en retard, j'écourtais les spectacles. Normal, je devais m'organiser en fonction des horaires des foyers. C'était strict, l'armée presque, il fallait arriver avant 19 heures, repartir avant 8 heures…*

» *Mon ex-femme a fini par me demander de ne plus chercher à voir Élodie. Il fallait que je me reprenne, que je me retrouve une situation et ensuite, seulement, elle me la confierait. Alors, je me suis mis à lui écrire des lettres, des tas de mensonges pour qu'elle reste fière de son papa. Accroupi au fond de la gare de Lyon ou dans la file d'attente des Restos du Cœur, je m'inventais une vie à Las Vegas. Je lui racontais que j'avais dû partir pour une tournée à la David Copperfield. Je lui décrivais combien là-bas tout était grandiose, les chambres d'hôtel qu'on me réservait, les jacuzzis dans les salles de bains, les néons dans les rues, les scènes sur lesquelles je me produisais… Des milliers de spectateurs venaient rêver chaque soir… Elle me répondait avec des cœurs roses, à l'adresse d'une association qui faisait office de boîte postale et qui, je le lui assurais, me transférait le courrier par avion. Il m'arrivait de l'appeler, je faisais semblant de parler anglais à un fantôme derrière moi. Je lui promettais de l'emmener sur les routes américaines pour jouer mon assistante avec un beau justaucorps à paillettes et un diadème dans les cheveux. En attendant, je la voyais grandir à travers le grillage de la cour de récréation, à distance pour qu'elle ne me remarque pas. Elle s'épanouissait, chaque semaine la trouvait plus belle, elle devenait une vraie jeune fille.*

» Après, c'est le cercle vicieux qui se propage. Plus j'étais loin d'elle, plus je crevais de tristesse. Et plus je crevais de tristesse, plus je picolais. Plus je picolais, plus les lettres que je lui envoyais étaient lamentables. Je lui passais des coups de fil où je bredouillais comme l'ivrogne que je devenais. J'avais beau culpabiliser, je pouvais pas m'empêcher de recommencer. Un jour, sa mère m'a interdit de rappeler, Élodie faisait des crises d'angoisse, elle était trop malheureuse. Comment en vouloir à ma femme de vouloir protéger notre enfant ?

» J'ai tenu deux ans sans lui parler. Je continuais à la regarder par le grillage de l'école, puis à travers la meurtrière de l'enceinte du collège. Un jour, j'ai vu un homme venir la chercher dans une Mercedes noire, briquée à fond. Ma femme avait refait sa vie, mon Élodie avait une nouvelle famille. C'était dur à encaisser.

» Alors j'ai songé que ça avait assez duré, que je devais reprendre mon rôle de père et surtout ne pas laisser croire à ma fille que je l'avais abandonnée. Le jour de son anniversaire, j'ai revêtu mon ancien costume de magicien, j'ai

emporté des tas d'accessoires que j'avais rachetés pour l'occasion, un bouquet de fleurs en plastique plié dans la poche de ma veste, des cartes, des voiles, la panoplie complète. J'avais dans l'idée de lui refaire le coup de l'anniversaire de ses huit ans... Sauf qu'elle en avait douze. Je me suis renseigné auprès du secrétariat du collège et je me suis radiné, endimanché comme tout, à la sortie des cinquièmes B, à l'horaire que le secrétariat m'avait indiqué. Elle est sortie au milieu d'une bande de filles et de petits mecs. J'ai appelé son prénom. Elle s'est retournée, m'a dévisagé. "Princesse, c'est moi", j'ai fait. Quelqu'un a demandé si elle me connaissait, elle a secoué la tête, non, je sais pas qui c'est, une gamine a lancé que ça craignait les clodos à la sortie du bahut.

» Sa déception, sa honte d'avoir un père comme moi m'ont troué le ventre. Je ne pouvais pas lui donner tort : entre mon chapeau tordu, mon pantalon décousu, mes fleurs en plastoc et ma queue-de-pie toute fripée de la laverie, j'avais l'air pathétique. J'ai rebroussé chemin et j'ai balancé mes accessoires de magie dans la première poubelle. »

La voix chevrote. Un bruit. Joséphine devine que l'homme se mouche. Mon Dieu, quelle tristesse.

Sa compassion se fissure sur le nouvel appel de la réception.

Retour à la réalité.

— *Plus de papier toilette chambre 49. Les clients sont au bar, ils remontent dans dix minutes.*

— Faut que je coure alors, s'amuse Joséphine.

— *C'est ça, ma Jo, opération commando*, répond la réceptionniste.

Dommage, elle aurait bien aimé entendre la suite de ce témoignage. Elle est condamnée à n'écouter que des bribes d'émission. D'habitude ce n'est pas gênant, vu que les gens qui appellent racontent chaque fois des histoires différentes. Mais ce soir, il y a un fil conducteur, c'est sympa comme concept…

Bon, c'est son métier qui veut ça, au moins elle en a un, tout le monde ne peut pas en dire autant. Elle n'est pas du genre à s'apitoyer sur son sort, on a ce qu'on peut et on est ce qu'on donne. C'est pour cette positivité à toute épreuve qu'on l'apprécie, toujours prête à rendre service, et discrète avec ça, une qualité primordiale dans l'hôtellerie, faire en se faisant oublier, tout un programme.

Joséphine arpente les couloirs silencieux, toque à la porte, au cas où. Glisse son pass magnétique dans le lecteur. Gagne la salle de bains, décale la trousse de toilette, s'emploie à ouvrir le dévidoir. Il résiste, elle prend appui sur sa jambe douloureuse, tellement qu'elle commence à voir des taches noires, elle tire, elle sue, toi mon coco, gagne la bataille, remplace le rouleau, remet la trousse de toilette en place.

Satisfaite, elle se relève en se tenant les reins. Rêvasse une seconde devant la robe suspendue à un cintre, les boucles d'oreilles jetées dans un coin du lavabo. Détaille son reflet dans le miroir. S'imagine une autre peau, un autre corps, vêtue de cette robe moulante… Puis hausse les épaules, elle aime trop les bons petits plats, de toute façon, la vie est déjà assez compliquée, elle ne va pas se priver en plus.

Elle sort de la chambre, trimballe son chariot devant elle, retrouve sa petite salle. Elle aimerait être au lendemain, voir le soleil se lever sur la ligne aérienne du métro, sentir l'odeur du café mêlée de sommeil de son mari et de son petit dernier – le seul qui habite encore à la maison.

27

Printemps 2022, cette nuit
Maison de la Radio

Luciole éprouve de la peine pour ce magicien prêt à tout pour sa fille. Surtout, elle en a gros sur le cœur. Jamais elle n'aurait eu honte de son père, si la vie lui en avait donné un.

« *J'ai tiré un trait sur ma famille et j'ai enfilé la panoplie du parfait clochard. L'hiver, j'appelais le 15 pour essayer d'avoir une place d'urgence en foyer, je me rendais là pour une distribution alimentaire, là pour un lit disponible, je marchais beaucoup et j'étais souvent déçu parce que, le temps que je rapplique, il n'y avait plus rien. Quand il faisait trop froid, je marchais toute la nuit en portant ma vie sur mon dos, ou bien j'essayais de me dégoter une grille de métro. Je me fichais de tout, j'avais perdu toute trace d'amour-propre. C'est peut-être ça, le pire.*

» *Au printemps, j'ai échoué sous le métro Glacière. Je regardais les jours s'écouler. La picole me tenait chaud, je faisais la manche. Il arrivait qu'on me donne un ticket resto. Je me rappelle, il y avait une dame, enfin, plutôt un m'sieur-dame, si vous voyez ce que je veux dire, un peu à côté de la plaque mais gentille. Une fois par semaine, elle s'amenait avec son manteau de fourrure, son maquillage et des sacs de bouffe, le plus souvent inutile parce qu'il fallait pouvoir cuisiner un minimum. Des poissons panés, des paquets de nouilles, de la farine, des lentilles sèches. Même, une fois, un rôti ficelé. Je connaissais un type qui créchait près de Corvisart. Il avait un gros chien, je lui donnais, il était content au début. Après, il n'en voulait plus, la viande crue rendait malade son clébard. Le soir, il y avait des maraudes, un petit café, une petite soupe, un petit gâteau.*

— Combien de temps ça a duré ?

— Je ne saurais pas vous dire, les jours se ressemblaient trop. On voit juste les gens changer de vêtements, passer du printemps à l'été, des bonnets aux débardeurs. De toute façon, j'avais froid sans arrêt, sauf quand je buvais… Ma plus grande peur était qu'on me vole mes affaires. Je n'avais pas grand-chose mais j'y tenais. Quand j'avais le courage, je remballais tout et j'allais voir si du courrier était arrivé à l'accueil de jour, des nouvelles d'Élodie. J'étais têtu, je continuais à alimenter le crédit de mon téléphone grâce au peu d'argent que je récoltais. Je devais rester joignable coûte que coûte, si jamais l'envie de m'appeler lui prenait.

— Comment avez-vous rencontré Rosa, alors ?

— Une nuit, j'ai aperçu une femme sous mon métro. Elle était assise par terre, en train de faire le culbuto près d'un réverbère. J'ai supposé qu'elle n'avait pas la lumière à tous les étages. Vous ne pouvez pas imaginer ce qu'on voit dans la rue. Je l'ai observée pendant une bonne heure. J'étais sur le point d'aller à sa rencontre, je voulais être certain que ça allait, j'aurais appelé les secours, sinon. La rue, ce n'est déjà pas évident pour un homme, alors, pour une femme, c'est l'horreur. Ce n'est pas macho, c'est une réalité, la force physique n'est pas la même et il y a un tas de désaxés. Je vous fais pas un dessin… Bref, je m'apprêtais à aller lui parler quand deux types me sont

tombés dessus par-derrière. Pendant que l'un fouillait mes affaires, l'autre me menaçait avec le culot d'une bouteille. Cette cicatrice, là, sur l'arcade, c'est de là que je la tiens. La femme leur a balancé une chaussure. Elle était douée, le talon est arrivé direct dans la tempe de mon agresseur. Avec son autre pompe, elle s'est mise à taper contre le réverbère, si fort que des lumières ont commencé à s'allumer aux fenêtres. Résultat, les deux loustics ont décampé.

— C'était Rosa ?

— Oui, justement, attendez que je vous raconte. Je l'ai remerciée, vous pensez. Si elle n'avait pas été là, ils m'auraient crevé l'œil, ou pire encore. Elle avait mal à la gorge, voyez, rien qu'un filet de voix rauque. Pas aphone, mais pas loin... Elle m'a demandé un petit coup à boire, je lui ai tendu une de mes bouteilles rescapées. Elle avait l'allure d'une dame, alors je lui ai dit que j'avais peut-être un verre quelque part. Je me suis penché pour retourner un peu mon bazar. Quand je me suis relevé, elle avait déjà avalé la moitié de ma gnôle. Elle avait une sacrée descente. Ensuite, elle m'a murmuré que je semblais sérieusement amoché. Elle a voulu m'emmener à l'hôpital, mais pas question, j'ai une phobie pas possible, ça remonte à l'enfance, le jour où ma mère s'est présentée aux urgences pour une migraine et qu'elle a fini chez les fous. Bref, Rosa m'a proposé d'aller voir un médecin qu'elle connaissait, dans le 14e arrondissement.

— Le Dr Kadoche...

— Peut-être bien, oui. On a débarqué chez lui en pleine nuit. Il avait une jolie dame, très grande, blonde, avec des airs de Catherine Deneuve... Au début, le docteur n'était pas très motivé, il faut comprendre, on le prenait au saut du lit en robe de chambre. Ils avaient deux enfants, un garçon et une fille. La petite ressemblait un peu à mon Élodie... Après ça, Rosa et moi sommes retournés à pied à Glacière. Au moment de nous séparer, elle m'a demandé si elle pouvait s'asseoir près de moi, elle n'avait pas envie d'être seule. Elle n'avait rien

d'une clocharde, elle avait seulement l'air d'une paumée qui avait besoin d'un sirop pour la gorge. Je lui ai fait une petite place sur mon duvet. Nous avons regardé la lune et le lever du soleil sans échanger autre chose que des banalités, nos prénoms et des BN à la fraise. Elle avait du mal à parler.

» Elle n'était pas toute jeune. Ses yeux hésitaient à se poser sur vous, comme une gamine trop timide. Mais quand elle vous regardait, elle vous regardait vraiment. C'est difficile à expliquer. C'était désarmant et, en même temps, très… enveloppant. Une sorte de bienveillance naturelle, un truc qui vous prend le cœur et vous affirme que vous ne serez plus jamais seul. Je pensais en avoir terminé avec l'existence, et là, d'un coup, j'ai eu le coup de foudre.

» Rosa m'a raconté qu'elle avait été chanteuse, je lui ai parlé de la magie. Nous partagions au moins deux points en commun : le premier, c'est que ni elle ni moi n'avions trop d'affinités avec la réalité. Le deuxième, c'est que notre art, qui comptait plus que tout, s'était débiné. Au petit matin, on est allés récupérer ses affaires dans un hôtel qui les lui gardait, l'Hôtel du Tigre ou quelque chose comme ça, et elle a collé son duvet contre le mien, sous le métro Glacière. On ne s'est plus quittés. On dormait côte à côte, on se réchauffait, on buvait ensemble, on faisait la manche avec le même godet. On évoquait parfois nos filles, on les imaginait ensemble, si elles s'entendraient bien. »

Le verre de Luciole valdingue.

« Pardon, vous dites que Rosa avait une fille ? »

De l'eau partout. Un gouffre s'ouvre sous ses pieds.

« Oui, c'est ce qu'elle a toujours soutenu en tout cas. Elle m'a même montré sa photo. Des Photomaton qui ne la quittaient jamais…

— Est-ce que ce serait pas… ?

— … Merde, alors… Oui, je reconnais… »

Dans un geste désespéré, Luciole repousse les restes de la lettre d'Eddy pour les sauver de la noyade.

« J'en reviens pas… C'est… c'est la première fois que je revois Rosa après tout ce temps. J'avais oublié son visage. Les traits s'estompent avec le temps. Un beau jour on se concentre, mais c'est fichu, on ne retrouve rien… On finit même par se demander si on n'a pas rêvé. Et là, avec cette photo, y a tout qui revient…

— Vous pleurez ?

— C'est juste… Enfin, ça me fait drôle… Croyez pas que je suis encore amoureux, ma Béa risque de pas trop aimer ça si elle tombe sur votre enregistrement. Elle est du genre jaloux… Mais quand les histoires se terminent sans que vous ayez pu dire au revoir, ça laisse un trou.

— Je pensais que c'était un garçon sur la photo. Vous êtes sûr que c'est la fille de Rosa ?

— C'est comme ça qu'elle me l'a présentée, en tout cas. Pour le reste, je suis pas de la Gestapo. »

Une larme gonfle les paupières de Luciole et zigzague sur sa joue. Elle l'écrase sans sommation.

« Pourquoi cette drôle de tête ? Vous pensez que je vous raconte des mensonges ?

— Non, mais si c'est vrai, j'ai du mal à imaginer qu'un enfant puisse laisser sa mère mourir dans la rue…

— Alors là, je vous arrête tout de suite. On peut jamais savoir le pourquoi du comment, vaut mieux pas juger si on n'a pas tous les éléments. Et, même quand on les a, il nous manque encore l'essentiel.

— Vous avez sans doute raison… Vous voulez bien me parler de Rosa ? »

Cette question arrache un sourire à l'animatrice. Elle a posé la même à l'auditeur du début de l'émission, celui dont elle craignait qu'il ne se jette d'un pont. Comme elle, il y a longtemps.

Les mêmes mots, dans sa bouche d'Eddy et dans sa bouche à elle. Un début de croisement.

« *J'aimais sa voix rauque, presque éteinte. Elle avait de grands yeux noirs expressifs, à la fois très vieux et juvéniles, un regard humide qui souriait souvent et prenait soin de vous. Ses rides disaient tout ce dont elle s'était relevée. Fallait voir comme elle était belle. À l'accueil de jour, les gars se foutaient de moi, ils disaient que les vieilles, ça vous file la canne et pas la gaule, ce genre de blagues. Je me fichais de ce qu'ils pensaient, la différence d'âge n'était pas un problème pour nous, juste des dates sur un état civil. De toute façon, pour ne pas être séparés, on ne fréquentait plus les foyers, c'est jamais mixte.*

» *Rosa me rendait de l'énergie. On se réveillait ensemble le matin, on s'endormait ensemble le soir, j'avais envie qu'on s'en sorte, je voulais lui offrir une table basse, une télé avec Jean-Pierre Pernaut, un canapé, des plantes dans une jardinière, une vue sur la mer, aussi, parce qu'elle me parlait souvent du village de pêcheurs de son enfance. Je me suis mis à lui faire des tours de magie avec ce que je trouvais, juste pour l'impressionner. Par exemple, je prenais une pièce du gobelet et je la faisais disparaître comme ça. Attendez, je vous montre… Hop là… Vous voyez ?*

— *Vous n'avez pas perdu la main.*

— *Prestidigitateur un jour… C'est vrai que j'en ai encore sous la pédale.*

— *Vous en faites toujours ?*

— *Ça m'arrive, pour les gars de la boîte, quand il y a le repas du personnel, en fin d'année et à la fête du*

Travail. Je me fais un peu prier, je suis un artiste, j'ai besoin de sentir l'engouement. »

On entend son rire.

« C'est grâce à la magie que j'ai séduit ma Béa, j'ai fait disparaître sa barrette, une petite pince rose. Béa travaille aux fleurs à Rungis. C'est une des meilleures négociatrices du Marché. Une fois ferré, impossible de repartir sans trois cagettes de tulipes, certains fleuristes la fuient de peur de ne rien pouvoir lui refuser. À dix-huit ans, elle a été élue Reine des fleurs, elle a même donné le muguet à Mitterrand pour le 1er Mai. J'ai vu des photos. Elle a rien perdu de sa beauté, ma Béa.

— Et Rosa ? Elle aimait la magie ?

— Ça, elle l'adorait... Quand je faisais des tours, elle me regardait avec des yeux écarquillés. Ça me donnait des ailes, j'étais fier de briller dans son regard. Pour elle, j'inventais sans cesse de nouveaux trucages, je tordais des barres en métal, je faisais voler des colombes en papier. On devient ingénieux quand on est amoureux, vous savez... Une fois, j'ai même fait apparaître un bracelet dans une poubelle. Bon, c'était un truc que j'avais fabriqué pendant des jours avec des filaments d'aluminium. Je voulais lui montrer qu'elle comptait. On était bien ensemble. Enfin... quand on était sobres. Parce que sitôt qu'on buvait, on se diluait dans le rhum, c'était terrible. On ne se disputait pas vraiment l'un contre l'autre, plutôt contre la galère. Après, on se tapait dans la paume pour faire la paix comme deux potes épuisés de s'être rentrés dans le lard, et on se remettait sous nos couvertures, à lorgner les voitures et à se dire qu'on n'était pas si malheureux vu qu'on s'était trouvés.

» Entre nous, ça a duré près de dix-huit mois. Les voisins nous connaissaient, la m'sieur-dame nous apportait les choses en double, elle restait parfois tailler le bout de gras, la Croix-Rouge essayait de trouver des solutions, on nous distribuait

des cafés, du thé et des madeleines sous blister. Et puis, un jour, un bénévole de l'accueil de jour nous a dit qu'il avait une bonne nouvelle, il m'avait trouvé une place en cure de sevrage. J'allais m'en sortir, revoir ma fille. Mais Rosa ne pouvait pas m'accompagner. Toujours la même rengaine : le foyer n'était pas mixte. Il a ajouté, compatissant : "Je sais que c'est dur, mais ce n'est que pour trois mois, ce ne sera pas long."

» Pour des gens comme nous, trois mois, c'était une éternité. Nous vivions au jour le jour sans savoir de quoi le lendemain serait fait. Est-ce qu'on pourrait manger, boire, dormir au sec ? Comment se projeter dans ces conditions ? Pour moi, la messe était dite : hors de question d'abandonner Rosa. Alors, je ne lui en ai pas parlé. Mais le bénévole, croyant bien faire, lui a demandé de me convaincre. Quand elle a appris que j'avais refusé la cure, ma Rosa est entrée dans une rage folle. Elle m'a traité de tous les noms, en français, en portugais. Je faisais le dos rond, j'attendais que l'orage passe. Rosa était une femme douce, discrète, qui ne demandait rien à personne, mais quand elle se mettait en colère, fallait la voir, c'était un incendie. Elle s'est calmée d'un coup. Le lendemain, elle avait disparu, avec son sac, son duvet et deux, trois babioles.

— C'était quand ?

— Octobre 2000. Je me rappelle parce que, la veille d'entrer en cure, je me suis fait tatouer ces chiffres, là, sur les phalanges. "15.11.00", 15 novembre 2000. Et, sur l'autre main, le prénom de ma fille. Pour pas oublier ce que l'alcool m'avait pris et ne me prendrait plus jamais.

— Le lendemain du jour où j'ai trouvé Rosa… »

Le chauffeur poids lourd soupire. Le silence se prolonge, malmené par les bruits du bar en fond.

« Vous lui en voulez toujours ?

— Bien sûr que je lui en veux, c'est dégueulasse d'abandonner les gens sans explication. Je l'ai cherchée

partout. J'ai même été voir ce médecin qui m'avait soigné pour savoir s'il avait des nouvelles, une idée. J'ai cru mourir de chagrin. Elle m'a laissé sur le carreau.

— Et depuis ?

— Bah, depuis, c'est comme vous constatez, j'ai gagné la bataille, j'ai arrêté de boire et le reste a suivi son cours : j'ai trouvé un contrat de réinsertion, de la manutention à Rungis, un logement, le permis poids lourds, mon camion à crevettes et ma Béa, mon petit rêve fleuri, comme je l'appelle. On s'est mariés il y a deux ans.

— Félicitations. L'histoire se termine bien, alors.

— On peut dire ça.

— Et votre fille ?

— C'est compliqué, quand c'est déchiré, c'est difficile à recoudre. Un jour peut-être.

— C'est pour elle que vous n'avez jamais changé de numéro de téléphone ?

— Pour elle et peut-être aussi pour Rosa. Aujourd'hui, c'est terminé pour Rosa. Le jour où Élodie aura besoin de son père, elle saura où me trouver. Ça finira par arriver.

— Vous êtes un optimiste, finalement.

— Vous savez ce qu'on dit, tant qu'on n'est pas mort, on est vivant… »

Tant qu'on n'est pas mort, on est vivant, se répète mentalement Luciole. Rosa est encore un peu vivante. Ces enregistrements en sont la preuve.

Elle fait signe à Théo de mettre une musique, n'importe laquelle, pourvu que ça lui laisse le temps de respirer et de digérer.

Il choisit « La vie en rose », il croit bien faire. Elle ferme les yeux. À cause de la souffrance, des réminiscences et de la culpabilité.

28

Automne 2021

Lili, Ahmed, le magicien. Eddy avait épuisé les pistes que le docteur lui avait soufflées, si bien qu'à la Toussaint il se retrouva à court d'idées.

De temps en temps, quand les cendres de son père prenaient trop de place dans son studio, il retournait boire une limonade au Plazza et s'arrimait à l'empreinte rectangulaire du juke-box. Il rencontrait parfois les jumeaux, le concierge en forme d'île flottante et le veuf éploré au manteau couvert de poils.

Une famille, presque.

Cette fois-là, alors qu'il passait devant l'immeuble, il trouva le gardien quasi debout. Le corps de l'homme, rond comme un bébé cochon, tenait en équilibre précaire sur ses jambes trapues. Ses bajoues tremblotaient devant une flaque d'eau huileuse.

— Commencent à m'emmerder, ces deux-là ! s'échauffa-t-il en prenant Eddy à témoin. Toujours une connerie pour remplacer l'autre.

Le concierge tendit son cou rose de rage dans la cage d'escalier où voletaient des bulles gigantesques.

La lumière dessinait à l'intérieur des arcs-en-ciel miniatures.

— C'est pas bientôt fini, non ?

Une gerbe liquide répondit aux remontrances. Le concierge devint si rubicond qu'Eddy redouta la syncope.

— Pardon, m'sieur Brochet, fit Driss en apparaissant sur le palier du troisième, Wassim a cru qu'en renversant le seau il ferait une plus grosse bulle. Je vais nettoyer.

— J't'en ficherais, moi, s'énerva le gardien en mimant une baffe virtuelle.

Eddy pouffa.

— Ça vous fait rire ?!

Une minute plus tard, Wassim, Driss et Eddy épongeaient les dégâts, armés de serpillières prêtées par le concierge qui, épuisé par l'effort, était retourné s'avachir dans son fauteuil de pêcheur.

Entre deux essorages, Driss demanda à Eddy des nouvelles du front. Eddy répondit qu'il n'avançait pas vraiment. Wassim lança que ce n'était pas grave, vu qu'il restait du produit vaisselle pour fabriquer de l'eau à bulles. Eddy convint qu'il avait raison et suggéra de changer d'adresse.

Ils passèrent l'après-midi sur un banc du cimetière Montparnasse, à souffler dans un cercle en plastique. Wassim observait chaque nouvelle bulle avec l'espoir de la voir atteindre l'infini. Quand elle éclatait sur une croix ou une branche, l'enfant poussait de petits cris déçus. Sans jamais se décourager, son frère brandissait le cercle et disait : « Souffle ! » Et Wassim soufflait.

— Un jour, annonça Driss, tous les deux, on volera.

— Cosmonaute, renchérit Wassim en tendant sa main tordue vers un nuage boursouflé de pluie.

— On enverra une carte postale à maman depuis la lune, hein, Wassim ?

À douze ans, Driss ne croyait pas un mot de ce qu'il racontait, mais embarquer son frère dans son imaginaire était sa manière de l'aimer. Il l'aimait avec persévérance, d'une persévérance qui confinait à l'obstination.

Eddy avait-il jamais aimé au point de se sacrifier ? Jusqu'alors, l'amour lui était apparu comme un gâteau à la crème écœurant. Au contact des jumeaux, il comprenait qu'il pouvait revêtir plusieurs visages : des bulles dans un ciel laiteux, par exemple, ou un tas de sable répandu sur le trottoir pour faire semblant d'être à la mer… Ou, encore, un fils au chevet de son père…

Planqué au fond de son grand corps, petit Eddy hurlait son besoin d'amour. Comme tout le monde, en somme.

29

Printemps 2022, cette nuit
Tour Sapporo

Le type d'en face a éteint sa télévision. Dans l'appartement d'en dessous, une femme fait un strip-tease devant la fenêtre.

Cécile se lance dans une nouvelle salve d'appels. Infructueux, évidemment, la ligne est occupée en permanence. Incroyable que les concepteurs de « La nuit de Luciole » n'investissent pas dans une plateforme plus efficace. Remarque, c'est peut-être pour qu'il n'y ait pas trop de monde au portillon. À moins que le jeu ne soit pipé et que les personnes qui appellent ne soient toutes des comédiens. Mais si c'est le cas, si tout le monde ment, y compris Luciole, qui va la sauver, elle ?

Drôle d'émission, ce soir. Cette Rosa et ces gens qui ne parlent que d'elle. Luciole abandonne tout le monde. C'est dégueulasse de faire passer les morts avant les vivants. Parce que certains vivants ne sont pas loin d'être morts, surtout quand la bise chiffonne vos cheveux et que l'envie d'enjamber le balcon vous titille.

30

Automne 2021

En l'absence de nouveaux éléments, Rosa demeurait floue, comme sur une photo en mouvement. Peu à peu, Eddy se résigna à ne jamais obtenir le fin mot de son histoire, le pourquoi du comment. Rosa s'effaça progressivement de ses rêves, comme elle s'était évanouie de la vie de tous ceux qu'elle avait connus, poliment.

Chaque matin voyait Eddy rentrer au bercail, épuisé d'ennui. Il avalait son bol de corn-flakes, se déshabillait, prenait une douche chaude qui rougissait sa peau, et s'écroulait sur ses draps d'où il lorgnait le plafond. Le temps que le sommeil le kidnappe, il rembobinait le fil de ses manquements. Un jour, il faudrait disperser les cendres de son père dans la Seine, conformément aux dernières volontés de ce dernier. Dire au revoir pour de bon.

Heureusement, Luciole et Jojo étaient là.

Luciole, fiable, régulière. Chaque nuit, sa voix écartait les fantômes, servait d'intermède, de baume apaisant. Vingt heures hebdomadaires de soulagement. À présent que son besoin d'amour se faisait plus pressant, Eddy se prenait à délirer : peut-être Luciole l'aimait-elle sans le savoir ? D'une manière ou d'une autre, ils étaient liés. Et si, son horizon, c'était elle ?

Jojo lui faisait des scènes de jalousie. Tu es grotesque et puis tu m'as, moi. Tu ne peux pas t'en contenter ? Sous le feu des reproches que lui lançait le volatile de ses petites billes noires, le jeune homme concédait que les pigeons aussi pouvaient crever d'amour.

Rosa l'avait changé. Avant elle, il n'attendait personne. Désormais, dans son cœur, un sablier laissait lentement s'écouler les minutes, gonflées de solitude. À ce tarif-là, se disait-il parfois, il aurait peut-être mieux valu ne rien chercher.

Rosa n'avait pourtant pas dit son dernier mot.

Un matin, alors qu'Eddy se trouvait dans la salle de bains, il entendit sonner son téléphone. Numéro inconnu. Il décrocha, torse nu, une serviette autour de la taille, la nuque ruisselante. Au bout du fil, un homme à la voix douce et timide s'inquiéta de savoir s'il dérangeait. Il avait eu le numéro par Ahmed, qui lui avait parlé de ses recherches sur Rosa. Il serait heureux de pouvoir aider, en répondant à des questions, si tant est qu'il pût y répondre, évidemment.

Avant, Eddy aurait acquiescé, et ça se serait terminé au téléphone. Mais il n'était plus le même. Il proposa une rencontre. Ce à quoi l'homme consentit avec un certain enthousiasme.

Entre-temps, Jojo était venu réclamer son dû à la fenêtre. Eddy déposa une poignée de graines et laissa le vasistas ouvert pour que le pigeon s'abritât du froid. Puis il sauta sur sa moto, direction Saint-Germain-en-Laye, où l'attendait Alexandre.

La devanture semblait sortir des années 80. En vitrine, sous un store bleu terni affichant « Presse – Papeterie – Cadeaux », quelques romans cornés se battaient en duel avec des boîtes fanées de Barbie et de Lego. Un carillon strident et une odeur d'encre cueillirent Eddy quand il entra dans la boutique, longue et étroite comme une route de campagne. Des néons au plafond diffusaient une lumière jaune sur une multitude de magazines, rangés par catégories de lecteurs. En haut, les pornos. En bas, les *Picsou* et les *J'aime lire*. Au milieu, les *Cosmopolitan* et les *Auto Moto*. Les quotidiens tournaient sur eux-mêmes dans des présentoirs en métal.

Assis sur un tabouret à proximité d'une pile de cartons montant jusqu'au plafond, ses longs cheveux gris ramenés en queue-de-cheval, un homme lisait au son d'un tube démodé. Derrière lui, des cartes postales avaient été punaisées à l'envers sur un tableau en liège.

L'homme déposa son livre ouvert sur son comptoir encombré, leva un regard maritime et un visage avenant sur Eddy, et saisit un smartphone.

— C'est pour un colis ?

— Non, c'est pour Rosa.

Le commerçant reposa son smartphone.

— Vous êtes Eddy ?

Eddy confirma.

— Vous êtes Alexandre ?

— En chair et en os.

Eddy sourit. L'homme aussi.

31

Printemps 2022, cette nuit
Maison de la Radio

Il y a : la cassette que Théo retourne et positionne dans le lecteur.

Il y a : les lèvres closes de Luciole, devant ce micro qu'elle a éteint et rallumera tout à l'heure. Le mouchoir dans sa main. Le petit humain dans son ventre, tout près de son cœur serré.

Il y a : Luciole.

Et, cachée derrière Luciole du lundi au vendredi de 1 heure à 5 heures du matin depuis dix ans, il y a Diane et cette question lancinante dans sa tête : comment cet Eddy est-il remonté jusqu'à elle ? Est-ce à cause des Photomaton dont elle conserve les jumeaux dans son portefeuille ? Elle n'a pourtant plus rien à voir avec la gamine qu'elle était à l'époque, qui ressemblait à un gamin.

Mesure-t-il le don qu'il lui a fait, en lui offrant le récit du magicien ?

Sa fille, disait Rosa. *Sa fille.*

Tout ce que Diane sait, c'est que, elle aussi, elle va devoir raconter sa Rosa.

Le temps est bientôt venu d'expliquer.

Le nouvel enregistrement démarre par la voix d'Eddy sur la bande.

« *Vous vendez des journaux…*

— *Oh, j'ai fait à peu près tous les métiers. J'ai commencé à quatorze ans comme apprenti chez mon oncle, qui réparait des Singer. À l'époque, quand on n'était pas un as à l'école, on partait en apprentissage. Ça valait mieux que de chauffer les bancs pour rien. Vous enregistrez ? J'ai intérêt à faire attention, alors…*

— *Ça vous dérange ?*

— *Ne vous en faites pas, Ahmed m'a prévenu. Y a pas grand-chose qui me dérange, de toute façon. Je suis plutôt tranquille de nature.*

— *Comment ça ?*

— *Bah, tranquille, quoi. J'essaie de prendre les choses comme elles viennent.*

— *Vous êtes du genre philosophe…*

— *J'apprécie la sérénité, en tout cas.*

— *Donc, vous avez commencé comme réparateur de machine à coudre…*

— *C'est ça. Mais j'avais d'autres envies. Les vis, les boulons et les aiguilles, ce n'était pas pour moi.*

— *Vous étiez plutôt versé vers le théâtre ou le cinéma, je crois.*

— *Je vois que vous êtes bien renseigné. C'est Ahmed qui vous en a parlé ?*

— *Entre autres. Le Dr Kadoche, aussi.*

— *Vous avez rencontré Sécu ? Comment se porte-t-il ? Ahmed m'a appris pour sa femme. Quelle tragédie, ces deux-là étaient toujours fourrés ensemble. Je me rappelle les tartes que Martine préparait tous les jeudis. Abricots et… sauge, un truc comme ça…*

— *Abricots-menthe.*

— *C'est ça, abricots-menthe. Une abomination. Pourtant, je ne suis pas bégueule, mais là… Chaque fois qu'elle nous en proposait, on faisait semblant de pas entendre. Pour pas la vexer, vous voyez. C'était leur truc à eux. Son décès a dû lui mettre un sacré coup.*

— *C'est difficile… Comment avez-vous débuté dans le spectacle ?*

— *Je prenais des cours du soir. J'ai fait un peu de figuration, quelques spots publicitaires, j'ai joué un mécano dans plusieurs épisodes d'une série qui a eu son petit succès. Entre deux castings, j'étais serveur, livreur, nettoyeur de carreaux, vendeur d'articles de bricolage à la Samaritaine. Ça m'a permis d'obtenir un petit rôle dans un film,* Le Petit Bouchon, *ça s'appelait, vous l'avez peut-être vu, il repasse de temps en temps en deuxième partie de soirée. L'histoire d'une bande de copains spécialisés dans les coups foireux. L'un d'eux touche sa bille en bricole… Bah, c'était moi. J'avais une dizaine de répliques à la base. Après le montage, je n'en avais plus que trois. J'ai aussi été artiste de rue, je faisais la Statue de la Liberté à Montmartre ou le robot rouillé à Bastille, ce genre de choses. J'ai vivoté comme ça pendant une vingtaine d'années, jusqu'à ce qu'on m'offre l'opportunité de devenir bouquiniste. Après, j'ai repris ce magasin… Ce n'est pas l'idée du siècle, on ne va pas se mentir, si vous voulez faire fortune, la presse n'est pas le filon idéal en ce moment. Les gens n'achètent plus tellement de journaux maintenant qu'y a Internet.*

— *C'est pour ça que vous vous diversifiez ?*

— *Vous parlez des cartons, là-bas ? Faire office de relais colis, ça met du beurre dans les épinards, oui. Je vais vous avouer un truc : je suis bien, ici, j'ai mes habitudes, mon petit papi qui vient tous les matins à 7 h 30 récupérer son* Figaro, *Géraldine qui passe son temps à commander des chaussures et à les renvoyer, Émilienne, la grand-mère qui laisse son petit-fils déchirer les magazines pour qu'il prenne le goût de la lecture, la mamie d'en face qui perd la tête et me demande toutes les semaines un journal qui n'existe plus depuis dix ans. Je ne m'ennuie jamais. Et puis ça me laisse le temps de lire.*

— *Qu'est-ce que vous lisez ?*

— *En ce moment, vous voulez dire ?*

— *Euh oui, en ce moment ou en général.*

— *Là, je lis un bouquin d'Aldous Huxley. Je lis un peu de tout, en fait, je prends ce qui m'arrive, des romans, des pièces de théâtre, des classiques, du contemporain.*

— *Du moment que ça se lit, ça vous convient…*

— *Absolument !* »

Un rire.

« *Ces cartes postales, derrière vous… Pourquoi les avoir accrochées à l'envers ?*

— *Ah, ça… Je collectionne les messages, c'est mon dada. Tenez, celle-là, par exemple, elle date de 1905. Elle dit : "Ma chère Émilie Dupuis, bientôt huit jours que j'attends de tes nouvelles. Tous les jours je t'envoie une carte et le 30, je t'ai écrit une lettre et je n'ai pas de réponse. Moi je suis toujours en bonne santé. À bientôt des nouvelles." C'est signé Edmond. Je trouve ça émouvant d'imaginer cet homme qui attend désespérément des nouvelles de son Émilie. Cette autre, là, a été affranchie le 24 juillet 1936. Vous voulez que je vous la lise ?*

— *Avec plaisir, allez-y.*

— *"Bien chère Laurentine, me trouvant quelques jours chez mes parents, ma tante m'envoie votre lettre. Cela m'a bien fait plaisir de vous savoir en bonne santé. Quant à moi, ça va toujours à peu près pareil. J'irai vous voir un de ces jours. Chère Laurentine, au sujet de cette petite somme, ne vous faites pas d'ennuis, je vais attendre encore car j'ai toujours un peu de travail. Ne vous privez pas pour cela. À bientôt le plaisir de vous voir. Je termine en vous embrassant de tout cœur. Votre belle-sœur, A. Genevry." Touchant, non ? Pourquoi avoir emprunté de l'argent ? Quelle était la situation de ces gens ? On peut tout imaginer, c'est ça qui me plaît.*

— Vous êtes une personne sensible.

— Peut-être un peu trop, oui. J'aime bien savoir qu'il reste quelque chose de notre passage.

— D'après le Dr Kadoche, il faut cent ans pour que le souvenir d'une personne s'efface totalement des mémoires.

— J'ai déjà entendu ça... Disons que ces cartes sont ma petite contribution à l'exception qui confirme la règle, alors. Quand Ahmed m'a appelé pour me parler de vos recherches autour de Rosa, ça a fait écho. Finalement, vous et moi, on a décidé de combattre l'oubli, chacun à notre façon.

— C'est vrai...

— J'allais vous demander ce que vous désirez savoir. Mais c'est idiot, comment peut-on savoir ce qu'on ignore ? Dites-moi plutôt ce que vous savez déjà, je pourrai éventuellement compléter.

— Eh bien, je sais que vous avez connu Rosa au Georges 5 où vous aviez l'habitude de jouer à la belote avec vos amis le jeudi. Je sais que vous vous êtes produit avec elle pour essayer d'empêcher le bailleur de fermer le café. Elle chantait, Mimo jouait de l'accordéon et vous faisiez du mime. Je sais aussi que vous êtes parvenu à empêcher la fermeture de l'établissement.

— Alors là, pardon, hein, mais y a erreur. Ce n'est pas nous qui avons sauvé l'établissement, ce sont les gens autour, ceux qui n'ont pas accepté que les flics nous embarquent.

— La police vous a emmenés ?

— Ouais, pour tapage nocturne et nuisance. Ils sont arrivés comme dans les films, avec la sirène et tout le

toutim, ils nous ont fait monter dans le panier à salade et on s'est retrouvés en garde à vue. On a soupçonné le propriétaire d'avoir un beau-frère ou un cousin dans la police, y avait un truc qui ne collait pas, on n'incarcère pas les gens pour un spectacle. Tout ce que les flics nous reprochaient, c'était de ne pas avoir d'autorisation. Je me rappelle que Mimo, ça l'avait énervé. Je le revois s'approcher d'un agent, très fier avec son chapeau déglingué sur la tête. Il vociférait en roulant des "r", parce qu'il était en rogne : "Une autorrrisation ! Une autorrrisation ! Non mais où qu'c'est qu'y glissent, eux, avec leur autorrrisation ? »

L'imitation fait sourire Luciole.

« *Il parlait vraiment comme ça, Mimo ?*

— *Je vous jure ! Avec les "r" à l'ancienne, comme dans les vieilles chansons. C'était un genre qu'il se donnait. Qu'est-ce qu'il pouvait nous faire marrer, Mimo. Les flics, par contre, ça ne les a pas fait rire. Mimo a dû souffler dans le ballon. Comme son alcoolémie dépassait l'échelle de Richter, ils ont ajouté "ivresse sur la voie publique". Enfin, tout était bon pour nous garder, ils cherchaient vraiment la petite bête, un clochard comme lui, c'était évident qu'il était rond comme une queue de pelle, il n'aurait pas pu tenir autrement. On a passé la nuit en cellule avec trois autres personnes, dont deux femmes qui n'arrêtaient pas de se disputer.*

— *Et Rosa ?*

— *Je pense que tout ce raffut et le fait d'être enfermée, ça l'angoissait. Elle s'est mise à chanter en portugais. Comme les flics avaient confisqué l'accordéon, Mimo sifflotait la mesure. À la fin de la nuit, les deux bonnes femmes connaissaient les refrains par cœur. Les agents n'avaient pas l'habitude d'avoir un concert à domicile, je crois qu'ils étaient contents de nous voir partir.*

— Elle chantait souvent ?

— Rosa ? Tout le temps. Et quand elle chantait, il se passait vraiment quelque chose. On soupçonnait, enfin, les habitués du Georges 5 je veux dire, qu'elle ne menait pas une vie facile, mais on n'a jamais trop su ce qu'il en était exactement, seulement qu'elle avait tout perdu dans un incendie, y compris sa fille. Ça, je ne l'ai appris que cette nuit-là justement, parce qu'il a bien fallu qu'elle réponde aux questions des policiers. Elle était secrète, Rosa, pas du genre à se plaindre.

— D'après Lili, Rosa était sans domicile fixe, elle s'abritait dans le local d'une armoire électrique désaffectée.

— Lili ? Vous… mais… Vous lui avez parlé ?

— Oui, il y a plusieurs semaines.

— Et… elle va bien ? »

L'homme dont la voix s'étrangle tousse légèrement.

« *Très bien.* »

L'intonation amusée d'Eddy rebondit sur les lèvres de l'animatrice.

« *Elle est mariée ?*

— Non. Vous non plus, d'ailleurs, si j'en crois votre annulaire…

— Je suis porté sur le célibat, cher monsieur. J'aime trop mon indépendance.

— J'ai cru comprendre que Lili et vous aviez vécu une histoire.

— Vous êtes décidément bien informé… Ça a duré quelques années, oui.

— Je suis curieux, pardon, mais pourquoi votre relation s'est-elle terminée ?

— Ah ça, on ne sait pas toujours pourquoi ça ne marche plus. Je vais vous faire une confidence : je me souviens de la dispute, des mots qui ont fusé, qu'elle m'a traité de second couteau et de comédien raté. Je me souviens de sa valise à roulettes, aussi, du bruit de ses talons sur le parquet, de sa main sur la poignée de la porte, des petits détails sans importance, mais d'où c'est parti, ça, je ne saurais pas vous dire. En fait, je crois que je n'ai pas compris. Lili avait beaucoup de tempérament.

— Elle en a toujours.

— Le contraire m'aurait étonné... »

Luciole perçoit le battement d'un sourire.

« *Votre rupture a été douloureuse ?*

— Très... Enfin, je suppose que toutes les ruptures le sont. Je ne l'ai plus jamais revue après cette dispute.

— Vous voulez dire que vous ne l'avez pas rappelée ?

— J'estimais que c'était à elle de revenir. J'avais ma fierté.

— Peut-être qu'elle pensait la même chose.

— Peut-être bien...

— Vous l'aimez toujours ?

— Comme on aime un beau souvenir...

— Ça vous gêne que je l'évoque ? »

Le commerçant tousse.

« *C'est du passé, quoi, et ça ne sert pas toujours de ressasser.*

— Vous avez raison, désolé. Vous vous rappelez s'il y a eu des dépositions au commissariat, le soir de votre garde à vue ?

— Je suppose, oui, il doit y avoir des procédures. Ce dont je suis sûr, c'est qu'on a dû montrer nos cartes d'identité et que Rosa n'en avait pas. Elle a expliqué aux flics que ses papiers avaient brûlé dans l'incendie de son domicile.

— Vous savez si elle a donné une adresse ?

— Sûrement, oui. Mais laquelle, je ne peux pas vous dire.

— Vous vous souvenez de la date, même approximative, de quand vous avez été arrêtés ?

— Hé hé, c'est pire qu'un interrogatoire, ma parole… C'était au retour de l'été, je dirais… septembre 1997.

— 1997, vous êtes sûr ?

— Certain, c'était notre premier été ensemble, à Lili et moi. »

En fond sonore, le carillon indique l'arrivée d'un client.

Dans le local technique, ici et maintenant, Théo vient de se faire raccrocher au nez par un étudiant au bord de la crise de nerfs qui attendait de parler à Luciole depuis plus de deux heures. Quant au directeur des programmes, ça fait cinq fois qu'il appelle sur son smartphone pour lui dire tout le mal qu'il pense de la nouvelle lubie de Luciole.

Il souffle, vivement que la nuit se termine.

32

Printemps 2022, cette nuit
Tour Sapporo

« *Bonjour, monsieur*, commence une nouvelle voix dans la radio, oscillant entre le grave et l'aigu. *Mon père a reçu un mail pour le prévenir que son colis était arrivé.*

— *À quel nom ?*
— *Barbot. B-A-R-B-O-T.*
— *Varbot avec un V comme Valérie ?*
— *Non, un B comme… euh… Babar ?*
— *Jérémy, c'est ça ?*
— *C'est ça.*
— *Bougez pas, je vais regarder…* »

Plus loin, moins fort du coup.

« *Voilà, c'est ça ?*
— *C'est ça.*
— *Signez sur l'écran, s'il vous plaît.*
— *Merci, bonne journée.*
— *Bonne journée, à bientôt.* »

On croit rêver, c'est n'importe quoi, cette émission. Outrée, en colère, malheureuse, Cécile continue d'essayer d'appeler, à cause du désespoir qui la ronge de façon plus vertigineuse que jamais.

Des parterres de fleurs ont été installés sur l'esplanade devant l'immeuble. Il y a des bancs et des réverbères. C'est stupide, mais elle envie le type en bas, qui ronfle tranquillement sous sa bâche, sans plus rien attendre de personne et dont personne n'attend plus rien. Comme cela doit être confortable…

L'appartement de la strip-teaseuse plonge dans l'obscurité, elle a remballé ses guêtres et sa guêpière, le show est terminé. Il ne reste plus qu'une seule fenêtre éclairée en face, au dix-septième. Celle-là reste allumée pour un labrador sujet aux terreurs nocturnes. Le chien fait les cent pas devant la baie vitrée, c'est pareil toutes les nuits. Avant, il dormait sur le balcon, pauvre bête. Mon copain de galère, songe Cécile, un sourire chafouin aux lèvres.

Sauter, arrêter, faire silence, Cécile tremble.

Soudain, ça sonne. C'est inespéré, depuis le temps qu'elle essaie de joindre l'émission. Enfin on va l'écouter. Il se pourrait même qu'ils soient des millions à l'entendre.

Elle ne sera pas seule.

On entend un grincement – décidément, quel enfer cet enregistrement. Le marchand de journaux s'est rassis, suppose Cécile, tandis que ça décroche enfin au bout de son fil.

33

Printemps 2022, cette nuit
Maison de la Radio

« *Il vous arrive de regretter de ne pas avoir percé en tant que comédien ?* »

Théo prend un nouvel appel. Il ne voudrait pas être pris de court lorsque ces fichues cassettes seront terminées.

« *Avant oui, mais plus maintenant. Je suis content de mon sort, je suis tranquille, j'ai mes cartes postales, le temps de bouquiner et de regarder le soleil se coucher. Le temps, c'est le plus grand luxe qui soit.*

— *Pourquoi avoir renoncé ?*

— *À faire l'acteur ? Parce qu'il y en a qui ont le truc et d'autres qui ne l'ont pas, ça ne se commande pas. J'y ai cru pendant vingt ans. Mais, à quarante balais passés, j'ai dû me faire une raison. J'avais besoin de gagner ma croûte, de penser à ma retraite comme tout le monde, ça ne tombe pas du ciel. Et puis, allez savoir, c'est peut-être pas complètement fichu ! Si les chats ont sept vies, pourquoi les comédiens n'en auraient-ils qu'une seule ?* »

Tandis que cet Alexandre raconte sa vie, une femme pleure à cause de l'émotion. Elle explique à Théo qu'elle essaie de joindre l'émission depuis longtemps, tous les jours, que ça sonnait occupé, elle comprend, il y a tant de malheureux sur terre. Elle dit qu'avoir enfin la possibilité de parler à Luciole est une sorte de miracle. Qu'elle n'y croyait plus, que sa dépression lui pèse, qu'elle se sent affreusement seule, qu'elle est désolée d'embêter le monde avec ses problèmes, mais elle est heureuse, si heureuse, elle aime beaucoup Luciole, enfin quelque chose de bien se passe dans sa vie, elle n'y croyait plus et voilà. Dire qu'il y a dix minutes elle songeait au suicide. Quand même, ce qu'on peut être idiot, parfois.

34

Hiver début 2022

— *Eddy ? Ça alors !* s'écria Noémie au bout du fil. *Depuis le temps, je pensais que tu avais oublié mon numéro.*

— Bah non, tu vois… Tu vas bien ?

— *Pas mal, oui. Le boulot, toujours. La routine, quoi.*

— Super… Et ton fils ?

— *Très bien. Il a été trop gâté à Noël. Maman a dévalisé le magasin de jouets. Hugo ne savait plus où donner de la tête tellement il y en avait. Les emballages l'intéressaient plus que ce qu'il y avait à l'intérieur, mais bon, ils sont tous pareils. Et de ton côté, les fêtes se sont bien déroulées ?*

— Tranquillement.

— *Toujours aussi loquace…* constata Noémie sans animosité. *Bon, j'imagine que tu ne m'appelles pas juste pour le plaisir de m'entendre te susurrer des mots tendres.*

Eddy sourit.

— C'est vrai. Je ne sais pas si tu te souviens, il y a quelques mois, je t'avais demandé de jeter un œil à un rapport concernant une SDF que j'avais retrouvée…

— *Ne me dis pas que tu es encore bloqué là-dessus !* déplora Noémie avant de se radoucir. *Tes recherches ont donné quelque chose ?*

— J'ai rencontré des gens qui ont connu Rosa. C'est comme ça qu'elle s'appelle.

— *C'est un joli prénom.*

— J'ai appris qu'elle avait été embarquée au commissariat du 14e arrondissement en septembre 1997…

— *Je te vois venir…*

— Pour tapage nocturne, continua Eddy en faisant fi des protestations qui pointaient. J'imagine qu'en cas de garde à vue il reste des traces, des rapports…

— *Ben voyons… Ce que je ne comprends pas, c'est pourquoi tu tiens tant à courir après cette femme ?*

— Parce que… disons que j'ai besoin de faire un truc bien.

— *C'est pas mal aussi de s'occuper des vivants, tu sais, tu devrais essayer.*

— Faut bien commencer par quelque chose.

Noémie émit un discret gloussement avant de prononcer :

— *Bon, j'entends Hugo qui se réveille, je dois te laisser. Pour le reste, je vais voir ce que je peux faire. Mais je ne te promets rien.*

Plutôt que de jouer aux *mietteball* avec Jojo en attendant que Noémie le rappelle, Eddy préféra déambuler vers la rue Poinsot. L'espoir lui était revenu avec cette nouvelle piste et, dans son sillage, l'envie de se confronter à la réalité des autres – ceux qu'il aimait bien.

Driss était en bas de son immeuble, arpentant le trottoir avec des paquets de coton et des sacs-poubelles plein les bras, sous l'œil tonnerre du gardien. Assis sous un parapluie, ce dernier, posé là comme une molaire, n'attendait qu'un geste de travers pour tomber sur le râble de l'enfant.

— Wassim n'est pas avec toi ? interrogea Eddy, surpris de ne trouver qu'un seul des inséparables.

— Ah, salut m'sieur. Non, il est en cours.

— Qu'est-ce que tu fais avec tout ça ?

Driss décocha une œillade au concierge, qui fit aussitôt mine de regarder ailleurs.

— Je prépare une surprise, chuchota-t-il à l'oreille d'Eddy d'un air de complot. Hier, à la météo, ils ont annoncé de la neige. Ce matin, y en avait pas et Wassim était hyperdéçu. Au début, je voulais lui lancer du coton quand il rentrerait du collège, mais maman travaille et faut que j'aille le chercher, alors j'ai eu l'idée d'installer un canon à neige dans l'arbre, là.

— Un canon à neige ?

— Oui, enfin… Un sac-poubelle rempli de coton avec des lanières. Quand on passera en dessous, je tirerai sur la lanière et le sac s'ouvrira.

Une femme aux cheveux châtains heurta l'épaule d'Eddy, leva sur lui une mine décomposée, grommela des excuses et poursuivit sa route.

— C'est ingénieux… répondit Eddy en reprenant le cours de l'échange. Mais ça ne fonctionne pas, à mon avis. La lanière va refermer le sac, pas l'ouvrir. Et puis, le sac pourrait s'avachir sur le coton, sans compter que le coton ne pourra pas tomber s'il est trop serré dans le sac…

Driss arbora le minois d'un caillou au fond d'un ruisseau.

— Vous avez raison, j'avais pas pensé à tout ça. Bon bah, c'est raté, mon truc.

La tristesse du gamin contamina le cœur d'Eddy qui tordit les lèvres, à la recherche d'une solution. Au bout d'une seconde, il s'éclaira d'une lueur de génie, s'empara de son téléphone, retrouva le numéro d'Alexandre, le comédien-bricoleur, s'excusa du désagrément et lui soumit le problème.

— Un aspirateur auquel on enlève le réservoir et des billes de polystyrène, exposa-t-il à l'enfant après qu'il eut raccroché. Toi, tu t'occupes de l'aspirateur, moi, je me débrouille pour trouver le polystyrène. On a combien de temps ?

— Wassim sort à 18 heures...

Eddy aurait un peu de retard au parking. Il haussa les épaules, tant pis.

Il enfourcha sa moto, direction le magasin de bricolage le plus proche. Quarante-cinq minutes plus tard, il était de retour, deux gros sacs serrés devant lui et trois autres rangés dans son top-case. Il avait pris des réserves.

De son côté, Driss exhibait fièrement son aspirateur traîneau. Le concierge, lui, observait le manège d'un air revêche tout en hochant la tête au rythme des allées et venues des occupants de l'immeuble. De temps à autre, il tapotait son parapluie pour en faire tomber l'excès de pluie.

— Vous auriez une prise à nous prêter, monsieur Brochet ?

Le gardien arqua un sourcil vers le gamin.

— C'est pour quoi faire, vot'machin ?

— De la neige...

— Et tu penses que je vais t'aider à dégueulasser mon trottoir ? Vous, là, vous leur rendez pas service en les encourageant, ajouta-t-il à l'intention d'Eddy.

— J'ai une rallonge enrouleur dans ma cave, toussa un petit homme emmitouflé, un pain complet tranché dans les bras. Cinquante mètres, ça devrait suffire, non ?

La joie d'avoir l'occasion de titiller le Brochet brillait au fond des yeux du docteur Sécu. Il semblait tout à coup avoir le même âge que Driss.

À 17 h 50, l'installation était prête : la rallonge déroulée depuis la fenêtre du troisième, le tuyau de l'aspirateur enfoncé dans une immense réserve de polystyrène, le sac enlevé et le capot relevé.

À 17 h 55, les réverbères s'illuminaient parce que le jour commençait à décliner.

À 18 h 10, Driss et son frère émergeaient au coin de la rue.

À 18 h 11, Eddy mettait en fonction l'aspirateur.

À 18 h 11 minutes et 33 secondes, Wassim levait les bras et clignait des yeux.

À 18 h 12, la surprise de cette fausse neige tournoyant sous la lumière d'un lampadaire citron laissa place à l'émerveillement. Wassim se dandinait d'un pied sur l'autre, Indien de bitume, tandis que Driss jetait sur lui des fausses boules qui se disloquaient avant d'atteindre leur cible.

— Bah alors, Brochet, ça va comme vous voulez ? demanda, narquois, le médecin. Sont pas si mauvais chez Météo France en fin de compte…

Les billes de polystyrène s'amalgamaient sur le parapluie mouillé du concierge indéboulonnable.

Une tarte meringuée, songea Eddy.

Et, aussi, que ça valait le coup d'être en retard.

35

Hiver début 2022

Le lendemain, le cœur d'Eddy s'accéléra à la vue du numéro de Noémie.

— Tu as trouvé quelque chose ?

— *Alors, bonjour d'abord*, soupira la jeune femme comme une mère à un fils trop pressé. *Ensuite, tu m'en dois une. J'ai dû accepter de sortir avec un ancien collègue du commissariat du 14ᵉ. Un type gentil, mais sacrément pot de colle. Bon, sinon, pour ta gouverne, sache qu'il y a erreur sur la date : ce n'était pas en septembre mais en octobre 1997. C'est le problème avec les témoins, ils ne sont pas toujours fiables, chacun arrive avec sa version, la vérité se situe souvent au milieu du gué. Bref, ta Rosa a été ramassée avec deux autres personnes pour représentation musicale illégale, nuisance et dérangement de l'espace public. Aux collègues de l'époque, elle a déclaré s'appeler Rosa Da Costa. Aucun moyen de vérifier, vu qu'elle n'a présenté aucun papier d'identité. Elle a déclaré les avoir perdus dans un incendie…*

— Rosa Da Costa, répéta pensivement Eddy, satisfait de connaître enfin le patronyme complet.

— *C'est ça. Elle a aussi indiqué être employée de ménage et habiter à Tours.*

— Tours ? fit Eddy, incrédule. Elle a donné une adresse ?

— *Oui, appartement 2 au 23, rue Henri-Barbusse. Mais ne t'emballe pas, s'il y a eu un incendie, tu ne trouveras sans doute plus aucune trace d'elle. Il se peut aussi que ce soit un cul-de-sac, une adresse donnée au hasard pour ne pas être embêtée, c'est courant…*

— …

— *Je suppose que tu vas t'y rendre quand même ?*

— J'irai demain.

— *Bon, au pire tu te casseras le nez*, reprit la fonctionnaire de police dans un sourire. *Par contre, chose bizarre, ta Rosa aurait refusé de signer sa déposition. Tu m'appelleras pour me raconter la suite ? Ton histoire m'intrigue à force, j'ai l'impression d'être un agent double. De mon côté, si tu es sage, je te dirai tout sur mon rendez-vous avec Gluglu.*

— Merci, Noémie.

— *De rien… Ça me fait plaisir de t'aider. Dis donc, Eddy Alune, c'est marrant, j'ai l'impression que tu as changé.*

— Ah ?

— *Je ne sais pas, tu es plus… tu es moins… Tu es là, quoi. Tu t'intéresses à ce qui t'entoure. C'est nouveau.*

— Il paraît que j'ai changé, annonça Eddy à Jojo après avoir raccroché.

Le pigeon roucoula une confirmation.

De part et d'autre de l'autoroute, les champs scintillaient de givre. Eddy plissait les yeux derrière sa visière teintée. Le marquage au sol défilait sous ses roues à toute allure.

Eddy appréciait la vitesse. Il l'avait découverte le jour où il avait subtilisé son premier scooter, à seize ans et des poussières. Il avait alors traversé son quartier tête nue, cheveux au vent, grisé d'interdit et de vie, électrisé par une fille-guimauve dont les bras moelleux pinçaient sa taille. Il avait couché l'engin et la fille dans un terrain vague.

Mais c'était du passé.

Pour l'heure, Eddy suivait les indications de son GPS et emprunta la sortie de Tours. Rond-point. Les panneaux de signalisation le poussèrent à ralentir la cadence. Il s'insinua docilement dans la circulation urbaine et, une vingtaine de minutes plus tard, garait sa moto sur le trottoir, au pied d'un immeuble à deux niveaux.

Des gens passaient. Engoncé dans une combinaison de ski aussi rouge que son visage, un enfant d'environ deux ans braillait dans une poussette, au grand dam d'un paternel en jean-Converse qui menaçait de l'abandonner au milieu de la rue. D'un appartement alentour explosa une musique reggae, faisant fuir un couple de moineaux en direction d'une grue orange qu'un type, riquiqui dans sa cabine de pilotage, manœuvrait comme un chef.

Concentré sur son objectif, Eddy porta son attention sur la façade. Des voilages aux fenêtres, des pensées dans une jardinière. C'était une bâtisse correctement tenue, bien qu'une réfection aurait été la bienvenue : l'humidité imprimait çà et là des auréoles brunes, des taches de rouille barbouillaient les gouttières.

Il se présenta devant la porte d'entrée automatique, visiblement plus récente que le reste. Un interphone empêchait les intrusions. Aucun nom ne figurait sur les deux touches blanches. Eddy inspira et, conformément aux informations de Noémie, pressa la touche portant le numéro 2. Une seconde s'étira, longue comme une nuit sans sommeil. Une voix crépita enfin un « oui » peu affable.

Pris au dépourvu par l'inflexion brutale, Eddy bredouilla trois phrases mal fichues dans lesquelles perçait la raison de sa venue : une femme dont il cherchait la trace avait peut-être vécu là vingt ans plus tôt, une certaine Rosa Da Costa. L'homme soupira que ça ne lui disait rien, qu'il avait acheté l'appartement en 2010.

— Avez-vous gardé le numéro de l'ancien propriétaire ? hasarda Eddy avec l'audace d'un type souffrant de vertige qui décide tout à coup de sauter à l'élastique.

— *Quittez pas.*

Puis la voix revint :

— *Vous avez de quoi noter ?*

Eddy saisit son téléphone et composa le numéro à mesure.

— *L'ancienne propriétaire s'appelle Hélène Rouanet. R-O-U-A-N-E-T, comme l'ancien ministre. C'est le numéro de sa fille. Je ne vous garantis pas qu'il est encore valable, par contre.*

Eddy remercia et flanqua le téléphone à son oreille. La fille d'un ministre, maintenant. Décidément, la quête de Rosa le menait sur d'étranges sentiers. Une, deux, trois sonneries, chaque tonalité augmentait son angoisse de repris de justice face aux oripeaux de la République.

Le répondeur s'enclencha. « *Merci de me laisser un message.* » Eddy s'apprêtait à prononcer les mêmes trois phrases biscornues lancées au type de l'appartement quand une cohorte de petits bips lui signifia l'arrivée d'un double appel.

— *Vous avez tenté de me joindre*, dit une femme à l'autre bout du fil, avec la magnanimité d'une élégante.

Rebelote, Eddy expliqua la raison de son appel. Au nom de Rosa Da Costa, un vent sibérien rasa la ligne.

— *Rosa Da Costa était une garce*, lâcha-t-elle soudain. *Je n'ai rien de plus à ajouter.*

À ses mots, elle raccrocha.

Eddy en resta comme deux ronds de flan.

Rosa était la garce d'une autre dont l'agressivité témoignait d'une blessure encore vive. C'était la première fois qu'on lui présentait son inconnue sous un jour peu avantageux. Moins lisse, elle gagnait en humanité et en consistance. Eddy avait bien fait de venir.

Il s'arma de courage et pressa de nouveau la touche numéro 2 de l'interphone.

— Oui ???!!!

— J'ai appelé le numéro.

— *Bon, écoutez, monsieur, je suis en* call *avec mon* boss, *je n'ai pas de temps à vous consacrer… Voyez avec la voisine, elle était déjà là quand j'ai acheté…*

Eddy se confondit en excuses saupoudrées de remerciements et appuya sur l'interphone numéro 1.

Pour la troisième fois en moins de dix minutes, il expliqua qu'il était à la recherche d'informations concernant une ancienne occupante. Lorsqu'il laissa tomber le nom de Rosa, le silence lui répondit. Puis le cliquetis de la porte, accompagné de l'indication : « *Rez-de-chaussée.* »

Heureux tel le romancier ferrant une bonne idée, Eddy ne se fit pas prier pour pénétrer dans le hall où flottait une vague odeur d'eau de Cologne. Il passa devant deux boîtes aux lettres et avança en direction de l'unique porte du palier, devant laquelle siégeait un paillasson sobre.

Dans l'entrebâillement de la porte, une septuagénaire à la mise en pli impeccable le jaugeait de ses yeux noisette. Ses lunettes pendues au bout d'une chaîne dorée retombaient sur une veste molletonnée pourpre qui couvrait ses hanches. Ses chaussons assortis dépassaient légèrement de son pantalon noir.

Elle pinça ses lèvres et ouvrit la mâchoire plusieurs fois avant d'émettre le moindre son.

— Vous m'apportez des nouvelles de Rosa, bégaya-t-elle enfin avec un léger accent portugais. Elle est morte, n'est-ce pas ?

Eddy hocha la tête, mal à l'aise. Les épaules de la femme s'affaissèrent, elle baissa les yeux. Son chagrin se réverbéra dans le cœur d'Eddy.

— Je vous en prie, entrez, l'invita-t-elle en se décalant.

Elle referma la porte et le devança, au son d'une lointaine alarme de voiture.

Il la suivit dans un salon clair. Le soleil se prenait dans le lustre du plafond et sinuait sur le buffet, entre des pétales artificiels délavés et les portraits d'enfants sages. Des napperons ornaient les accoudoirs d'un canapé en velours et le centre d'une table ronde en acajou. Six chaises assorties, dossier bois et assises crème. Une immense bibliothèque couvrait deux pans de mur. Flaubert y côtoyait Marguerite Duras.

— Je rêve très souvent de Rosa, lança-t-elle en guise de préambule après l'avoir invité à s'asseoir. En trente ans, je n'ai jamais cessé d'espérer la revoir un jour. Et vous voilà…

Ses yeux s'égarèrent vers la baie vitrée, dans la contemplation d'une cour intérieure où un arbre sans feuilles et une draisienne attendaient le retour du printemps.

— Vous êtes bouleversée… tenta Eddy, lui-même troublé.

La septuagénaire approuva d'un sourire en demilune.

— Rosa… Elle était comme ma sœur.

36

Printemps 2022, cette nuit
Maison de la Radio

La sérénité du studio détonne avec le vacarme dans la tête de Luciole. Cette nuit est une déflagration. Au bord du précipice, elle termine son verre d'eau d'un trait tandis que démarre la troisième cassette.

« *C'est un magnétophone à cassettes ? Vous êtes bien jeune pour utiliser une antiquité pareille.* »

La femme qui parle est âgée. Un petit accent familier chuinte de ses mots. Les pupilles de Luciole se dilatent dans l'obscurité.

« *Je l'ai depuis que je suis petit. Comment vous appelez-vous ?* »

La voix d'Eddy rassure Luciole. Il est son sémaphore. À quoi ressemble-t-il ? Elle voudrait le voir, le rencontrer, comprendre. À défaut, elle l'imagine. Grand ? Petit ? Généreux ou cynique ?

« *Amalia.*

— *Enchanté, Amalia. Moi, je m'appelle Eddy.* »

S'ensuit un embrouillamini d'informations qui n'apprennent rien à Luciole, puis :

« *Merci de m'avoir donné la fin de l'histoire. Je vais à mon tour essayer de vous éclairer sur le début. La première fois que j'ai vu Rosa, c'était en Espagne en 1959, dans un camion à bestiaux. J'avais treize ans, je voyageais vers la France avec mes parents et mon petit frère. Elle voyageait seule…*

— *Pourquoi venir en France ?*

— *Parce que mon père était persuadé que le Portugal était fichu. Il disait qu'ici les travailleurs récoltaient le fruit de leur labeur et vivaient dans des bâtiments de standing avec tout le confort, l'électricité, l'eau courante. Il nous avait promis, à mon frère et moi, que nous aurions chacun notre chambre. Pour nous, qui étions des enfants, ce détail constituait le summum de la richesse. Nous l'écoutions, éberlués d'apprendre que ce genre d'eldorado existait sur la même planète que la nôtre. Pour convaincre maman, notre père affirmait qu'en France, tout était possible. Nous ferions des études pour devenir médecin, professeur ou patron. Après des mois de tractations, elle a finalement accepté de s'en remettre aux mains du destin.*

— *La vie était si difficile au Portugal ?*

— *On peut parler de misère. Pourtant, mes parents travaillaient tous les deux. Ma mère était dentellière et mon père tenait une librairie à Lisbonne. Nous habitions un petit appartement au-dessus de la boutique. Je me souviens de la sonnette stridente, chaque fois qu'un client poussait la porte, du parfum d'encre et de poussière, des étagères ployant sous le poids des livres… Je revois ma mère, les pieds nus croisés sur le parquet, les doigts tordus et piqués de coups d'aiguille, penchée sur son ouvrage près de la vitrine pour bénéficier de la lumière naturelle de l'aube au crépuscule pendant que mon père fronçait le nez sur ses cahiers de comptes. Nous manquions de tout. Pourtant, je ne garde de mes années portugaises que les lunettes rondes de mon père, les baisers de ma mère, l'odeur du poisson frit, la cloche de la cathédrale de Sé et les bagarres avec mon frère dans le tramway jaune.*

— Vous souriez…

— Oui… Ce sont des souvenirs agréables. Après tout, on a tous un peu la nostalgie de son enfance, n'est-ce pas ?

— C'est vrai.

— Le Portugal traversait alors une sombre période. Vous avez entendu parler de la dictature de Salazar ? Non ? Je ne suis pas étonnée, on en parle peu, ici. Misère, prison, peur de l'enrôlement dans l'armée pour combattre en Afrique… Les raisons de fuir ne manquaient pas, à l'époque. Les gens partaient par milliers, les bras chargés de valises et de l'espoir d'une vie meilleure. Comme le gouvernement ne voyait pas d'un bon œil la fuite de sa jeunesse et de ses forces vives, les candidats au départ devaient faire preuve de prudence. Il fallait voyager clandestinement, passer les frontières de nuit et faire confiance aux passeurs qu'on rémunérait à prix d'or, à crédit souvent.

— Vous avez des souvenirs du voyage ?

— Oui, beaucoup. Mais la première image qui me vient se confond avec Rosa. C'était épouvantable, nous étions serrés dans une bétaillère, il faisait atrocement chaud, ça sentait mauvais, nous étions recouverts de poussière. Il y avait parmi nous une jeune femme silencieuse. Pendant que nous râlions contre la puanteur et les ornières, elle se bornait à scruter le paysage à travers les barreaux du fourgon.

— Rosa ?

— Bien sûr, qui d'autre ? »

Théo observe la silhouette de Luciole. Qui donc est cette Rosa dont l'évocation produit un tel effet sur elle ? Elle qui, d'ordinaire, semble si assurée, a cette nuit l'allure d'une gamine vulnérable.

Pendant qu'il se questionne, il reprend le téléphone, prononce quelques mots à la femme qu'il espère pouvoir faire patienter. Cette femme qui voulait mourir et lui rappelle le suicidé à la carabine d'il y a quatre ans.

— *C'est bientôt ?* demande-t-elle d'une voix implorante.

— Oui, c'est bientôt, répond Théo.

— *Bien, j'attends alors. Merci, monsieur.*

« *Cette jeune femme, plus âgée que moi, m'intriguait. Son visage, d'une beauté singulière, m'était familier. Au début, elle adressait des sourires discrets à mes regards insistants. Au fil des heures et des œillades, une sorte de connivence muette s'est instaurée entre nous. Je me souviens qu'un bébé pleurait. Des jeunes ont commencé à vitupérer contre la mère, exigeant qu'elle fasse taire son enfant. Alors que la tension montait, mon inconnue s'est mise à fredonner une chanson classique du répertoire portugais. Du fado, vous connaissez ? Rappelez-moi de vous en faire écouter tout à l'heure. Sa voix couvrait à peine le brouhaha ambiant. J'ai entonné le refrain avec elle, machinalement. Mon frère a suivi. D'autres voix se sont peu à peu ajoutées aux nôtres. Tout en chantant, je ne cessais de me demander d'où je la connaissais, quand l'évidence m'a frappée tout à coup : c'était une chanteuse de fado dont j'avais croisé le visage sur une affiche. Elle s'appelait Rosa Da Costa et devait se produire dans un restaurant près de chez nous. J'étais adolescente, littéralement ensorcelée : rendez-vous compte, je voyageais près d'une star !*

» *Après plusieurs heures chaotiques, les passeurs nous ont ordonné de descendre dans la cour d'une ferme. Nous avons fait la queue pour récupérer à boire et à manger, du pain et une bouillie à base de viande de porc, puis nous nous sommes installés où nous pouvions, qui sur des ballots de paille, qui à l'ombre d'un engin agricole rouillé. Rapidement, d'autres groupes nous ont rejoints. Mon frère et moi avons compté ce soir-là cent soixante-dix-neuf personnes.*

» *On nous avait commandé d'attendre la nuit pour entamer, à pied, la traversée des Pyrénées. Ces précautions n'avaient rien à voir avec la chaleur, c'était à cause des gendarmes. Certains voyageurs, qui n'en étaient pas à leur première tentative, rapportaient des épisodes cauchemardesques, des courses éperdues en pleine montagne et, pour ceux qui se faisaient attraper, le retour au bercail. Mais tous ceux qui étaient là étaient déterminés à passer. Plutôt mourir que se résigner à la misère d'un Portugal moribond.*

» *Tandis que les adultes devisaient et comprenaient peu à peu le prix exorbitant de l'espoir, nous, les enfants, demeurions des enfants. Nous jouions à cache-cache entre nos compagnons d'infortune, dans cette fameuse insouciance que les grandes personnes prêtent aux gamins, à tort souvent. Les enfants ne sont pas insouciants, ils sont résilients, si vous voulez mon avis. À vingt ans, Rosa n'était qu'à l'orée de l'âge adulte. Elle s'amusait avec nous à chat perché, courait et sautait comme une fillette, riait beaucoup. Nous avons fini par nous installer côte à côte, sur un banc de pierre, face à la montagne. Sous le soleil déclinant, ses yeux marron luisaient. Elle avait des tempes hautes, une légère fossette, un chignon flou, un teint ambré. Je me rappelle avoir songé qu'elle avait la couleur de cette soirée d'été. Son regard dérivait sans cesse, contredisant la détermination de son profil de statue grecque. Elle avait un côté très majestueux et très vulnérable à la fois.*

» Je brûlais de curiosité : comment une vedette pouvait-elle avoir envie d'une autre existence ? À mes questions, elle a répondu simplement qu'il ne servait à rien de chanter si on ne chantait pour personne… Rosa, elle, chantait pour un jeune homme, Julien, un Français rencontré dans un restaurant. Un seul regard avait suffi à les convaincre qu'ils étaient faits l'un pour l'autre. Quand Julien et ses parents étaient rentrés en France, Rosa n'avait plus eu qu'une idée : le rejoindre, coûte que coûte. Sa carrière ? Pas grave, les Français avaient Édith Piaf, ils lui feraient une place. Son imprésario devait lui envoyer les droits de son premier disque ; ça n'irait pas chercher loin, mais elle pourrait voir venir les premiers mois. "La vie réunit ceux qui s'aiment", m'a-t-elle dit en français, juste avant de fredonner une sorte de yaourt et d'éclater de rire. Son Julien lui avait appris "La vie en rose", sa chanson préférée. D'Édith Piaf, Rosa connaissait toutes les chansons par cœur sans en comprendre un traître mot. Mais tout ce qui était français la fascinait, parce que tout ce qui était français contenait un peu de lui.

» Après avoir fouillé dans sa valise, elle m'a tendu une enveloppe usée et m'a enjoint de lire le message pour me prouver qu'elle ne mentait pas. Je me suis exécutée, dans ma tête d'abord. La lettre commençait par "Ma Rosée". Elle m'a priée de lire à voix haute, en m'avouant, tête baissée, qu'elle ne savait pas lire. C'était une très belle lettre, rédigée dans un portugais académique, littéraire, qui disait combien il était fou d'elle. Je me suis étonnée qu'un Français parle si bien portugais. Elle a pouffé : Julien n'en parlait pas un mot. C'était un ami de ses parents, professeur à l'université, qui avait traduit sa

missive. Elle a ajouté en rougissant qu'elle et lui se comprenaient autrement…

» Le romantisme de cette relation à distance éblouissait mon cœur d'adolescente. J'enviais la passion sans limites qui avait poussé Rosa à voler de l'argent à son père pour se payer le voyage. J'enviais sa certitude de trouver à son arrivée les bras de son amant. Le moindre kilomètre la rapprochait de leurs retrouvailles quand, moi, je m'éloignais de la terre que j'aimais, de mes cousins, de mes amis. Je partais en exil, mais Rosa, elle, arrivait à destination.

— Vous avez fini par passer la frontière…

— En effet. La nuit était tombée. À la lumière de la lune et des torches, nous avons entamé la marche, tenaillés par la peur. Les armes des passeurs nous rendaient nerveux. Nous avancions prudemment, en essayant de ne pas faire de bruit. Nous apercevions parfois d'autres lignes au loin, des limaces lumineuses qui marchaient dans la même direction que la nôtre. Pas une seule fois, durant les trente heures qu'a duré ce périple, je n'ai entendu Rosa se plaindre. Sa détermination était à couper le souffle. Notre harassement atteignait des profondeurs abyssales, mais sa vigueur allait croissant. À trois reprises, nous avons dû nous cacher des gendarmes. Nous sautions dans les fourrés, attendant que la voie se libère, avant de nous remettre à courir, dans l'espoir de parvenir à la frontière avant l'aube.

» Enfin, l'aurore de France s'est déployée devant nos yeux. Le rêve a commencé par une autre ferme, identique à celle que nous avions occupée avant la traversée des Pyrénées. Seule différait la langue de nos logeurs. Après un repas sommaire, nous avons été dispatchés selon nos points de chute. Qui prévoyait de rejoindre un cousin dans les Vosges, qui avait des parents du côté de Lille. Rosa, elle, n'avait pas d'adresse, seulement une ville qu'elle décrivait avec volupté : Paris. Et un numéro de téléphone, stipulé

sur la lettre. Elle s'était lancée dans ce voyage la fleur au fusil, avec une préparation minimale, sans même prévenir l'homme qu'elle était venue rejoindre.

» Ma famille et moi étions attendus à Massy, où un ancien voisin avait élu domicile. Paris, Massy, ce n'était pas si loin. Pressés par mes supplications, mes parents ont accepté d'emmener Rosa. Mon père a échangé ses escudos contre des francs et la grande aventure s'est poursuivie, signant le début d'une existence sans papiers... Mais je vous prie de m'excuser, je manque à tous mes devoirs. Je ne vous ai même pas proposé à boire. J'ai de l'Oasis au frais, si vous voulez. Mon dernier petit-fils en raffole. Il a eu trois ans la semaine dernière.

— C'est lui, sur la photo du buffet ?

— Oui, et, à côté, mes quatre autres petits-enfants. De trois à dix-huit ans...

— C'est une jolie famille.

— C'est vrai, je suis gâtée. »

S'ensuivent des bruits lointains de cuisine, de pas qui se rapprochent et d'un verre qu'on pose sur une table.

La femme reprend après qu'Eddy l'a remerciée.

« Nous avons débarqué à l'entrée d'un bidonville. Des gosses pataugeaient dans la boue, au milieu de baraques faites de bric et de broc. Rien, ni les gens, ni les habitations, ne ressemblait à l'opulence dont mon père avait rêvé. Le voisin nous attendait, il avait préparé de quoi nous loger, le temps que mes parents se retournent.

» J'ai aidé Rosa à téléphoner au numéro indiqué dans sa lettre. Une femme a décroché. Quoi qu'en pensait Rosa, la langue se révélait être une barrière infranchissable. Elles ne se comprenaient pas. Rosa disait "Julien", l'autre répondait "Pala". La fille du voisin, scolarisée depuis deux

ans en France, nous a offert son concours, permettant à Rosa d'apprendre que son Julien, alors au service militaire, avait été envoyé combattre en Algérie. Pas grave, Rosa attendrait. Elle attendrait toujours, du reste. Rosa était une femme d'amour, qu'elle ne concevait qu'inconditionnel, fidèle et éternel. Mais enfin... Pardonnez-moi, l'émotion m'embrouille...

— Je vous en prie... Comment s'est passée l'installation de votre famille ?

— Notre vie française a commencé dans la colère. Celle de mon père, d'abord, qui se sentait floué et vexé de nous avoir entraînés dans cette galère. Ceux qui nous avaient précédés envoyaient des nouvelles pleines d'un bonheur parfait, alors que la réalité se trouvait bien éloignée de ces légendes, dont il s'était nourri. Mais il faut rendre à César ce qui appartient à César. Du travail, il y en avait. À foison. »

37

Printemps 2022, cette nuit
Hôtel Continental

Dans le transistor, la femme ricane ou soupire. L'oreille collée au haut-parleur, Joséphine n'est pas sûre. Cette dame parle bien, en tout cas, elle a du vocabulaire pour quelqu'un qui n'est pas né en France.

« *Le patronat était friand de main-d'œuvre portugaise, élevée dans le culte du labeur. Quant aux immigrés, ils étaient pris en étau : rembourser le passage payé à crédit et subir une situation irrégulière qui les contraignait à mener une vie misérable. Certains patrons sans vergogne faisaient du chantage à la régularisation. Pas de papiers pour celui qui rechignait ou dont le corps montrait des signes de fatigue. Construire des tours demandait des bras, pas des états d'âme. Alors, mon père – vous ai-je dit qu'il était libraire ? – a appris la maçonnerie. Il travaillait parfois jusqu'à trente heures d'affilée pour subvenir à nos besoins. Mais la honte cuisait les hommes. Comment un maçon qui bâtissait des immeubles pouvait-il supporter que ses enfants dorment entre quatre planches pourries ? Comment avouer à la famille restée au Portugal que notre misère était encore plus glacée que celle de notre pays natal ? Mon père a fait comme les autres, il a menti, offrant malgré lui son tribut à la grande mythologie de l'expatriation française. Il endimanchait ses lettres comme il nous endimanchait, nous, pour les clichés qu'il prenait soin d'ajouter aux courriers.*

— *Vous êtes en colère…* »

On entend une profonde expiration.

« *Amère, plutôt. La colère requiert une énergie dont l'âge vous prive. Avec le temps vient aussi la compréhension. C'est le bénéfice de l'expérience. Par contre, plus jeune, j'étais très remontée, c'est vrai. Pour tout vous dire, je détestais la France autant que je l'aimais. Mais je n'étais pas une exception, l'exil induit souvent une sensation d'écartèlement.* »

Joséphine n'a jamais réfléchi à tout ça, elle ne se pose pas trente-six mille questions. Mais maintenant que la dame de la radio en parle, c'est vrai que c'est logique de pas être bien quand on ne vit pas là d'où on vient. Elle aussi, elle a connu ça, quand elle est montée sur Paris de sa Bourgogne natale, pour intégrer un pensionnat de bonnes sœurs du côté du boulevard Arago.

« *Mes humeurs n'ont pas grand intérêt. Je préfère qu'on parle de Rosa, ça me fait plaisir, pas un jour ne passe sans que je pense à elle. Elle me manque, vous savez… Le soir, elle se produisait dans un bar de fortune installé au cœur du bidonville. Elle chantait pour les Portugais en mal du pays ; elle chantait cette terre lointaine, cette déchirure, ces gens débarqués d'une rive de misère pour accoster sur une autre. Les habitants du quartier en avaient les larmes aux yeux.*

» Chaque semaine, nous appelions chez Julien pour prendre des nouvelles, avec l'aide de la fille du voisin puis seules, à mesure que ma compréhension du français s'améliorait.

— Vous avez intégré l'école tout de suite en arrivant ?

— Dès la rentrée, oui, en sixième. Au début, ce n'était pas évident, mais je me suis accrochée. J'avais la rage d'appréhender le monde qui nous tenait à l'écart, alors je passais mes nuits à apprendre des listes de vocabulaire, je dévorais tout ce que je trouvais, de l'énumération des ingrédients sur la boîte de biscuits aux romans d'Albert Cohen.

— Votre bibliothèque est bien remplie…

— Dire que littérature m'a sauvée peut paraître très romantique, pourtant c'est vrai. Je lui dois beaucoup. C'est sans doute la raison pour laquelle je lui ai consacré ma vie en devenant professeure de lettres. Au bout de quelques mois, les résidents venaient de tout le bidonville pour que je les aide à accomplir des formalités. Je faisais office d'écrivain public, si vous voulez. La fierté brillait dans les yeux de mon père, qui y voyait la preuve qu'il avait opté pour la bonne solution. Ses enfants auraient un avenir, tant pis si ça devait lui coûter le sien.

— Rosa n'a jamais appris à lire ?

— Si, j'ai essayé de lui apprendre, mais son esprit s'emberlificotait et refusait de créer des liens entre les lettres et les sons. Au mieux, elle déchiffrait, au prix d'efforts si intenses qu'elle décrochait. Quant à écrire, c'était encore pire… À l'époque, on mettait ces difficultés sur le compte d'un retard mental. Depuis, on sait que certaines dyslexies sévères nécessitent une prise en charge spécifique. C'était le cas de Rosa. J'étais la seule à être au courant, elle m'avait fait promettre de ne jamais divulguer son secret,

et j'ai tenu parole… jusqu'à aujourd'hui. À la lumière de ce que vous m'apprenez, je ne suis plus certaine d'avoir bien fait. Mais enfin, ce qui est passé est passé.

» La peur d'être cataloguée de débile profonde avait poussé Rosa à développer d'imparables stratégies d'évitement. Elle s'arrangeait toujours pour demander aux autres de lire sans en avoir l'air, elle était très futée. Cela n'en pourrissait pas moins son quotidien. Le contrat qu'elle avait signé avec son imprésario au Portugal, par exemple, n'obligeait ce dernier à rien. Si bien qu'elle n'a jamais touché le moindre centime. Se battre pour faire reconnaître ses droits aurait montré à tous qu'elle avait signé à l'aveugle, alors elle a renoncé, elle était trop fière pour supporter cette honte-là. »

Le téléphone fait sursauter Joséphine. C'est la réception.

— *Tu peux aller changer les draps de la 173, ma belle ? Soi-disant que leur lit a une drôle d'odeur.*

38

Printemps 2022, cette nuit
Maison de la Radio

Rosa ne savait pas lire, se répète Diane, interloquée. Comment a-t-elle pu passer à côté de ça ?

« *Rosa était fière jusqu'à l'entêtement et particulièrement sensible au regard des autres. Assorti à son illettrisme, son français de traviole la complexait terriblement. Heureusement, la chanson la mettait en valeur. La réhabilitait, si vous voulez.*

— *Et son amoureux ?*

— *Le temps passait et toujours rien. Pourtant, l'espoir de Rosa ne s'effritait pas, elle parlait de lui avec la même ferveur. De mon côté, je commençais à douter de cet amour, j'éprouvais même un peu de pitié pour elle. Je me gardais de l'exprimer, car je n'aurais pas supporté de la perdre et, tant que son militaire était loin, je ne courais aucun risque. Mais ce qui devait arriver arriva. Un jour d'hiver, un jeune homme élégant s'est aventuré dans le bidonville entre les braseros de fortune, un bouquet de roses à la main. Les mioches s'égaillaient en nuées autour de lui, à la manière de petits insectes épris de lumière. Il faut dire que ses beaux atours et son raffinement détonnaient dans notre environnement de quart monde. Il s'est présenté poliment, il était à la recherche de Rosa. Par chance, me suis-je dit à ce moment-là, Rosa n'était pas là, elle faisait des ménages pour rembourser l'argent du voyage qu'elle avait subtilisé à son père. Elle n'avait qu'une hâte : se consacrer à sa carrière. À ses yeux, tout le temps passé à ne pas chanter et à ne pas aimer était du temps perdu. Rosa possédait l'impétuosité de ses idéaux. Elle n'était pas une femme de compromis.*

» Mais je m'écarte de notre sujet. Où en étais-je ? Ah oui, Julien. Qui souillait le bas de son pantalon dans la boue de notre campement. Des habitants lui ont indiqué notre maison, il a demandé Rosa Da Costa. J'ai pris peur. J'ai répondu que Rosa était partie se promener avec un amoureux inventé de toutes pièces. Il s'est décomposé, m'a demandé si j'étais sûre de moi, sa Rosa à lui chantait comme le soleil, elle avait encore appelé chez lui la semaine précédente, on lui avait enfin accordé une permission, il arrivait tout juste d'Algérie, il repartait la semaine suivante, c'était à n'y rien comprendre. Il a arraché la feuille d'un cahier et rédigé un message qu'il m'a tendu, en me demandant si j'acceptais de le traduire à Rosa sitôt qu'elle reviendrait. Il lui disait en substance qu'il avait tout fait pour obtenir une permission. Qu'il l'aimait comme un fou, que savoir qu'elle ne l'avait pas attendu lui fendait le cœur mais qu'il lui donnait rendez-vous et que, si elle éprouvait encore un peu d'amour pour lui, elle viendrait. Si elle ne venait pas, il saurait que leur histoire serait arrivée à son terme. Il n'insisterait pas, l'amour consiste aussi à accepter de laisser partir l'autre.

» J'ai promis. Dès qu'il a tourné les talons, j'ai enterré le bouquet de roses au fond d'un terrain vague. Le soir, la rumeur de sa venue avait fait le tour du quartier, précédant Rosa qui m'a demandé, des étoiles plein les yeux,

si son Julien avait dit quelque chose, s'il avait laissé un message. J'ai sorti le papier plié, elle l'a pris en me sautant au cou, heureuse de retrouver la silhouette de son écriture. Elle l'a respiré avant de froncer les sourcils. Elle avait besoin de mon aide. J'ai traduit en transformant des mots. Dans ma bouche, la lettre d'amour devenait une lettre de rupture. Il ne l'aimait plus et attendait d'elle qu'elle cessât sur-le-champ de le contacter. "L'amour consiste aussi à accepter de laisser partir l'autre", ai-je lu, sans rien déformer, cette fois.

» Elle était blême. Elle a sangloté qu'il avait pourtant apporté des fleurs. J'ai répondu en regardant ailleurs que les roses étaient pour une autre, ajoutant qu'il n'était pas resté car il avait rendez-vous. Elle a jeté le message dans le premier brasero qu'elle a croisé. »

Un ange passe, chargé des regrets d'Amalia.

« *Vous n'avez pas eu peur que Rosa reparte au Portugal ?*

— *Oh, non. Aucun risque, elle avait trop d'amour-propre. Elle avait entamé le voyage en cachette, volé l'argent de son père, trahi la confiance de sa mère, subi les railleries de ses sœurs qui voyaient dans ce Français providentiel une preuve de plus de sa bêtise et de sa naïveté. Elle n'aurait jamais fait le chemin à l'envers.*

— *Que s'est-il passé ensuite ?*

— *Ce soir-là, Rosa a entonné son répertoire avec un déchirement qu'on ne lui avait jamais connu. La musique la transcendait, elle nous offrait son désarroi, le piège d'un amour malheureux couplé à un impossible retour au pays. L'assistance lui a fait un triomphe, les mains calleuses applaudissaient à tout rompre, debout pour rendre hommage à cette jeune femme qui incarnait le symbole de notre exil misérable et de nos espérances déçues. Pour autant, ses chansons n'étaient pas que tristesse, certaines vous faisaient relever la tête en promettant des jours meilleurs. Sa voix exprimait alors une joie enfantine, privilège de ceux qui ont beaucoup souffert.*

— Vous avez dû vous sentir coupable…

— Terriblement. J'ai passé la nuit à chercher un moyen d'atténuer sa douleur sans me démasquer. Le lendemain, la mort dans l'âme, je lui ai conseillé d'appeler chez Julien, il s'agissait peut-être d'un malentendu. Elle m'a répondu qu'aimer les gens, c'était respecter leur décision, qu'on ne suppliait pas l'autre de vous accorder un peu d'amour. Il émanait d'elle une grande dignité, l'élégance d'une femme qui refuse de se laisser briser. Enferrée dans mon mensonge, craignant d'être découverte, je n'ai pas insisté. C'était lui ou moi, de toute façon. Et puis, la vie a continué. Il m'a fallu des années pour prendre conscience que mon mensonge a été la première roue de l'engrenage. Engrenage qui s'achève avec votre présence et la nouvelle dont vous êtes porteur, monsieur… Enfin, Eddy… Pardon. Je reviens. »

Diane perçoit un claquement régulier sur le parquet. Aller, retour. Chaise tirée. Nez mouché. Puis la voix chevrotante reprend son récit :

« *Les semaines ont déroulé l'hiver, la neige frigorifiait nos orteils dans nos chaussures élimées. Pour être correctement habillé, chez nous, mieux valait être l'aîné de la fratrie : les plus petits récupéraient des pantalons rapiécés et des pulls aux manches déformées qui leur donnaient l'air de chauve-souris. Le froid glacial s'immisçait dans les maisons, dont certaines ont péri, incendiées par des chauffages de fortune. Les pauvres gens qui y vivaient ont tout perdu… Seigneur, je vous dépeins un tableau bien triste de notre existence à Massy. Ne me croyez pas, j'omets l'essentiel, les gamins surexcités de fouler la neige pour la première fois ; les exclamations des hommes qui refaisaient le monde autour d'un verre ; les pas de danse de mes parents ; les soupirs de satisfaction des nourrissons après la tétée ; l'amour qui faisait vibrer les cloisons trop fines ; l'épouse qui engueulait son mari ; le père qui promettait une rouste à ses enfants ; les "O jantar[1]" qui résonnaient de tous côtés à l'heure du dîner ; la solidarité d'un homme qui acceptait, en échange de rien, d'en remplacer un autre, trop grippé pour aller travailler. La vie pulsait partout, il y avait beaucoup de lumière au milieu de la misère.*

— J'imagine que c'était difficile pour Rosa.

— En effet. Elle n'était plus que l'ombre d'elle-même. La conviction d'être aimée de son amant avait été le fil qui la maintenait debout. Heureusement, elle avait la musique. Chaque soir, après une journée passée à récurer les toilettes et les parquets, elle continuait à se produire dans le cabaret du bidonville. Elle ne cherchait pas la gloire, c'était plus viscéral que ça. La chanson lui permettait d'exprimer ce qu'elle était au fond. Quelquefois, encouragée par les jeunes, elle poussait la porte d'un producteur. Mais la porte se refermait systématiquement : elle demeurait trop portugaise pour ces temps où l'immigration commençait à questionner l'opinion publique. Il faut remettre ces événements dans le contexte. Nous étions en 1962. On ne nous tolérait qu'invisibles ou, du moins, pas trop revendicatifs. Des Trente Glorieuses, on ne nous a laissé que les poubelles. Autant vous dire que Rosa, ses cheveux noirs, ses yeux bruns, son accent prononcé, ses hésitations lexicales, ses verbes mal conjugués et sa syntaxe branlante ne se prêtaient pas au lancement d'une carrière. Mais ce n'était pas le plus grand des obstacles qui se dressaient sur son chemin. Son pire ennemi, elle ne pouvait pas lutter contre, il était constitutif de son être. C'était son

1. « À table ! » en portugais.

manque de confiance en elle. Malgré une volonté farouche, elle souffrait d'un terrible complexe d'infériorité. La perte de son amant n'avait rien arrangé. Rosa doutait tellement d'être aimable qu'elle me remerciait même parfois de l'aimer, comme si c'était un cadeau auquel je consentais.

» Alors que l'hiver s'achevait et que les journaux relataient l'imminence d'une capitulation française en Algérie, Rosa tentait d'éteindre le feu de son amour pour Julien en s'épuisant à des tâches qui lui procuraient la satisfaction de voir sa dette auprès de son père diminuer. Il y avait deux Rosa : celle de la vraie vie, une jeune femme discrète, réservée, une fillette terrorisée, et celle qui se mettait à nu sur scène. Je vais vous avouer un secret : j'ai souvent songé à écrire un roman qui reprendrait son histoire. J'ai déjà le titre : La Femme effacée.

— C'est un beau titre.

— Je n'ai jamais été fichue d'aller au-delà. J'ai renoncé, de crainte de ne pas être à la hauteur de notre amitié… ou de la voir débouler en trombe chez moi. J'avoue aussi ne pas être certaine de pouvoir mener à bien l'écriture de tout un livre. Être une bonne lectrice ne fait pas de moi une romancière.

— On ne perd rien à essayer. On peut se surprendre soi-même.

— C'est votre cas ?

— Eh bien, quand je me suis lancé dans cette enquête, je ne m'attendais à rien. Je ne m'imaginais pas faire autant de rencontres. Rosa, bien sûr, mais surtout les gens autour… En huit mois, j'en ai appris plus sur eux que sur elle finalement. Sur moi aussi.

— C'est normal, les gens parlent surtout d'eux-mêmes. C'est bien, en un sens, il vaut mieux s'attarder sur les vivants. Ceux qui nous ont quittés ne sont pas candidats à la résurrection, tandis que ceux qui restent ont toujours une chance de se relever… En tout cas, c'est bien, ce que

vous faites. Rosa mérite que quelque chose d'elle perdure, même si son histoire passe par le tamis des autres.

— Vous voyez que vous pourriez l'écrire, votre roman !

— Il y a peu de chances. On ne s'invente pas écrivain à soixante-seize ans.

— Pourquoi pas ?

— …

— Vous êtes gênée ?

— Pensive, plutôt… Je réfléchis à l'enchaînement des événements… La fin de la guerre d'Algérie, le retour des soldats sur le sol français. Malgré son chagrin et le respect qu'elle lui vouait, Rosa a appelé chez Julien au bout d'un an environ. Elle est tombée sur sa mère qui lui a ordonné, dans un français alambiqué que Rosa comprenait mal, de ne plus jamais chercher à le contacter. Son fils était heureux désormais, il finissait ses études en Angleterre, il était fiancé. En raccrochant, Rosa a seulement dit : "Ce n'est rien." Mais sa vie a pris un tour complètement différent. À croire que la Providence attendait qu'elle soit disponible pour, enfin, lui envoyer sa chance. Parce qu'elle a eu sa chance, figurez-vous. Un poste de gardiennage pour l'été. Vous allez penser que je ne vous épargne aucun cliché de l'émigrée portugaise…

— Je n'ai rien dit.

— Votre air perplexe parle pour vous. Je vais vous dire : les femmes portugaises allaient là où on voulait bien d'elles. Elles ont acquis la réputation d'être d'excellentes ménagères, comme nos hommes traînent celle d'être de bons maçons. Nous ne possédons pourtant pas de gènes en forme d'aspirateur ou de truelle…

— Vous voyez que vous êtes encore en colère !

— Allez, admettons qu'il me reste une petite louche de rancœur. Mon histoire familiale me fournit des circonstances atténuantes. À la fin de sa vie, mon père avait le

dos broyé à force de charges trop lourdes. Le pauvre était bossu et ne sortait de sa chaise que pour se déplacer de la table au canapé. Les mains de ma mère, elles, étaient tordues par l'arthrite d'avoir serré des manches à balai. Quant à mon petit frère, Luiz, il se faisait appeler "Louis" pour éviter d'être le "Portos" de service à l'école. Mon père et lui se disputaient tout le temps. L'un était trop français, l'autre trop portugais, ils ne se rejoignaient plus.

— Et vous, dans tout ça ?

— Oh moi, c'était différent, j'avais la chance d'être dotée d'une capacité d'adaptation plus élevée que la moyenne, une anguille, on peut dire. En voyant mon père pleurer d'être considéré comme un traître par la famille restée au pays, ma mère traîner une odeur aigre de Javel dans son sillage, elle qui auparavant sentait la lavande et le soleil, et mon frère renoncer à son identité pour être accepté, j'ai compris que, dans cette histoire, tout le monde avait raison et tout le monde avait tort. S'exiler, c'est avoir le cul entre deux chaises, si vous me pardonnez l'expression. On est portugais, mais on est incapable de parler correctement la langue de nos grands-parents ; on est français, mais on se coltine ce fichu accent. Tenez, vous. Je suis certaine que la première chose que vous avez pensée quand j'ai ouvert la bouche, c'est : "Elle n'est pas d'ici." Je me trompe ? Voilà… Cet accent m'a joué pas mal de tours. Au début de ma carrière, les parents me prenaient pour la prof d'espagnol. Quand ils comprenaient que j'enseignais la littérature, certains tentaient même de changer leur enfant de classe, pour qu'il ait un "vrai" enseignant, comme ils disaient.

» Bref, Rosa a trouvé une place de gardienne remplaçante dans Paris. Elle n'a pas hésité, c'était bien payé. Quatre ans après son arrivée en France, son salaire lui permettait enfin de solder la dette de son départ. J'ai envoyé le dernier mandat à son père en août. Il n'a jamais

répondu, ni à celui-là, ni aux précédents, d'ailleurs. Tout à l'heure, je vous expliquerai pourquoi, il faudra m'y faire penser si j'oublie.

» C'était un immeuble cossu. Rosa chantait en nettoyant le sol comme elle le faisait toujours. Un des copropriétaires l'a abordée, ça faisait dix minutes qu'il l'écoutait et qu'il voyageait au son de sa voix. Ils pourraient être nombreux à voyager ainsi si seulement elle acceptait de lui accorder sa confiance. Il était producteur. L'histoire s'est répétée, hélas. Rosa croyait les gens. Comme elle l'avait fait au Portugal, elle a signé un contrat sans le lire, devenant ainsi la propriété de cet homme qui lui promettait monts et merveilles. Il a coupé ses cheveux, travaillé son apparence et son élocution, atténué son accent, modifié son nom en "Délia" et taillé pour elle des chansons yé-yé. Elle ne les comprenait qu'à moitié, je lui expliquais le reste. Le week-end, je l'aidais à apprendre les textes. Elle n'était pas emballée, cette musique n'avait rien à voir avec la sienne.

— Délia… Mimo avait raison.

— Qui ?

— Mimo, un homme dont on m'a parlé et qui l'avait reconnue.

— Il doit bien être le seul. Plus personne ne la connaît…

— Elle s'est d'ailleurs défendue d'être Délia…

— Je ne suis pas étonnée. Elle ne s'est jamais identifiée à ce personnage. Elle était juste Rosa… Son premier 45 tours, sorti au bout de trois mois, a été un échec. Le deuxième a reçu un meilleur accueil et le troisième a décollé doucement. Sa chanson passait à la radio, les gens du bidonville étaient fiers. Elle y revenait souvent, je crois qu'elle avait besoin de ce contact. Là-bas, les gens l'entouraient, l'acclamaient. Alors, elle continuait, pour donner raison à leurs rêves d'intégration. Elle avait accompli la

réussite à laquelle tous aspiraient, ils n'auraient pas compris qu'elle se plaigne. Mais, au fond de son cœur, elle ressentait son succès comme une imposture.

— Et Julien ?

— Vous allez voir, la vie est incroyable… Il a reconnu Rosa sur l'affiche de son premier concert, qui se donnait à guichets fermés dans une salle parisienne de petite envergure. Croyant à une apparition, il a fait jouer ses relations pour dégoter un billet. Lui aussi, il avait roulé sa bosse. Ancien énarque, il travaillait désormais au sein d'un cabinet ministériel et ambitionnait de hautes fonctions. Il était marié et père de deux enfants. À l'issue du tour de chant, il a attendu Rosa dans les loges. Les corps ont parlé en premier, ils n'avaient décidément jamais eu besoin des mots. Le temps et les circonstances n'avaient rien entamé de leurs sentiments : ils s'aimaient comme au premier jour.

» Leurs retrouvailles ont donné naissance à une relation adultère qui a duré vingt-sept ans. Chaque premier dimanche du mois, ils se consacraient l'un à l'autre. Ils faisaient l'amour et demeuraient alanguis, uniquement vêtus des rayons du soleil et des draps. Enfin, c'est comme ça que je les imagine. Il lui lisait des livres, elle lui chantait des chansons. "La vie en rose" était toujours leur préférée. Au crépuscule, Julien retournait à ses responsabilités. Sa femme était issue d'une grande famille, son beau-père tenait sa carrière entre ses mains.

» Les apparences ne plaident pas en sa faveur, mais croyez-moi, cet homme n'était pas adepte de duplicité, il aurait divorcé sur un seul mot de Rosa. Ce mot, pourtant, elle ne l'a jamais prononcé. Elle se contentait d'une journée par mois. Le reste du temps, il lui écrivait des lettres merveilleuses que je lui lisais, des mots d'amour d'un autre temps, d'un vocabulaire suranné, il l'appelait "ma Rose", "ma Rosée", lui racontait combien les jours passés en son

absence étaient un manque continu. Il se décrivait comme un naufragé de son bateau, ce genre de métaphore auquel elle était sensible, surtout en français.

» De son côté, Rosa connaissait un début de succès. Mais l'admiration des autres lui était égal, elle ne désirait être aimée que de Julien. Longtemps, j'ai redouté le moment où elle comprendrait que j'avais été l'instigatrice de leur séparation. J'étais convaincue que, le jour où elle l'apprendrait, je perdrais son amitié. Mais, un matin, elle a eu cette phrase que je n'ai jamais oubliée et qu'elle a prononcée en arrimant son regard doux au fond du mien : "On n'en veut pas aux gens de faire pour le mieux." J'ai alors compris qu'elle savait, sans doute depuis des années, et qu'elle m'avait pardonnée. Car Rosa pardonnait. Elle ne vivait que pour les autres et donnait sans compter. Son argent, sa confiance, son âme.

» Personnellement, sa situation me désarçonnait. Comment pouvait-elle attendre un homme qu'elle ne pourrait jamais aimer au grand jour et se contenter du rôle de second couteau ? J'étais à l'université, Mai 68 m'avait sensibilisée à la condition féminine. À mes yeux, l'acceptation de Rosa était une démonstration de soumission. Elle répondait que personne ne l'obligeait à aimer cet homme, pas même lui, elle l'avait choisi, là était sa liberté. Pourquoi se couper de ce qui la rendait heureuse ? Mes arguments ne faisaient pas le poids contre sa vérité.

» Enfin, si, quand même. Rosa avait beau se cacher derrière ces jolies phrases, sa souffrance était indéniable. Elle buvait, pour mieux oublier l'ennui qui s'étirait entre deux rendez-vous. Sa voix et son physique ont commencé à pâtir de sa mélancolie. Elle payait cher les quelques heures de bonheur que Julien lui procurait. Au fil du temps, les galas se sont espacés, on ne passait plus ses chansons à la radio, ses photos ne faisaient plus vendre, d'ailleurs elle les refusait, elle n'avait pas besoin, disait-elle, qu'on tende

un miroir à sa déchéance physique. Elle savait parfois être d'une lucidité déconcertante. La fin de Délia ne l'attristait pas beaucoup. Selon elle, son succès n'était qu'un vaste malentendu.

» Rosa détestait les paillettes, elle n'aimait chanter que dans les bars, à hauteur des gens. Les salles de spectacle la condamnaient à une solitude insupportable. Rosa avait besoin d'amour, mais elle avait besoin de le sentir, de le toucher. Elle en avait tellement manqué... Je me souviens d'une anecdote qui a sans doute précipité la fin de sa courte carrière et vous donnera un meilleur aperçu de sa personnalité que toutes mes explications.

» Un soir, Rosa devait donner un concert. Comme chaque fois, c'était à guichets fermés. Ne croyez pas qu'elle ameutait les foules, ce n'était qu'une tactique de son producteur pour créer un effet de saturation. En louant des salles trop petites, il était certain de vendre les billets rapidement et à bon prix, et, ainsi, d'entraîner une frustration chez ceux qui n'avaient pu s'en procurer, frustration qui, par voie de conséquence, augmentait la cote de sa pouliche. Ce soir-là, j'accompagnais Rosa. Près de l'entrée des artistes l'attendaient une jeune adolescente et sa mère, portugaises de la tête aux pieds. Lorsqu'elles ont aperçu Rosa, elles se sont ruées sur elle. Rosa, qui aimait les gens plus qu'elle-même, a pris le temps de leur parler, s'étonnant de les trouver là puisque le spectacle allait bientôt commencer. La jeune fille a expliqué qu'elles rêvaient de la voir sur scène mais s'étaient cassé le nez au guichet. Alors, elles patientaient là dans l'espoir d'apercevoir Délia et d'obtenir, au moins, un autographe.

» Rosa a jeté un œil de l'autre côté du bâtiment où se pressait une file de spectateurs bien habillés, des journalistes, des critiques, des gens du métier, puis elle a demandé à la mère et la fille de patienter, elle allait trouver une solution. À son producteur, elle a réclamé deux

billets qu'elle pourrait offrir, quitte à les régler sur ses propres deniers. Son producteur a rétorqué que le concert n'était pas un gala de charité et qu'il se trouverait toujours quelqu'un pour lui reprocher, d'une façon ou d'une autre, de prendre en charge les pauvres. Les "pauvres"… ceux pour qui, au fond, elle avait toujours chanté.

» Rosa n'a rien répondu, elle a gagné les coulisses, enfilé sa tenue et son maquillage de Délia. Cette fois, le trac n'a pas eu raison d'elle. Elle s'est présentée sur scène et a annoncé que le concert se tiendrait dehors. Sous la mine ahurie de l'orchestre et des spectateurs, elle a glissé, majestueuse, jusqu'à la sortie, où la mère et la fille faisaient le pied de grue. Rosa a pris la main de l'adolescente éblouie et s'est mise à chanter a cappella, *sans l'artifice d'aucun micro. Rouge coquelicot, le producteur a éructé quelques minutes puis, voyant que les spectateurs faisaient cercle autour d'elles, il est parti ronger son frein ailleurs. Rosa avait ce genre de générosité.*

— C'est courageux.

— Ça ressemble à du courage, mais je me demande si ce n'était pas une fuite, au contraire. Rosa savait pertinemment qu'on ne lui pardonnerait pas cette incartade. Je la soupçonne d'avoir sciemment saboté sa carrière. Elle était trop entière, trop honnête, elle avait trop de respect pour mentir à son public avec cette Délia qui ne leur ressemblait pas.

— Comment tout s'est arrêté ?

— Son producteur l'a littéralement lâchée. Comme le contrat qu'elle avait signé ne lui garantissait rien et la privait de tout, ses économies ont fondu comme neige au soleil et les quelques relations qu'elle avait nouées dans le show-business se sont évaporées. Sans recours, sans toit, elle a tout perdu. Et, fidèle à elle-même, elle n'a jamais demandé d'aide… »

39

Printemps 2022, cette nuit
Tour Sapporo

« … *Julien l'aimait comme un fou*, crachote la radio que Cécile n'écoute pas. *Voyant la tournure que prenaient les événements, il l'a installée, sans lui demander son avis, dans un appartement qu'il avait acheté à Tours. Comme il ne supportait pas l'idée qu'elle revienne à son aspirateur et à sa serpillière, il a pourvu à tout. Elle était faite pour chanter, disait-il, on ne luttait pas contre un don pareil. Il n'a jamais compris à quel point Rosa était fière. Elle a toujours refusé qu'il l'entretienne. Elle a donc trouvé un emploi de dame de compagnie auprès d'une vieille mondaine, acariâtre et exigeante, qui prenait un plaisir certain à voir une ancienne vedette repasser ses torchons. Qu'est-ce que vous voulez, les déclassés apprécient de voir plus déclassés qu'eux ; ça les rassure.* »

Cécile regarde en bas. En bas en bas en bas. Et attend que Luciole lui accorde un peu de temps.

La voix poursuit, indifférente :

« Bien sûr, c'était un travail non déclaré. Et, bien sûr, Rosa était persuadée que cette vieille femme, au fond, était plus triste que mauvaise.

— Et l'épouse de Julien dans tout ça ?

— Elle était au courant. Je m'avance peut-être, mais je suppose qu'elle a tenu bon pour sa famille, pour la carrière de son mari. J'ai appris plus tard qu'elle était malade et qu'une sclérose en plaques la clouait dans un fauteuil. Les raisons de l'acceptation de Rosa sont sans doute aussi à chercher de ce côté-là…

— J'ai l'impression que Rosa avait le sens du sacrifice.

— Comme vous dites. Poussé à l'extrême.

— Et vous, pendant ce temps ?

— Une vie tout ce qu'il y a de banal. Je me suis mariée, j'ai passé l'agrégation et j'ai intégré un lycée à Tours pour me rapprocher de mon amie. Je me sentais une responsabilité envers elle, à cause de mon mensonge. Si vous saviez combien de fois je me suis demandé ce qu'il serait advenu si la jeune Rosa avait retrouvé le jeune Julien dans Paris. Ils se seraient aimés librement, Rosa aurait été l'épouse d'un dignitaire qui lui aurait procuré la confiance dont elle manquait cruellement. Son affection, son amour, son admiration auraient porté Rosa au firmament.

— Vous culpabilisez toujours ?

— Évidemment. Et j'emporterai ça dans ma tombe.

— Vous avez emménagé dans le même immeuble qu'elle…

— Avec mon bébé et mon mari, sur le palier d'en dessous. Et, chaque dimanche, j'entendais les retrouvailles des vieux amants. Le reste du temps, Rosa buvait, un apéritif par-ci en regardant tomber le soleil, un autre par-là quand la pluie arrosait le béton, du champagne pour le faire venir, du champagne la veille de sa visite… Je voyais bien tout le pathétique et l'inconfort de sa situation. Pourtant, quelque part, je l'enviais. Sa vie de

bohème, cette histoire d'amour éternelle, moi qui m'enlisais dans une routine sans entrain... J'ai été si jalouse de cette femme qui avait tout reçu en héritage, la beauté, le talent, l'amour. Elle avait même eu l'arrogance de tourner le dos à sa chance. Les lettres de Julien que je lui lisais augmentaient mon dépit. Je comparais ses mots d'amour au regard bovin de mon mari. Rosa était une tragédienne amoureuse d'un romantique ; j'étais une ménagère engoncée dans une vie étriquée. Une histoire comme la leur était digne des plus grands romans.

» Et puis ce jour terrible est arrivé. »

40

Printemps 2022, cette nuit
Maison de la Radio

Théo observe le téléphone avec un peu d'appréhension. Il inspire. Soulève le combiné. Appuie sur le bouton de la mise en relation.

— Madame, vous êtes encore là ?

— *Oui, monsieur, mais… C'est pour bientôt, vous pensez ?*

— Oui, je pense.

— *Promis ?* tremble la voix.

— Promis. Ne quittez surtout pas.

Il repose le combiné.

Fait signe à Luciole. En vain.

41

Printemps 2022, cette nuit
Maison de la Radio

Luciole est au bord des larmes.

« *Un dimanche, Rosa a frappé à ma porte, terrorisée. Julien n'était pas venu. En vingt-sept ans, il n'avait jamais manqué à l'appel. Nous avons attendu ensemble durant des heures, guettant ses pas. À la nuit tombée, le présentateur du journal télévisé a annoncé, entre l'évocation du traité de Maastricht et des émeutes à Sarajevo, que le ministre de l'Intérieur Julien Rouanet avait succombé à une crise cardiaque. Rosa s'est écroulée sur une chaise. Elle a porté la main à ses lèvres tremblantes, comme ça, ses yeux fixaient la télévision. Elle est restée sans réaction un long moment. Quand le générique du film du dimanche soir a retenti, mon mari a grogné qu'on l'avait vu cent fois. Rosa s'est levée en chancelant et a trouvé refuge dans le jardin, près de l'arbre, où elle a contemplé la lune en serrant un châle autour de ses épaules jusqu'à 2 ou 3 heures du matin.*

» *Elle n'a pas été invitée aux obsèques, où tout Paris se pressait. Elle est restée sur le parvis de l'église, discrète, au milieu d'une foule d'anonymes venus rendre un dernier hommage à celui qui avait été un grand homme politique, intègre et humaniste.* Idem *pour le cimetière, elle est demeurée à la porte, derrière les barrières et les bouquets de fleurs. Les maîtresses n'ont pas droit à la détresse légitime, on ne les convie pas aux enterrements. Pour se recueillir, elle s'est rendue là où Julien et elle se retrouvaient parfois. Dans le quartier de la Butte aux Cailles, que Julien adorait.*

— Ce n'est pas loin de l'endroit où je l'ai trouvée…

— Rosa morte dans les contrées de son amour… Il y a sans doute un lien.

— C'est joliment dit.

— Vous êtes gentil. La littérature, toujours, que voulez-vous.

— Pourquoi le 13e arrondissement de Paris ?

— Parce qu'un crime passionnel y a été commis au XIXe *siècle, celui de la petite bergère d'Ivry, dix-neuf ans, poignardée par un homme dont elle avait repoussé les avances. L'assassin, qui s'est dénoncé quelques jours plus tard et fut condamné à l'échafaud, aurait inspiré* Le Dernier Jour d'un condamné *de Victor Hugo. Vous l'avez lu ? Un véritable plaidoyer contre la peine de mort. Comme je vous l'ai dit, Julien Rouanet était un grand humaniste. Depuis tout jeune, son combat était celui de la justice et de l'équité. Il n'en a jamais démordu.*

— Comment Rosa a-t-elle survécu à sa disparition ?

— Je m'attendais à ce qu'elle sombre, mais elle a relevé la tête. Elle a cessé de boire, il lui arrivait même parfois de sourire. Chaque premier dimanche du mois, elle s'habillait avec élégance, se maquillait, se coiffait, se parfumait, puis elle gagnait Paris. Elle n'allait pas au cimetière, elle disait que Julien n'y était plus, que le corps n'est qu'un corps et que l'âme se promène. Qui sait, c'est peut-être elle qui vous envoie…

— C'est drôle que vous disiez ça… J'y ai pensé, moi aussi.

— Voyez, la vie est faite de ces petits signes… Moi qui ai été le témoin d'une partie de la vie de Rosa, il me revenait sans doute de raconter un jour son histoire. Finalement, j'ai peut-être bien fait de ne pas écrire ce livre, parce que votre micro m'attendait…

— C'est très poétique… Savez-vous comment Rosa s'est retrouvée sans domicile fixe, à Paris ?

— Rosa n'a pas eu beaucoup de chance après la mort de Julien. Elle vivait dans une telle précarité… Un matin, sa patronne ne s'est pas réveillée. Le jour de son enterrement, alors que Rosa était absente, j'ai entendu du bruit dans l'escalier. Je suis allée voir et j'ai trouvé, devant sa porte, un homme ressemblant trait pour trait à Julien, accompagné d'une femme. Ils m'ont demandé si quelqu'un vivait là. J'ai répondu qu'une femme était locataire. L'homme a sorti une clef. Il s'apprêtait à l'enfoncer dans la serrure quand la femme l'a retenu, en lui enjoignant de procéder de manière légale. L'homme s'est énervé, je l'ai même entendu dire clairement : "Ça ne suffit pas qu'elle ait flingué la vie de notre mère ?" Mais ils sont repartis, en me remerciant de mon aide. Le lendemain, Rosa a trouvé une lettre d'huissier dans sa boîte. Le courrier stipulait que l'appartement faisait partie de la succession de M. Rouanet et que, à moins de fournir un contrat de location en bonne et due forme ou la preuve d'un versement régulier de loyers, l'occupante était priée de vider les lieux dans les meilleurs délais. Rosa a incliné son visage légèrement de côté. Puis elle a dit : "Bien." J'étais aux cent coups, il y avait forcément une solution, un recours, des aides… Mais elle a répété "Bien", d'un ton identique à son "Ce n'est rien" de 1961, et elle est sortie, la tête haute. Un peu plus tard, alors que je rentrais du lycée, je l'ai croisée dans les escaliers, les bras chargés de cartons. Elle

était en train de remplir sa Renault. Elle m'a expliqué qu'elle déménageait. Quand je lui ai demandé où, elle m'a répondu qu'elle avait tout prévu, que je devais cesser de m'en faire et que je saurais faire sans elle... Elle a ajouté qu'elle reviendrait, sous une forme ou sous une autre. Elle a tenu parole. »

La prémonition peint un sourire douloureux sur les lèvres de Luciole.

« *Le lendemain, j'ai trouvé un bouquet sur mon paillasson et une petite carte sur laquelle était imprimé le mot "Merci". Rosa avait quitté l'appartement en n'emportant que l'essentiel, ses souvenirs d'étoile filante de la chanson, les lettres de Julien, des photos, les livres qu'il lui lisait, les disques qu'ils écoutaient, quelques babioles. Je ne l'ai plus jamais revue. Je lui en ai voulu de ne pas me donner de nouvelles, de bazarder avec une telle facilité une amitié de plusieurs décennies. Je me demandais comment elle se débrouillait sans pouvoir lire et écrire, si elle chantait encore ou s'était consolée dans les bras d'un autre. J'espérais surtout qu'elle avait trouvé la force de ne pas replonger dans l'alcool.*

» *J'ai longtemps cru qu'elle était repartie au Portugal. J'ai profité d'emmener mes petits-enfants à la conquête de leurs origines, comme on dit, il y a une dizaine d'années, pour tenter de retrouver sa trace. Dans son quartier, je suis tombée sur une femme de soixante-quinze ans, une de ses sœurs aînées, qui m'a soutenu qu'elle ne connaissait pas de Rosa, seulement une voleuse sans cervelle qu'elle avait supprimée de sa mémoire près d'un demi-siècle plus tôt. Une rapide enquête de voisinage m'a permis de mieux comprendre. L'émigration de Rosa avait mis sa famille dans de grosses difficultés. Financières d'abord, puisque Rosa avait volé une bonne partie des économies de ses parents pour financer son voyage. Difficultés politiques ensuite. Je vous ai parlé tout à l'heure de la dictature de Salazar. Le Portugal vivait des temps troublés. Le départ précipité de Rosa avait attiré l'attention des autorités. Les mandats réguliers que mon amie me chargeait d'envoyer accroissaient la suspicion de la police. À tel point que des agents, sans doute motivés par la perspective d'une promotion, ont exercé une surveillance de tous les instants sur ses proches. Vous savez comment c'est, à force de chercher, on finit toujours par trouver. Le père de Rosa a été arrêté, torturé et contraint de dénoncer un réseau de résistance auquel il n'avait jamais participé mais dont il avait vaguement entendu parler, des jeunes gens rayés de la surface de la Terre en moins d'une semaine. Le traumatisme a été tel qu'il n'a plus jamais été le même. Incapable de travailler, de rester concentré, il est mort rapidement. J'ignore si Rosa a eu connaissance de cette tragédie. J'espère que non.*

» Dans l'avion du retour, me voyant peinée, mon petit-fils a eu cette parole d'enfant que je n'oublierai jamais : "Peut-être que si tu ne la retrouves pas, c'est qu'elle n'a pas envie d'être retrouvée." Sans le savoir, il faisait écho à ce que Rosa répétait depuis sa prime jeunesse : "On ne force pas les gens." Une maxime à laquelle elle n'a jamais failli. Alors, j'ai arrêté de chercher... Et vous voilà. J'espérais un autre épilogue. Mais au moins, maintenant, je sais. »

S'ensuit un silence lourd de gêne. On discerne le bruit d'un verre reposé sur la table. Puis revient la voix d'Eddy, douce, en retrait.

« *Il y a quelque chose que j'aimerais vous demander.*

— *Je vous écoute.*

— *Vous ne m'avez pas parlé de la fille de Rosa.*

— *La fille de Rosa ? Comment ça ?*

— *J'ai ici une photo… Voilà…*

— *De quand date-t-elle ?*

— *1996, si on en croit l'inscription au verso. Regardez…*

— *"Vagalome 1996"… Vagalome… Qu'est-ce que c'est ?* Vaga-lume *peut-être… qui signifie, "Lu…*

— … ciole », complète l'animatrice, à voix basse, en même temps que la femme sur la bande.

« *Rosa les aimait tellement… Je regrette, je ne vois pas du tout qui peut être cette jeune personne. En revanche, je vous certifie que ce n'est pas l'enfant de Rosa… Ça ne colle pas… Je… Je ne sais pas… Écoutez, je suis embêtée, cette histoire ne m'appartient pas… Mais bon, après tout. Vous vous êtes donné tant de mal, vous avez le droit de comprendre. Rosa est tombée enceinte de Julien peu après leurs retrouvailles. Au début, elle ne comptait pas lui en parler, elle voulait le protéger, lui éviter de devoir choisir. Mieux que quiconque, elle savait que Julien était un homme de devoir et qu'il ne reculerait pas devant ses responsabilités. Elle était prise entre deux feux : garder l'enfant et mettre Julien dans une posture délicate, ou avorter sans le lui dire et le trahir un peu. Elle a attendu, comme on attend que la vie décide à notre place. Julien était fin observateur. Il connaissait si parfaitement les reliefs du corps de sa maîtresse qu'il ne lui a pas fallu longtemps pour s'apercevoir que quelque chose se tramait au royaume de Rosa. Ils en ont longuement discuté. Julien ne lui a rien imposé, il avait trop de respect pour elle, peu importe la décision qu'elle prendrait, il accepterait. Ils sont partis en Suisse, tous les deux, une quinzaine de jours. C'est la seule fois où ils ont partagé plus qu'un tour de cadran. Lorsqu'ils sont rentrés, Rosa m'a annoncé avoir fait ses adieux à l'enfant qu'elle portait, une petite fille. Cette interruption de grossesse lui a énormément coûté. Mais une partie d'elle se réjouissait d'avoir agi pour le bien de Julien.*

» C'est pour cela, voyez-vous, que l'enfant sur la photo ne peut pas être la fille de Rosa. Quoi qu'il en soit, je suis ravie de voir mon amie si rayonnante. Elle avait ce genre de sourire quand elle chantait. Ça me rassure… Peu importe ce qu'elle a traversé, je sais maintenant qu'elle a su être heureuse après son départ.

— Vous croyez que le bonheur se décide ?

— Absolument. Rosa s'est toujours entourée d'amour. Elle n'imposait jamais sa présence et a toujours suivi les élans de son cœur. Je veux croire qu'elle n'a regretté aucun de ses choix et qu'elle est partie avec la certitude d'avoir aimé. C'est un peu grandiloquent, je vous l'accorde, mais je ne sais pas l'exprimer autrement. Rosa avait le goût des autres. »

Un clic. Silence. Le temps pour Théo de retourner la cassette.

« J'ai cru comprendre que l'appartement de Rosa avait subi un incendie.

— Un incendie ? Non, en tout cas pas dans l'appartement qu'elle occupait dans l'immeuble. Après, peut-être… Désolée, je ne vois pas…

— Tout à l'heure, vous avez lu "luciole" derrière la photo.

— Oui, enfin, je suppose que la personne qui a écrit ça ne parlait pas le portugais. Le vrai mot, c'est vaga-lume. *"Luciole". C'était le nom du cabaret où Rosa chantait quand elle a rencontré Julien. Elle avait dix-huit ans et lui dix-neuf. À ce propos, je vous ai promis un petit air de fado. Tenez, il y a justement un CD dans le lecteur. »*

La musique retentit. Luciole en a la chair de poule.

« Alors, qu'en dites-vous ?

— C'est très beau. Vous en écoutez souvent ?

— De plus en plus. On devient nostalgique avec l'âge… Vous savez, cette histoire me rappelle quelque chose. Des lucioles volaient sur le chemin quand nous traversions les Pyrénées. C'était splendide, à nous mettre les larmes aux yeux. Ce soir-là, Rosa m'a raconté que ces petites lumières dans la nuit l'avaient guidée sur les chemins de l'exil. Un soir, dans le jardin de sa famille, elle avait demandé quoi faire à la lune : oublier l'adolescent français qui occupait toutes ses pensées, ou tout faire pour vivre cet amour. En découvrant qu'une colonie de lucioles avait élu domicile dans un fourré, il ne lui en avait pas fallu davantage pour se convaincre qu'elle devait le rejoindre. Rosa était superstitieuse. Elle croyait aux signes, aux liens invisibles qui rapprochent… Et vous, vous y croyez ? »

L'enregistrement s'arrête. La question d'Amalia virevolte dans le studio, par-dessus le fauteuil et le micro.

Luciole passe son doigt sur sa lèvre inférieure. Cet Eddy est-il un sadique qui joue avec ses nerfs ? Un illuminé ?

Soudain, elle rapproche les débris de l'enveloppe qu'elle a déchirée. Elle rassemble les morceaux épars du courrier, les ajuste.

Après plusieurs essais infructueux, le puzzle est enfin complet.

> *Chère Luciole,*
> *Il y a vingt ans, j'ai trouvé une femme morte. Elle a été enterrée sous X, parce que personne n'a cherché qui elle était. Je l'ai retrouvée en partie.*

J'ai pensé que diffuser ces enregistrements serait une manière de lui rendre hommage. Et que, parmi vos milliers d'auditeurs, il se trouverait peut-être même quelqu'un pour m'aider à faire la lumière sur l'élément qui me manque, cette jeune personne sur la photo. Il se peut qu'elle l'attende encore.
Je vous écoute depuis plusieurs années. C'est pour ça que j'ai songé à vous. J'espère que ça ne vous dérange pas.
Bien à vous,

Eddy

Luciole en pleurerait tellement ça la chamboule. Elle tremble, à moins que ce ne soit la chance qui fasse vibrer son corps, ou plutôt l'improbable chaîne de circonstances que la Providence a dû inventer pour qu'enfin Rosa lui revienne. Eddy, le docteur Sécu, la dame pipi, l'épicier qui fait pousser des tomates en septembre, le mime devenu vendeur de journaux, l'amie qui a cherché en vain et enfin, elle, Luciole, qui a hérité de ce surnom que Rosa aimait tant…

À quoi tient la vie ? À nos liens invisibles ; à nous, inconnus, qui, sans le savoir, sommes raccordés. À nos existences qui se percutent en silence.

Enfermée dans son passé, Luciole ne voit pas le nouveau message que Théo colle à la baie vitrée. Elle ne voit pas la nuit jouer avec les réverbères ni les fenêtres des insomniaques s'éteindre.

Dans son ventre, il est déjà huit mois et des brouettes.

Diane, parce que c'est son nom, a quarante-deux ans sur sa carte d'identité. En réalité, elle en a vingt-six. Normal, elle est née à seize ans, le jour où elle a rencontré Rosa. Elle l'a cherchée, à sa manière. Dans les listings froids du collectif des Morts de la Rue. Dans l'émission qu'elle anime depuis dix ans comme un signal qu'elle adresse dans la nuit.

Eddy, lui, a su trouver la force, contre vents et marées.

Il ne manque plus que sa version à elle pour que l'histoire de Rosa soit complète. Ça tombe bien, il reste une heure et demie d'émission.

Va pour la confession.

42

Printemps 2022

Avant Amalia, chaque personne interrogée avait eu à cœur de parler d'elle-même autant, si ce n'était plus, que de Rosa. Quoi de plus normal, au fond ? Parler de soi, cultiver sa légende, était une tendance naturelle. Mais le récit d'Amalia avait éclairé l'existence de Rosa sous un jour nouveau.

Ni ange ni démon, Rosa était une femme sujette aux choix discutables, un cristal à multiples facettes. Clandestine illettrée, chanteuse enfermée dans la lumière et émancipée dans l'ombre, amoureuse jusqu'à la mort, alcoolique repentie puis impénitente, femme libre, mère amputée de son enfant. Dans l'esprit d'Eddy, le ballon de baudruche revêtait à présent des formes proportionnées, un être humain dans toute sa complexité.

À l'exception d'un creux, et pas des moindres. L'enfant des Photomaton.

Avant 1992 : Rosa aimait en souffrant et souffrait en aimant.

1992 : Elle quittait Tours, poussée dehors par le jeu d'un héritage.

Fin 1996 : Rosa débarquait au Georges 5 avec une blessure au bras et rencontrait Mimo, Lili, Alexandre, Ahmed, le Dr Kadoche et son épouse, Annie et Robert. Elle vivait à la rue.

1998 : Après le décès de Mimo, Rosa devenue aphone avait changé de vie, fait la connaissance de Patrick, le magicien, et replongé dans son addiction.

Octobre 2000 : Rosa s'éclipsait de l'existence de Patrick et, un mois plus tard, mourait seule, dans le renfoncement d'un parking.

Entre 1992 et 1996, rien. Entre Tours et Paris, rien. Pourtant, il y avait cette photo, ce sourire et cette complicité flagrante avec un enfant. Avec ses cheveux courts, il passait aisément pour un garçon, mais Patrick avait parlé d'une fille… De qui s'agissait-il ? Et pourquoi Rosa avait-elle choisi de mourir en la regardant ? Quant à cet incendie qui aurait détruit ses papiers d'identité, véridique ou affabulation ?

Eddy était arrivé au bout de son enquête, il avait remonté le fil et ne pouvait pas avancer davantage. Il s'était risqué à effleurer les autres, il avait même trouvé l'exercice agréable. Mais Rosa dans tout ça ? Toujours morte, os pourris dans la fosse commune, grande absente des registres, X éternel. Rosa, comme tout le monde, avait emporté sa part de mystère dans la tombe. Soit.

Il se retrouvait à présent avec une collection d'enregistrements dont il ne savait que faire. Dans vingt-quatre heures, lorsque l'impensable se produirait, Eddy se demanderait à quoi tient une idée et, surtout, qui – ou quoi – tire les ficelles. Mais nous n'en sommes pas là.

Eddy fit un détour sur le chemin de son travail et s'arrêta au Plazza. La serveuse lui adressa un sourire : avec sa gueule cassée et son regard débordant de sensibilité, ce jeune homme silencieux qu'elle aurait volontiers qualifié de taciturne trois mois plus tôt commençait à attiser sa curiosité. Elle prit de l'élan et, pour la première fois, lui demanda comment il se portait.

Eddy ne répondit pas. Les yeux dans le vague, il regardait le fantôme de Rosa contempler la rue des années 90, les gestes lents et visqueux, altérés par l'excès d'alcool. Sans crier gare, le spectre se redressa, pivota vers Eddy, lui adressa un clin d'œil en levant sa tisane arrangée et, d'une voix rauque, murmura à son oreille : « Tu brûles, mon gars. »

— Pardon ?

— Je vous demandais si ça allait...

— Oui, merci.

— Je vous mets une limonade comme d'habitude ?

Eddy sourit. La serveuse avait de jolies pommettes.

— Oui, s'il vous plaît.

Quand il la quitta des yeux pour revenir à Rosa, le fantôme avait disparu. Il but son verre d'un trait, paya et se leva. L'heure tournait.

Moto. Route. Parking. Deux nouveaux zigotos en CDD. Jeff, son chef.

— Salut, la journée s'est bien passée ?

— Comme sur des roulettes, Lalune. La nuit et toi, vous devriez être tranquilles. Demain midi, si t'arrives pas à dormir, on prévoit un petit cassoulet au Père Fecto...

Eddy remercia. Peut-être qu'il irait, il verrait en fonction de la nuit, il ne promettait rien – ni à Jeff, ni à lui-même –, mais la perspective de changer d'air n'était plus pour lui déplaire.

Une minute plus tard, seul derrière ses écrans de contrôle, son sandwich lyophilisé thon-mayonnaise-pelure de tomate à côté de lui, il reprenait sa réflexion lancinante : comment rendre Rosa à sa vie s'il la gardait pour lui seul ?

Une sonnerie retentit. C'était la machine numéro 2, au premier sous-sol. Eddy appuya sur le microphone, les yeux rivés à l'écran. Un bras frénétique sortait d'une Audi. Il avait la forme d'un début d'emmerde.

— *Ouvrez la barrière !* tempêta un homme dans l'enceinte.

Ni bonsoir ni rien. Bon.

— Vous avez mis votre ticket dans la fente ? s'enquit Eddy, conformément à la procédure.

— *Devinez !*

Eddy inspira calmement.

— Il y a un sens, monsieur. Il faut le mettre dans le sens de la flèche.

— *Vous me prenez pour un con ?*

De mieux en mieux.

— J'arrive.

En temps normal, Eddy aurait demandé au type de garer sa voiture et de rejoindre le guichet du poste de sécurité. Il aurait alors solutionné le problème derrière l'hygiaphone. L'autre aurait postillonné son énervement sur le triple vitrage, notant éventuellement le nom d'Eddy et l'heure de l'altercation pour faire part à qui de droit du manque de professionnalisme de cet employé incompétent. Depuis longtemps, Eddy préférait fuir la confrontation, à cause de ses poings qui le démangeaient et de sa rage qui montait plus vite qu'un TGV. Mais, en ce début de nuit, il choisit d'aller au contact du conducteur.

— Eh ben, c'est pas trop tôt, lança l'autre derrière son volant, le cou ligoté comme un rôti par le nœud trop serré d'une cravate.

Eddy ne releva pas. Il demanda poliment à vérifier le ticket. Son diagnostic tomba :

— Il est périmé depuis trois mois.

— N'importe quoi, je l'ai pris en entrant tout à l'heure.

— Impossible.

— C'est ta machine qui est périmée, s'énerva l'homme en ouvrant sa portière dans une attitude menaçante. Allez, monte ta barrière, j'ai un métier, moi, j'ai pas le temps pour ces conneries.

— Moi non plus, grommela Eddy en sentant la moutarde lui titiller le nez.

Bouffi de colère, l'homme jaillit de son Audi et se planta sur ses deux ergots, mains à la taille, abdomen en avant.

— Alors, tu l'ouvres ou pas ?

— Je suis désolé, répondit Eddy, il faut d'abord vous acquitter du prix du parking.

L'autre soupira, porta la main dans sa veste et jeta une liasse à la face du gardien. Les billets atterrirent sur les épaules et les chaussures d'Eddy.

Eddy examina avec placidité la face transpirante de satisfaction de son vis-à-vis. Son poing droit ne ferait qu'une bouchée du menton en forme de fesses du récalcitrant, dont les dents blanches tomberaient comme une pluie de petits grêlons. Ça lui ferait les pieds, à ce roquet, de voir que l'argent n'achetait pas tout, ni le bonheur, ni le droit de passer outre les procédures.

Pourtant, Eddy Alune se contenta de l'aumône d'un sourire. L'autre en fut décontenancé.

— Je rêve ou il se fout de moi, ce grand con ?! grinça-t-il en prenant les néons et les carrosseries à témoin. Il est un peu attardé en fait, non ?

Puis, de plus en plus dérouté par le manque de réaction d'Eddy :

— C'est ça, qu'il se marre... Il rigolera moins quand il se sera fait virer, le Cotorep.

Eddy s'éloigna, les mains au fond de ses poches, content d'avoir résisté à la tentation d'un bourre-pif bien senti.

— Et je fais quoi, moi ? demanda le type, penaud dans sa mare de rage et de billets.

— Demi-tour, répondit Eddy sans ralentir. Sur les caisses automatiques, il faudra cliquer sur l'option « J'ai perdu mon ticket ». Vous paierez un forfait qui vous coûtera dix fois moins cher que votre tentative de corruption. Ne me remerciez pas.

De retour dans son poste de sécurité, Eddy observa l'homme depuis son écran de contrôle. Après avoir ramassé son argent qui avait volé un peu partout, il manœuvrait maintenant en marche arrière.

Eddy disposa deux feuilles de Sopalin sur la console, défit l'emballage de son sandwich, mordit une bouchée et mâcha en se calant au fond de son fauteuil en cuir usé. Puis il se leva et se rendit dans l'espace sanitaire pour se laver les mains. Il passa devant la lucarne. Il inspira en contemplant la lune et ses doubles projetés en miroir sur les carrosseries garées le long de la chaussée.

Il regarda un film à la télévision. Il eut le cœur serré en entendant une chanson de Sinatra qui lui rappelait son père. Puis vint 1 heure et la voix tant attendue.

« Sois le bienvenu dans "La nuit de Luciole", cher auditeur. Je suis Luciole et je vais susurrer à ton oreille jusqu'aux prémices du jour. »

Le générique, quelques notes. Suivis des mots qu'Eddy connaissait par cœur mais qu'il n'entendit pas parce qu'une idée venait de le percuter de plein fouet.

« Cette nuit, comme toutes les nuits, je vais t'accompagner. Toi et moi allons additionner nos solitudes et traverser le pont jusqu'à l'aurore. Tu n'es pas seul, je suis avec toi, par le truchement de la radio, pas loin, tout près. Ici, tu es chez toi, chez nous. »

Luciole. Un signe.

À défaut de ressusciter Rosa, il pouvait au moins offrir à son histoire une diffusion nationale. Un hommage à sa hauteur.

Le lendemain matin, Eddy brancha la chaîne hi-fi récupérée chez son père et reproduisit ses enregistrements. Dans l'après-midi, il prépara l'enveloppe avec soin, y glissa les trois cassettes numérotées, ajouta un message qu'il rédigea en apnée.

Quelques heures plus tard, il immobilisait sa moto près de la Maison de la Radio, ôtait son casque et observait l'immense bâtiment circulaire. La sensation de respirer le même air que Luciole le tétanisait. Peut-être se trouvait-elle là, derrière une des fenêtres ? Peut-être le regardait-elle sans le voir, elle si haut, et lui tout en bas ?

Sa voix l'avait sauvé tant de fois… Ses lèvres imaginaires embrassé tant de fois. Ses mains, repêché tant de fois. Eddy repensa à tous ces moments où il avait voulu appeler, juste pour l'entendre ne s'adresser qu'à lui. Avant de renoncer, de peur d'être recalé.

Et voilà qu'il était devant cet immeuble comme un couillon, avec son enveloppe à la main et sa drôle d'histoire à l'intérieur. L'histoire d'un gamin qui avait voulu rendre une morte à sa vie et, ce faisant, avait un peu repris goût à la sienne.

Il avait peur d'être déçu : et si elle jetait son enveloppe à la poubelle ?

Peur d'être incompris : et si elle le prenait pour un dingue ?

Peur d'approcher la présence fantasmagorique de l'animatrice.

Peur, peur, peur.

Allez, Eddy, la peur n'empêche pas le danger, pense à Rosa.

Il avança vers l'accueil. Y trouva une jeune femme au cou allongé, coiffée d'un chignon en forme de donut sur le haut du crâne. Elle l'accueillit poliment et se saisit de l'enveloppe boursouflée à destination de Luciole.

— Soyez tranquille, je m'occupe de la lui remettre.

Eddy repartit à sa vie, à son aquarium et à l'odeur de gasoil dans les pentes du parking, le cœur gonflé d'attente et d'espoir, comblé du sentiment d'avoir fait ce qui devait être fait, inquiet que son geste parût ridicule.

Il passa les premières heures de sa vacation à s'abrutir de programmes télé. Enfin 1 heure du matin arriva, après une attente longue comme un Paris-Istanbul en Orient-Express. D'un doigt fébrile, il pressa le bouton de la radio.

Il y eut : la voix, soufflant comme chaque nuit dans le crépitement du transistor : « *Sois le bienvenu dans "La nuit de Luciole", cher auditeur. Je suis Luciole et je vais susurrer à ton oreille jusqu'aux prémices du jour.* »

Il y eut : le cœur d'Eddy battant au rythme du jingle, l'empiétement léger sur la dernière syllabe, le relief ainsi conféré aux mots du préambule : « *Cette nuit, comme toutes les nuits, je vais t'accompagner. Toi et moi allons additionner nos solitudes et traverser le pont jusqu'à l'aurore. Tu n'es pas seul, je suis avec toi, par le truchement de la radio, pas loin, tout près. Ici, tu es chez toi, chez nous.* »

Il y eut : le premier appel.

« *Bonsoir, quel est ton prénom ?*

— *Je m'appelle Marc et j'appelle parce que… parce que j'ai perdu mon boulot il y a deux mois et que je ne sais toujours pas comment l'annoncer à ma femme.* »

Il y eut : le ricanement dans la tête d'Eddy – elle n'a pas reçu ton enveloppe, ou bien elle s'en fout, raté pour toi, raté pour Rosa.

Il y eut : les mots réparateurs à l'égard de ce Marc qui n'était pas Rosa.

Puis, soudain, il y eut un miracle. La lune pleine se pencha, sourit dans la lucarne et Luciole annonça :

« *Il faut que je te dise, cher auditeur. Un certain Eddy m'a confié trois cassettes.* »

Il y eut : les frissons qui le parcoururent de haut en bas lorsque cette voix tant aimée prononça son nom. Le souffle de deux syllabes, deux ailes d'une libellule, les larmes qui lui montèrent aux yeux d'être tout à coup si proche de Luciole, à cause de la reconnaissance et de la réussite d'avoir fait quelque chose de bien, qui avait du sens. Un grand gars comme lui… Putain de sensiblerie.

« *Je ne sais rien, si ce n'est qu'il a l'air de tenir à ce que je les diffuse et que cela a quelque chose à voir avec une femme morte sous X. Eddy, j'ai décidé de t'offrir ce cadeau.* »

Il y eut les six enregistrements, Rosa reprenant vie dans les voix du docteur, de Lili, de Patrick, d'Ahmed, d'Alexandre et d'Amalia, tous membres d'une famille de cœur, unis par les liens sacrés de Rosa.

Il y eut « La vie en rose », chantée par un piaf légendaire.

Il y eu le silence de Luciole.

Surtout, il y eut…

Rectification : il y a.

Parce que nous sommes arrivés à l'instant précis où l'histoire bascule du passé vers le présent et où les destins s'entrechoquent.

43

Cette nuit
Maison de la Radio

Diane approche ses lèvres tremblantes du micro. Sa gorge est sèche. Elle se ravise, boit une gorgée d'eau, se perd un court instant dans la contemplation du verre où flotte le reflet des diodes. Sa langue vient lécher une perle d'eau nichée à la commissure de ses lèvres.

Dans le studio, tout est noir hormis les points rouges et verts auxquels elle arrime son regard.

De nouveau, sa bouche s'avance.

Ne pas trembler. Commencer. Faire fi de l'enfant qui gesticule dans son ventre et, qui dans deux ou trois semaines, ira se faire aimer ailleurs.

« Cher…

Sa voix chevrote. Sans doute parce que, pour la première fois, il est question d'elle. Et de lui, cet Eddy. Elle a le sentiment de le connaître. Une sorte d'ami avec qui elle partagerait un secret.

*

Théo insiste. Pas tant pour son boulot que pour la femme au bout du fil. Il a senti à sa voix qu'elle ne tient plus à grand-chose, elle a besoin que Luciole rallume sa flamme, ou il va la perdre. Il plaque fermement sa feuille de papier contre la vitre du studio, sur laquelle il a écrit, en lettres majuscules : « *APPEL, MAINTENANT* ».

Bon sang, regarde le message, Luciole. C'est important pour cette femme de te parler là, tout de suite.

Mais Luciole a fermé les yeux.

*

Luciole a fermé les yeux.

« Cher Eddy, pour être honnête, ton incursion dans mon monde est aussi extraordinaire qu'effrayante. J'ignore ce que tu sais exactement, si même tu m'as tout dit, tu m'as peut-être caché l'essentiel, ce qui t'a conduit jusqu'à moi. Une chose me frappe : toi et moi, nous arpentons la route en sens contraires : je m'occupe des vivants quand, toi, tu répares les morts.

» Tu cherchais à savoir si Rosa avait eu une fille. J'apprends grâce à toi qu'elle en a eu deux. Celle dont elle n'a pu mener à terme la grossesse ; et l'autre, moi. Je suis l'enfant sur les photos que tu possèdes. L'autre moitié de cette bande de Photomaton est dans mon portefeuille depuis un quart de siècle.

» Tous ont raconté Rosa. Mon tour est venu. Par où commencer ? L'histoire n'est pas reluisante. Jusqu'à ce soir, je n'en étais pas fière. Et voilà que je comprends que Rosa m'a pardonnée. Et aussi combien nous nous ressemblions, elle et moi.

» Je dois te paraître bien confuse. Je suis troublée, tu vois.

» Rosa et moi, ça remonte à 1996... »

*

Entendant cela, Théo chiffonne son message. Tandis que le pigeon, dont personne ne se préoccupe, quitte le toit de la Maison de la Radio, l'assistant hésite, raccroche doucement. On ne peut pas sauver tout le monde. Il choisit Luciole. Et choisir, on l'a dit, c'est renoncer.

44

Parking Vinci

Eddy s'est rapproché de l'enceinte de son transistor. Il est à deux doigts de tomber de sa chaise.

C'est donc Luciole, le fin mot de l'histoire, la pièce manquante du puzzle de Rosa ! Luciole et la Providence.

Il n'y a plus : ni le vacarme des moteurs quand les voitures empruntent les pentes du parking ni les écrans en nuances de gris dans son dos.

Il n'y a plus : le courant d'air printanier animant l'emballage de son sandwich, le poste de surveillance, l'empreinte des fesses de ses collègues sur le siège.

Il y a : les frissons qui le parcourent lorsque Luciole prononce son prénom. Elle ne s'adresse qu'à lui. Eddy.

Il y a : la voix de Diane et lui.

Et l'enregistreur qu'il extirpe de son sac et enclenche. Comme ça. Pour rien.

Le reste peut bien aller se faire voir.

45

Tour Sapporo

— Allô ? Allô ?!

Cécile se cramponne à son téléphone.

— Allô ! S'il vous plaît…

Prend conscience qu'on a raccroché. Que sa bouée vient de crever en pleine tempête. Elle peut se consumer de dépression, tout le monde s'en fout.

— S'il vous plaît…

Le téléphone glisse de sa main, rebondit sur le balcon. Sur l'écran éclaté, la lueur diffractée divise le reflet de son visage, la met en abîme d'elle-même. Une Cécile qui se meurt dans une Cécile qui se meurt dans une Cécile qui se meurt.

La radio glapit d'autres histoires que la sienne. Elle n'entend que son mal de vivre et ces maudits acouphènes.

À l'instant où elle passe une jambe par-dessus le garde-corps, elle pense à son mari et à ses filles, aux raisons qu'ils trouveront à son geste. Elle lève la tête vers la lune, ronde comme une joue à bisous, elle dit : « Pardon, maman vous aime plus grand que l'univers, c’est pas votre faute si maman a du chagrin, si elle est fatiguée, c’est plus profond, c’est plus loin. »

Elle regarde en bas.

46

Maison de la Radio

« Ma mère n'était pas vraiment une maman, articule l'animatrice d'une voix neutre. À six ans, alors qu'elle m'avait laissée seule dans notre appartement, j'ai voulu utiliser le grille-pain. Il a pris feu. Alertés par mes cris, les voisins sont venus à mon secours. La machine sociale s'est mise en branle, ma mère a perdu ma garde et j'ai été ballottée de foyers en familles d'accueil. À l'âge de seize ans, je me suis mis en tête de chercher mon père. C'était ça ou crever, de toute manière. »

Les images, les odeurs bourdonnent dans la mémoire de Diane.

Cette histoire démarre le jour de son anniversaire. Sa mère et son nouveau copain ont débarqué dans le foyer où elle vit. Sa mère brandit une madeleine surmontée d'une bougie usagée.

— *Happy birthday !* Souffle ! Oublie pas de faire un vœu !

Elle lui balance un paquet de trois stylos Bic.

— Tiens, c'est pour toi, vu que t'aimes tellement dessiner ! Excuse, hein, j'ai pas eu le temps d'emballer.

Puis le ton monte, comme toujours. Mais, cette fois, peut-être parce qu'elle manque de patience, sa mère crache le morceau :

— Tu me barbes avec ton père ! Tu veux vraiment savoir qui c'est ? Eh ben, je vais te le dire ! Ton père, c'est un bourge, un dentiste à Paris. Ah ah, Pierre Coulon, tu parles ! Le jour où il a su que j'étais enceinte, il s'est barré ! Môssieur était fiancé, tu comprends ! Et moi, et nous, bah, on n'était pas assez bien pour lui ! La voilà, la vérité !

Elle postillonne un rire plein de hargne, imité par son compagnon de beuverie. Puis, avant d'embrasser ce type à pleine bouche pour signifier que le sujet est clos, raille encore :

— Mais vas-y, je t'en prie, va le retrouver qu'on rigole, ma petite chérie ! Tu te crois supérieure avec tes grands airs ? Tu penses que tu vas arriver, le bec enfariné, et qu'il va t'ouvrir les portes de son palace ?

Diane serre les poings. Tout, dans cette femme, lui répugne. Ses pantalons moulants, son ventre flasque et son décolleté pigeonnant d'où dépasse une gorge de dinde, son odeur de sueur et de parfum de supermarché, le vernis craquelé de ses ongles, ses talons aiguilles, ses bagues en toc, cette dent manquante sur le côté. La honte d'être issue de ce corps bouffi la submerge. Comment en vouloir à son père d'avoir quitté cette épave ?

Depuis cet anniversaire qui a tourné court, Pierre Coulon, dentiste à Paris, a constitué son îlot d'espérance. Diane a investi le bureau de poste pour y consulter le Minitel et le bottin des pages jaunes. L'ayant trouvé, elle appelle.

« Cher Eddy, j'imagine que tu te tiens là, derrière ta radio, à te demander quel est le rapport entre Rosa et une gamine qui cherche son père. J'y viens, tu vas comprendre.

» J'ai effectué le voyage entre Provins, où se trouvait mon foyer, et le 5e arrondissement de Paris, où consultait Pierre Coulon. J'ai pris rendez-vous dans son cabinet sous un faux nom. Mais les moulures au plafond de la salle d'attente, la secrétaire guindée et le calme feutré, si éloignés de mon quotidien, ont eu raison de mon courage, si bien que lorsque le Dr Coulon est apparu, très droit dans une blouse immaculée, je me suis précipitée dehors, les mains moites et la gorge nouée. Quand j'ai recouvré mes esprits, j'ai décidé de le suivre jusqu'à son domicile. Depuis le trottoir, par la fenêtre, j'ai découvert les légitimes : l'épouse, les fils. Je n'ai pas osé me manifester.

» À mon retour au foyer, les gendarmes m'attendaient. J'ai promis de ne plus fuguer. Ce qui est survenu ensuite n'était pas prémédité. Le proviseur de mon lycée m'avait convoquée à un conseil de discipline. Il me reprochait d'avoir tagué la façade de son établissement. Moi, j'ai toujours aimé mettre des couleurs sur les murs et je n'avais pas le cœur de me confronter à mes professeurs. Certaine que mon père saurait me sauver de cette vie débile où des gens débiles vous punissent pour avoir dessiné des paysages sur leur ciment dégueulasse, je suis donc repartie. »

Diane revoit ses seize ans, Nirvana à fond dans les oreilles, capuche remontée sur la tête, jambes étendues sur le siège d'en face, bras repliés sur son sac à dos bardé de motifs au feutre, le front collé contre la vitre du train. Direction Paris. Les à-coups de la rame la bercent, la torpeur la gagne. Le soleil commence à fondre sur les champs alentour, le paysage devient banlieusard ; les maisons se resserrent, se muent en immeubles. La ville succède à la campagne, Paris n'est plus qu'à trois arrêts.

Depuis la place qu'elle occupe, elle sonde le quai où son TER vient d'accoster. Apercevant les uniformes des contrôleurs, elle bondit et se fraie un chemin à travers les usagers qui progressent en sens inverse. Derrière elle, les gens bougonnent, Diane s'en fiche.

En attendant le prochain train, elle se pelotonne sur un fauteuil en plastique. Elle mord dans une barre chocolatée et extirpe de son sac une bouteille de soda. Quand elle dévisse le bouchon, une écume marronnasse arrose ses mains et ses cuisses. Elle grogne, approche ses lèvres du goulot : le Coca est tiède. Elle abandonne la bouteille près du siège et flanque une cigarette entre ses lèvres. Le train surgit au moment où la flamme de son briquet touche sa Marlboro Light. Elle remise la cigarette dans le paquet et grimpe dans le premier wagon. D'ici quarante minutes, elle sera en bas de chez lui. Il verra qu'elle existe.

Diane chemine sans hésitation. Certaines routes s'impriment sans effort ; celle qui la mène à son père est assurément de celles-là.

Elle se poste devant l'immeuble près d'une poubelle et agrafe ses yeux aux fenêtres du deuxième étage. Elles sont éclairées. L'inéluctabilité de son plan répand une lave d'angoisse dans son estomac.

Une silhouette féminine ouvre soudain la fenêtre. L'épouse. Près d'elle, un petit garçon d'environ six ans se hisse sur la pointe des pieds. Il incline tant bien que mal un énorme arrosoir vers les jacinthes du balcon. Un autre, à peine plus jeune que Diane, vient à sa rescousse. La femme ébouriffe leurs cheveux pendant que l'eau de la jardinière goutte sur le trottoir. Elle est belle, les frères sont beaux. C'est le bonheur qui doit commander à autant de perfection. Ce bonheur dont Diane est venue réclamer sa part.

Derrière eux, un homme s'avance. Son père. Diane le voit embrasser sa femme sur la joue et serrer ses deux enfants contre son flanc en désignant quelque chose. L'espace d'un instant, elle se prend à rêver qu'il s'agit d'elle. Elle amorce un pas vers la lumière, avant de reculer aussitôt. Non, ce n'est que la lune, ou une putain d'étoile, ou un putain d'avion.

Elle refoule la jalousie qui la brûle. Après tout, la soirée est agréable, le printemps prometteur, joli temps pour des retrouvailles. Alors que la fenêtre du deuxième étage se referme, elle rassemble son courage, s'approche de l'interphone. Son plan est simple : si c'est lui qui répond, elle se présente. Sinon, elle recommence, jusqu'à ce qu'il décroche. « Bonjour, je suis Diane, ta fille. » Bien sûr, il sera surpris, sûrement gêné, mais, la stupéfaction passée, il lui souhaitera la bienvenue, l'invitera à monter, à dîner, ils apprendront à se connaître, le passé c'est le passé et l'erreur est humaine.

Elle appuie sur la touche de l'interphone, retenant sa respiration jusqu'à ce qu'une voix masculine grésille.

— *Oui* ?

C'est lui. Elle en a le sifflet coupé. Il répète, vaguement agacé par le silence :

— *Oui* ?

Les mots abondent dans le crâne de Diane mais refusent de passer sa gorge. De stupides larmes d'émotion affluent derrière ses paupières.

— C'est moi. C'est… Diane.

— *Qui* ?

— Ta… ta fille…

Un clic, suivi de rien du tout.

Pas grave, Diane ne se décourage pas, elle met l'interruption de la ligne sur le compte de l'étonnement, forcément gigantesque, voire du trop-plein de bonheur. Elle patiente plusieurs secondes, le temps nécessaire pour que son père recouvre ses esprits.

Comme la voix du dentiste ne refait pas surface, elle sonne de nouveau. Une fois. Puis une autre. Jusqu'à ce qu'il décroche. Elle perçoit en sourdine la voix de l'épouse inquiète.

— *Enfin, Pierre, qu'est-ce que c'est ?*

— *Rien, c'est quelqu'un qui confond... Dis, cette odeur, ce n'est pas le rôti qui crame, ma chérie ? Tu devrais aller voir*, l'entend Diane répliquer. *Écoute-moi bien*, ajoute-t-il un ton plus bas, *je ne sais pas ce que tu cherches en venant ici, il n'y a rien pour toi. Je ne suis pas ton père, je ne l'ai jamais été.*

Des sanglots montent sans qu'elle y puisse rien.

— Mais c'est moi, Diane, ta fille...

— *Je sais qui tu es. Si j'avais voulu te reconnaître, je l'aurais fait. Je ne veux rien avoir à faire ni avec toi ni avec ta désaxée de mère. Tu peux le lui dire. Alors, maintenant, tu dégages et tu ne reviens plus jamais. C'est compris ?*

Elle recule dans la pénombre tandis qu'au deuxième étage une main éloigne les demi-frères vers l'arrière et tire les volets.

Diane inspire, la montée des souvenirs est difficile. Lèvres collées au micro, elle raconte :

« Mon père n'a pas voulu me recevoir. Je ne m'y étais pas préparée. J'étais atomisée. Je me rappelle avoir hurlé, ramassé une bouteille en verre qui traînait et l'avoir balancée de toutes mes forces en visant sa fenêtre.

Puis j'ai sorti ma bombe de peinture phosphorescente et j'ai tagué la façade, comme ça, sans préméditation. "PAPA", en lettres fluorescentes, aussitôt barré du mot "CONNARD", plus approprié. Je traçais le "D" quand une sirène de police a retenti. Alors j'ai détalé au hasard des rues et des feux tricolores.

» Je crevais de soif. Quand je suis tombée sur la devanture d'un épicier, j'ai fouillé mes poches. Elles étaient vides, mon portefeuille avait dû glisser pendant ma fuite. J'ai ajusté ma capuche, fait semblant de regarder les étiquettes et profité d'un moment d'inattention du vendeur pour subtiliser une canette. Puis je me suis remise à courir.

» Je me suis retrouvée sur le parvis de la nouvelle bibliothèque. Je me suis arrêtée, j'ai bu ma canette – du Ricqles, je détestais ça –, puis je me suis dirigée vers le chantier de la passerelle qui devait relier la rive jusqu'au parc de Bercy. Je me souviens des machines à l'arrêt, des lumières de la ville qui se reflétaient dans le fleuve et traçaient des barreaux sur mes habits. Je me souviens aussi que la zone était déserte, à l'exception d'un groupe de jeunes en bas, sur les quais. L'un d'eux jouait de la guitare. J'enviais leur bonheur. Je me sentais exclue, terriblement seule. »

Diane n'est plus dans le studio, mais sur ce pont où sa vie s'apprête à changer. Entre ses lèvres adolescentes, une cigarette. Elle en aspire une bouffée, un pied dans l'échafaudage, penchée en avant, vers la Seine. La fumée voltige vers le ciel. Une larme roule sur sa joue et s'écrase sur le rebord métallique. Puis c'est un torrent.

Le visage ruisselant de pleurs, elle jette son mégot, ôte les bretelles de son sac à dos, le dépose à ses pieds, escalade la balustrade et se tient en équilibre précaire sur le mince rebord. La trouille lui laboure les entrailles. Aucun obstacle ne se dresse entre elle et la mort. Elle focalise son attention sur l'étoile la plus brillante.

« Je voulais en finir, mettre pour de bon derrière moi mes années de galère. J'étais sur le point de sauter quand j'ai entendu une voix. J'ai tourné la tête et aperçu la silhouette d'une femme. Elle avait une voix douce et un accent léger. »

*

« *Elle avait une voix douce et un accent léger…* »

Dans le parking Vinci, à l'autre bout de Paris, Rosa s'avance timidement dans le feu du projecteur. Les avant-bras d'Eddy se couvrent de frissons tandis que la petite femme entre en scène.

47

Hôtel Continental

Chambre 173, Joséphine ajuste la couette dans sa housse sous le regard courroucé d'une très grande femme au cou allongé qui, vu l'heure, aimerait bien se coucher.

— J'espère que ces draps sentiront meilleur ! Au prix où est la chambre !

— Oui, madame.

Joséphine ne contredit pas. Pourtant, elle sait que les draps étaient parfaits et que ce que la dame veut, dans le fond, c'est s'assurer que personne n'y a dormi avant elle. Il y a des clients comme ça, des phobiques du nettoyage, ou des victimes d'autres traumatismes qui s'expriment de façon détournée. Joséphine n'aime pas la psychologie de comptoir, mais elle plaint quand même cette dame, ça ne doit pas être simple à vivre au quotidien. Un cou pareil non plus, d'ailleurs.

En trente-cinq ans de maison, elle s'est frottée à un tas de gens différents. Quand vous les croisez à la réception, ils sont irréprochables. Mais leur intimité, à laquelle Joséphine, comme toutes les femmes de chambre du monde, a un accès privilégié, est parfois si différente de ce qu'ils donnent à voir en société que c'en est déroutant. Cela dit, plus grand-chose ne la déroute, Joséphine.

On n'imagine pas tout ce que l'état de votre chambre dit de vous. Une fois, le directeur général d'une grosse entreprise avait oublié un nounours râpé au fond de ses draps. Il est revenu de Dubaï le récupérer. Une autre fois, une vieille femme affable, très bien mise et qui sentait le musc blanc, leur avait laissé une crotte posée exprès sur le matelas, comme une île. Le besoin d'enquiquiner le monde a un côté pathologique. Pour affirmer qu'on existe, on devient star ou on abandonne des étrons derrière soi, on se donne les moyens qu'on peut.

Des exemples de ce genre, Joséphine en a à la pelle, tellement qu'elle pourrait en faire un bouquin. Elle ne l'écrira jamais, à cause du devoir de réserve et parce qu'elle ne voudrait pas mettre les gens dans l'embarras. Et, de toute façon, chacun ses manies. Elle aussi a ses petits secrets, qu'elle tait jalousement. Sa réserve de nounours en chocolat dans le double fond de son sac à main, par exemple, la photo d'un chien à qui elle confie ses contrariétés dès qu'elle est seule, son cimetière à dents de lait où elle a inhumé, une à une, les quenottes de ses quatre enfants, un petit caillou en forme de cœur dans son porte-monnaie.

Bref.

En bonne professionnelle, Joséphine utilise la technique du burrito – poser la couette sur la housse à l'envers, rouler la couette et la housse en boudin, fermer le burrito en rabattant la housse, à l'extrémité, puis dérouler la couette. De petites décharges électriques courent de son dos jusqu'au mollet. Cette nuit, sa jambe gauche est récalcitrante. Joséphine serre les dents, elle pense au massage qu'elle s'autorisera un de ces quatre dans un spa, une carte-cadeau offerte par son mari et ses enfants pour son anniversaire. Voilà trois mois qu'elle recule le moment de prendre rendez-vous, elle redoute d'avoir l'air godiche, elle n'a jamais fréquenté un endroit pareil, c'est elle qui prend soin des autres, d'habitude. Son amie Thérèse s'est lancée – elle n'a peur de rien, Thérèse, une fonceuse – et l'a avertie de prévoir un maillot de bain, ce que Joséphine n'a plus. Paraît aussi qu'on vous donne des slips en fil qui ne cachent rien du tout, qu'il faut s'allonger sur sa vulnérabilité et se laisser porter par une musique du monde. Thérèse a toujours de ces mots.

La nervosité de la cliente est palpable. Elle tape du pied dans sa nuisette, bras croisés, son grand cou s'allongeant comme celui d'une tortue. Mais Joséphine ne se laisse pas démonter, elle fait au mieux, se concentre en pensant à autre chose, c'est pas interdit de s'évader.

De guerre lasse, la femme s'enferme dans la salle de bains.

— J'ai fini, madame. Bonne nuit.

L'autre ne répond pas.

48

Maison de la Radio

Ignorant ce qui se joue dans l'esprit d'Eddy et sur le balcon de Cécile, Diane, toute à son film, poursuit son récit :

« Elle a dit que mon pull était joli. Comme si elle ne comprenait pas que je voulais en finir. Un peu étonnée, j'ai regardé mon sweat-shirt où mes tags fluo avaient postillonné des points phosphorescents. Je l'ai remerciée du compliment et elle a continué : de loin, elle avait cru que c'étaient des lucioles. Des lucioles... N'importe quoi. Elle a renchéri, comme si elle tenait une conversation normale dans un endroit normal, et m'a demandé si je connaissais la chanson que les jeunes en bas étaient en train de chanter. “La vie en rose”, d'Édith Piaf, sa chanson préférée. J'étais déroutée d'entendre cette inconnue me causer musique alors que j'avais besoin de silence. Quand elle s'est mise à fredonner, je ne savais plus si je devais rire ou pleurer. Mais le résultat était là : elle m'avait coupé la chique avec son monologue, je n'avais plus envie de mourir. Je me suis redressée, vaguement énervée, oubliant du coup la précarité de mon équilibre. Je me suis rattrapée *in extremis* à la balustrade, la femme s'est élancée à mon secours et m'a tendu la main. Elle avait une sacrée poigne pour un si petit corps. Mue par une pulsion de gamine, je me suis blottie contre elle et l'ai serrée de toutes mes forces. Elle m'avait sauvée. »

C'est ainsi que démarre l'histoire de Diane et de Rosa. Sur le pont en construction où elles demeurent côte à côte, sans bouger ni parler. Entre elles, le sac à dos frise dans la brise. Diane se calme peu à peu. Les genoux contre le menton, ses pensées dérivent avec le ballet des lumières sur les flots. De temps à autre, elle décoche une œillade à l'étrange petite femme.

Malgré la chaleur de mai, l'inconnue porte un chemisier cintré, une jupe longue, une paire de collants, des chaussures à boucle et talon carré. Un chignon qui devait être strict avant le récent sauvetage. Elle se tient le dos droit, les jambes croisées au-dessus de l'eau.

— Je me demande ce qui peut pousser quelqu'un d'aussi jeune à vouloir en finir, articule-t-elle de son accent subtil.

L'adolescente ouvre la bouche, s'apprête à lui servir une histoire inventée de toutes pièces, mais la femme embraie :

— Ça me semble un peu tôt pour prendre une décision aussi radicale.

Diane se crispe. Les adultes n'ont que ça à la bouche, « yakafokon ». Merci bien, elle a largement dépassé le quota des leçons de morale.

Puis la femme se dresse sur ses jambes, époussette l'arrière de sa jupe, en replace les plis du plat de la main.

— C'est ici que nos chemins se séparent. Je vous souhaite une bonne nuit. Et une bonne continuation.

Diane voit sans broncher la petite silhouette s'éloigner le long du fleuve, s'éclairer et s'éteindre à la faveur des lampadaires, rapetisser. « Une bonne nuit et une bonne continuation… » Non, mais quelle dingue.

Quand, soudain, sa consternation se mue en révolte. Diane se mord l'intérieur des joues. Comment ça, l'autre la rend à sa solitude ? Sûrement pas ! Si cette bonne femme n'avait pas tant piaillé sur le pont, Diane aurait sauté, bon vent, salut les cons. Alors elle se redresse et, sac à dos au bout du bras, court pour la rattraper.

L'autre finit par faire volte-face, immobile, la figure penchée.

— Me laissez pas tout de suite, bredouille Diane. Je vous en prie.

La femme jette un œil à la nuit et soupire :

— Il y a un café ouvert à vingt minutes d'ici, venez.

Elles remontent ensemble la rue de Tolbiac sans un mot, Diane les bras ramassés sur la poitrine pour cacher ses mains et son pull peinturlurés de lumière, l'autre très droite. Dans une ruelle sombre brille la vitrine d'un bistrot modeste.

Une vague odeur de cigarettes, un distributeur de cacahuètes et un patron, planqué derrière la caisse enregistreuse, qui cherche à échapper aux soliloques d'un type accoudé au zinc, la tête dans sa paume droite, les fesses en arrière. Au fond de la salle, près des toilettes, une vieille dame rabougrie s'égare dans un ballon de vin blanc.

À peine installée, la femme sort un mouchoir de son sac et, soulevant le cendrier jaune délavé, entreprend de nettoyer la table. La lumière révèle à Diane le paradoxe de cette inconnue : des traits marqués, le regard creusé de cernes, le teint blafard, détonnant avec sa mise parfaite et son maintien chic, légèrement suranné.

Surprenant la fixité de son regard, sa sauveuse esquisse un sourire gêné et replace son chignon en vrac.

— Vous prenez quoi ?

L'adolescente se raidit, à cause du portefeuille qui manque à l'appel. Semblant avoir suivi le cheminement de ses pensées, la femme la court-circuite :

— Je vous invite.

— Qu'est-ce qu'elles prendront, les petites dames ? s'enquiert le patron depuis le comptoir en se grattant le ventre.

— Prenez quelque chose de chaud, vous en avez besoin, suggère la femme. Et à manger, aussi. Ils font des croque-monsieur divins dont vous me direz des nouvelles.

— OK. Avec un chocolat, alors.

La femme opine et, tournant la tête vers le tenancier, scande d'une inflexion distinguée :

— Nous prendrons un chocolat chaud, une camomille et un croque-monsieur, je vous prie.

— Ça arrive, tonne l'autre, avant de beugler en direction du commis de cuisine : Tu m'envoies un croque !

L'animation du bistrot prend toute la place, aucun mot ne vient à Diane. Il n'est pas anodin de décider de mourir et de ne pas le faire. Il faut du temps pour que les idées se remettent dans le bon sens.

L'homme dépose sans ménagement sur la table le chocolat, la camomille, les couverts, le croque-monsieur cramé, et coince la note sous le cendrier Ricard.

L'adolescente se jette sur l'assiette avant de relever la tête et de proposer, la bouche pleine :

— Vous en voulez ?

— Non, merci.

L'air de rien, Diane examine sa compagne qui souffle sur son infusion, les yeux rivés à la rue. Après chaque gorgée, elle tapote sa bouche avec sa serviette en papier. Sa main tremble légèrement et fait tinter la faïence. À côté, Diane à l'impression d'être mal dégrossie. Gênée, elle amorce un semblant de justification.

— Vous savez, tout à l'heure, c'était…

— C'était tout à l'heure et ça ne compte plus, coupe la femme en fouillant dans son sac à main. Vos couleurs reviennent. Je suis contente de voir que vous allez mieux.

Là-dessus, elle s'empare du ticket et se dirige vers le comptoir, d'où elle revient après avoir réglé l'addition.

— Ils ne ferment que dans une heure. Ça vous laisse le temps de vous requinquer.

— Vous partez maintenant ? s'alarme Diane en essuyant du dos de la main le gras sur ses lèvres. Mais je…

— Rentrez chez vous.

Diane sent des tombereaux de larmes gonfler ses paupières. C'est nulle part, chez elle.

— Je n'ai rien d'autre à vous offrir, balbutie la femme dans un sourire en lui flanquant un papier plié dans la main. Je suis désolée. J'ai été ravie de faire votre connaissance.

Elle sort du café. L'abandonne.

— Autre chose pour la petite demoiselle ? demande le serveur.

La paume s'ouvre sur un billet de 500 francs, un Pascal tout fripé qui pue la poussière et l'humidité. Un paquet d'argent.

Du regard, Diane suit la femme qui s'engouffre par la grille d'une résidence, une cinquantaine de mètres plus loin. Puis s'attarde sur la tasse de camomille à moitié pleine. Pauvre fille, qu'est-ce que tu t'es imaginé ? Passe à autre chose, elle a sa vie, toi la tienne, t'as pas besoin d'elle.

Cinq cents francs. Évidemment, ça ne comble ni la solitude ni le désamour, mais c'est tout de même un début de liberté. Diane se sent riche, prête pour l'aventure. La décision s'impose : elle restera à Paris. Il faut fêter ça, la faim l'empoigne de nouveau.

— Vous avez des frites ?

L'homme hausse ses grosses épaules en marmonnant, à l'intention du gars affalé sur le comptoir.

— V'là-t-y-pas qu'elle veut des frites à 2 heures du mat'. Par contre, faudrait payer d'avance si ça ne vous fait rien. Je préfère, vu l'heure…

Elle lui tend son billet, fière comme Artaban.

— Je suppose que la demoiselle a pas la monnaie. Bon, Jacob, tu m'lances une assiette de frites !

49

« Rosa m'a offert de me réchauffer dans un café puis elle est partie. Moi, j'étais requinquée, une reine, je me sentais invulnérable. Paris regorgeait de possibilités. Je me suis remise en route, décidée à vivre la grande vie. Au moment de bifurquer, j'ai décoché un regard vers la grille où ma sauveuse avait disparu. Elle habitait sûrement un de ces immeubles chic avec moulures, piano, tableaux hors de prix. Musique à fond dans mon walkman, je me laissais porter par mes baskets, ma fortune délestée du prix des frites dans ma poche. Intensément vivante, je souriais à tout ce que je croisais, gens, poteaux, monuments. Mais, au bout d'un moment, des ampoules ont commencé à me brûler les pieds, je fatiguais. J'ai escaladé la grille d'une résidence, me suis débarbouillée à l'aide d'un tuyau d'arrosage et me suis installée à l'abri, bien décidée à profiter d'une nuit à la belle étoile et de ma liberté toute neuve.

» Je me suis redressée comme un ressort, réveillée par la voix d'un agent de sécurité qui braquait sa torche sur moi. À ses pieds, un berger allemand grognait dans sa muselière. L'homme m'a ordonné de quitter les lieux. Tandis qu'il tenait son chien au collier, il a ajouté que traîner dehors la nuit était dangereux, surtout pour une jeune fille. Il ne me voulait pas de mal, seulement me voir décamper pour s'éviter des problèmes. Puis il a cherché quelque chose dans son portefeuille, en a sorti la carte de visite d'une boîte de nuit et m'a dit de demander Mo. Un cousin à lui, un type réglo.

» J'ai erré jusqu'à l'aube et me suis offert un paquet de gâteaux, que j'ai dévorés à la terrasse d'un café en soufflant des bulles dans la paille de mon Coca durant des heures pendant qu'autour de moi les clients se succédaient. J'ai acheté une carte prépayée et appelé le cabinet de mon père d'une cabine téléphonique jusqu'à épuisement de mes unités, juste pour emmerder la secrétaire. Je me rappelle aussi avoir dévalisé la Samaritaine, en m'offrant des tas de cassettes, un petit couteau suisse au parfum d'interdit grisant et, au rayon bricolage, une nouvelle bombe de peinture. Au crépuscule, j'ai atterri en bas de l'immeuble de mon paternel. Mon graffiti de la veille avait été nettoyé. J'ai visionné le film des légitimes sur l'écran de leur fenêtre. La jalousie me trouait le ventre. Je ne suis pas restée.

» Le soir, j'ai pique-niqué face à la Seine, les fesses posées sur un banc usé par des milliers d'autres. Un festin de roi, soi-disant, que j'avais acheté chez le traiteur à un prix exorbitant. Quand la vendeuse m'avait demandé ce que je désirais, j'étais restée indécise. Puis un homme qui ressemblait à mon père était arrivé, il avait désigné les canapés au saumon, les quiches à la truffe, les bouchées de canard au sang et les entremets. J'avais voulu la même chose. Comme j'avais honte d'être seule, j'ai dit que c'était pour deux. Résultat, des 500 francs ne subsistait plus grand-chose. Tout ça pour une nourriture surcotée dont j'ai jeté les restes aux oiseaux. »

Il y a ce que Diane raconte et ce qu'elle ne raconte pas. La solitude, la chorégraphie des feux tricolores, les sirènes de police déchirant la nuit. Les bouteilles de verre tombant sur les pavés, les tuberculeux qui crachent leurs poumons dans leur barbe. La trouille, le froid, l'obscurité.

À la réception des hôtels où elle s'arrête, on lui montre la sortie. Les vagabonds et les cradingues, c'est mauvais pour les affaires. Rien de nouveau, finalement, elle a toujours été à la merci des autres. Elle va devoir apprendre à avancer sans rien attendre. Ça vaut toujours mieux qu'être enterrée vivante au fin fond de la Seine-et-Marne.

Alors, elle déambule au hasard. Le mouvement lui procure de la chaleur et lui permet de contenir l'angoisse. Mais les piles de son walkman montrent des signes de faiblesse et elle panique, serre les dents, accélère le pas, évite les angles trop clairs et les recoins trop sombres. La peinture fluo sur son pull attire l'œil sur elle. Une luciole, tu parles. Pour cesser de clignoter comme une balise Argos, elle enfile son sweat à l'envers.

Perdue, elle sent ses idées noires revenir au galop, jusqu'au moment où elle se rappelle la carte de visite. Elle avise un arrêt de bus, grimpe dans un Noctilien.

« J'ai décidé d'aller voir Mo, dont le veilleur de nuit m'avait parlé, résume Diane sans s'attarder. J'ai réussi à me faufiler à l'intérieur de la boîte. Le sol tremblait sous les basses. Je me rappelle les ondulations de la foule, la musique et les projecteurs, les fumigènes, les déhanchements langoureux, le DJ bougeant la tête avec son casque à moitié relevé. Comme j'ignorais à quoi ressemblait Mo, j'ai arrêté une serveuse, qui a froncé son nez pailleté et désigné du menton le fond de la salle. Je l'ai trouvé, avachi sur un canapé, en train de suçoter le cou d'une fille. Deux autres tenaient la chandelle. Devant eux, la table dégoulinait de champagne. »

De son index où brille une bague en forme de lion, Mo fait signe à Diane d'approcher. Tétanisée, l'adolescente s'installe à côté de lui, sur la place qu'il lui assigne d'un claquement de doigts.

— Il paraît que tu me cherches, ma belle, dit-il en posant une main sur son genou.

Diane se tend, la copine la fusille du regard. Les lèvres du gars se fendent d'un sourire, la lumière se prend au piège de sa canine en or.

— Qui t'envoie ?

— Votre cousin, bégaie l'adolescente. Le veilleur de nuit. Il m'a dit que vous pourriez m'aider.

— J'aide seulement quand je peux faire confiance. Et la confiance, c'est pas un dû, ça se gagne. T'as quel âge ?

Diane hésite, mentir ou pas.

— Seize ans.

— Seize ans, répète-t-il. C'est parfait, ça…

Il malaxe le genou de Diane comme s'il pétrissait une boule de pâte à pizza. Elle se contracte davantage. Il retire sa main et la lève en signe de reddition.

— Laisse-toi aller, putain ! À ton âge, on est tranquille, pas de responsabilité, la vie devant soi, mal nulle part.

Il se trompe, Diane a mal partout. Elle se contente de regarder droit devant.

Il postillonne qu'elle a l'air d'un animal sauvage, que ça lui plaît tellement qu'il va lui laisser sa chance. Elle a du potentiel, ils vont faire de grandes choses ensemble. Là-dessus, il allume un joint dont il tire trois longues taffes.

— Tu fumes ?

— Non.

L'adolescente ne veut pas que la promiscuité s'éternise. L'autre hausse les épaules et refile le joint à sa copine.

— C'est bien, t'es sérieuse, il fait en récupérant le joint qu'il écrase sur le rebord de la table.

D'une pichenette, il envoie le mégot valser dans les airs. La boulette roule dans le soutien-gorge de sa petite amie qui, surprise, caquette et se dandine. Mo la reluque une seconde puis s'approche de l'oreille de Diane, si près que son lobe vibre.

« Mo m'a expliqué que le boulot consistait à livrer, une sorte de service VIP à domicile. Apporter la marchandise, prendre l'argent, le ramener. Là-dessus, il me donnerait ma commission et on se quitterait bons copains jusqu'à la prochaine fois. De l'argent facile, sans danger si je bossais correctement. "Mais si tu balances ou si tu me la fais à l'envers, je te ferai buter. Ça ne dépend que de toi." Son désir sordide, la touffeur ambiante, les couples en sueur lovés comme des asticots à deux têtes dans tous les coins me donnaient envie de vomir. Il fallait en finir vite. Je lui ai répondu que j'allais réfléchir, il était content, il voulait recruter des gens raisonnables qui s'engagent, pas des comètes qui disparaissaient au premier coup de flip. Là-dessus, il m'a dit de dégager, il devait s'entretenir avec un de mes futurs collègues. »

Les doigts nerveux de Diane triturent un mouchoir en papier.

L'histoire de sa naissance, la vraie, pas celle de l'état civil, elle ne l'a jamais racontée à personne. Pourtant, les mots coulent avec une fluidité déconcertante, comme s'ils n'avaient attendu qu'une occasion pour se déverser.

« Le matin, dès que le Prisunic a ouvert, je me suis emparée d'une paire de ciseaux puis, dans les toilettes d'un McDo, j'ai coupé mes cheveux. Terminé, l'allure de gamine. Voilà pourquoi tu m'as prise pour un garçon, Eddy, sourit Diane avant de continuer. Comme j'avais soif, j'ai acheté une canette de bière. Et parce que l'alcool atténuait ma solitude, je m'en suis procuré tout un pack. Avant de voler une bouteille de tequila, qui me rappelait les tequilas paf que je buvais avec les filles du foyer.

» Il paraît que tous les chemins mènent à Rome. Le mien, à ce moment-là, me menait sans cesse à mon géniteur, presque à mon insu. La nuit venue, je me suis rencognée dans l'entrée de l'agence bancaire située en face de son immeuble, les yeux fixés à la jardinière que le cadet avait tant de mal à arroser. Après avoir dîné d'un paquet de Krema dont, de chaque emballage, je façonnais des petites grenouilles en papier, j'ai somnolé en regardant la fenêtre, rêvant d'une vie confortable, de rôti, de mousse au chocolat. À l'aurore, j'errais déjà sur les trottoirs, une canette de bière à la main. Les semaines qui suivent sont floues. Elles constituent sans doute la période la plus trouble de ma vie. »

Le studio est silencieux. Personne ne moufte. Ni Théo dans sa cabine, qui a décroché le téléphone pour l'empêcher de sonner, ni l'enfant dans le ventre de Luciole.

L'enfant, justement. Celui qu'elle n'aimera jamais. Il ne bouge plus, on le dirait suspendu aux souvenirs. Peut-être qu'il écoute et qu'il comprend.

Non, se reprend Diane. Ne pas glisser sur la pente d'un sentimentalisme de gare. Ne pas faillir. Quelque part, de l'autre côté de la radio, Eddy doit l'attendre. Rosa aussi, plus loin, ailleurs. Alors, elle passe la suite sous silence, parce qu'elle est pudique et que la honte suinte encore.

Ce qu'elle ne raconte pas, ce sont des jours ou des semaines, alcool, baston pour garder son sac, courses-poursuites, rencontres foireuses, squats mortels, vol à l'étalage, regards en biais, méfiance, graffitis planqués, fellations derrière des poubelles contre une clope ou un billet. L'odeur, le dégoût de soi, le manque de sommeil. L'affalement contre une boulangerie, la manche, les bras croisés, la capuche, même sous quarante degrés. Manche, marche, baskets et tête déglinguées, mal aux mollets, mal aux pieds, mal à l'âme. Parfois, dans le puits de l'indifférence générale, une lueur se fait jour, pas grand-chose, un sourire, un croissant tendu, un « Bon courage ». L'envie d'y croire resurgit, un répit de quelques heures à peine, juste avant de plonger plus profond dans les abysses.

Elle se poste régulièrement sous la fenêtre de son père. Pas d'esclandre, de peur que les flics rappliquent, à l'heure qu'il est sa photo doit se trouver au centre du tableau des disparitions dans tous les commissariats et les gendarmeries de France. Elle se contente de cramponner son regard à la jardinière et à l'espoir ténu qui refuse de la quitter. Elle ricane parfois dans le col de son sweat en pensant à la tête qu'afficherait le bon dentiste si elle crevait là, en bas de chez lui.

Diane ne ressemble plus à rien. Ses vêtements sont informes, cartonnés de saleté. Une mauvaise chute a creusé une méchante entaille sur son bras. L'âpreté du quotidien confisque ses forces mentales, elle est incapable d'envisager un retour à Provins. La survie pilote ses jours : trouver à manger, à boire, un lieu où dormir l'occupe à plein temps.

Dans son micro, à l'attention de ses auditeurs qui l'écoutent ou ne l'écoutent pas, Diane poursuit :

« De temps à autre émergeait l'image de la femme qui m'avait offert l'étreinte de ses bras. Si elle m'avait sauvée, c'était forcément pour une bonne raison. Alors, un jour, j'ai eu un sursaut, un projet. D'abord, être présentable. J'ai dépensé quelques pièces dans une sanisette publique, y ai rincé mes dents à l'eau savonneuse, peigné mes cheveux courts avec mes doigts, recouvert mon épiderme d'un fond de teint volé, plongé mon T-shirt dans l'eau de la cuvette. Dans un supermarché, je me suis aspergée de *Garçonne* d'Eau Jeune. Ces préparatifs achevés, je me suis rendue à proximité du café où ma sauveuse m'avait offert le meilleur croque-monsieur de ma vie. Je me suis adossée aux abords de la résidence où j'avais cru la voir entrer et j'ai patienté, prête à attendre des jours. Je commençais à me décourager quand la grille a émis un cliquetis. Je n'y croyais plus. Pourtant, elle était là, à une dizaine de mètres.

» Elle était plus petite que dans mon souvenir, plus collet monté aussi. Un gros sac pendait à son épaule. J'ai appelé : "Madame !" dans son dos. Elle s'est retournée et m'a dévisagée. Après plusieurs secondes de flottement, elle m'a reconnue. Elle a dit : "Luciole ?" et j'ai opiné, c'était un joli surnom.

» Elle m'a demandé ce que j'avais fait à mes cheveux. Plutôt que répondre, j'ai désigné son baluchon. Elle m'a annoncé qu'elle allait à la piscine. Constatant que je la suivais, elle a soupiré et m'a demandé ce que j'attendais d'elle. "Embauchez-moi", je lui ai fait, d'un coup, sans réfléchir. Prenant sa perplexité pour une hésitation, j'ai proposé, en vrac, de faire des ménages, la cuisine, les courses ; j'irais chercher les enfants à l'école si elle en avait, j'aiderais pour les devoirs. J'ai mitraillé mes qualités, concédant quelques défauts. Elle m'a écoutée sans broncher. À la fin, elle m'a remerciée et m'a assuré avoir tout ce dont elle avait besoin. Puis, de nouveau, elle a voulu s'éloigner.

» Je revenais de trop loin pour me laisser décourager aussi facilement. J'ai continué en lui emboîtant le pas, je pouvais décorer son appartement, j'étais douée pour le dessin et la peinture. Je pouvais tout repeindre. Et gratuitement. Elle aurait l'appart le plus dingue de Paris, une vraie galerie d'art. Il lui suffisait de m'expliquer ce qu'elle aimait.

» Je l'ai suivie jusqu'à la piscine de la Butte aux Cailles, mortifiée. Son attitude me déroutait, un monde séparait la mansuétude de la femme du pont et l'insensibilité de celle-ci. Pas grave, j'étais plus butée qu'elle, j'attendrais qu'elle finisse de barboter. D'ici là, je fourbirais mes armes, et, quand bien même elle refuserait, je deviendrais l'ombre de son ombre, quitte à dormir sur son paillasson jusqu'à ce qu'elle m'accorde le droit d'entrer dans sa vie.

» De grandes baies vitrées donnaient sur le bassin. Je la voyais d'au-dessus, assise sur les gradins, en bonnet de bain et maillot une-pièce délavé, promenant un regard mélancolique sur les nageurs. La tristesse de son profil m'intriguait. Et si elle ne s'était pas trouvée sur ce pont par hasard ? Et si elle aussi avait voulu en finir ce soir-là ? »

50

Tour Sapporo

Cling cling, chantonnent les petites pattes sur la rambarde en fer.

— Oust, murmure Cécile, à califourchon sur le garde-corps.

Le pigeon hoche la tête, Cécile aussi.

Le pigeon roucoule. Pas Cécile, cela va de soi.

Tout à coup, elle est frappée par un éclair de lucidité : l'oiseau qu'a dessiné sa fille est un pigeon.

51

Maison de la Radio

« J'ai repris ma filature en restant à bonne distance. Mon inconnue a ouvert les portières d'une R14 verte, récupéré un sac plastique énorme et s'est dirigée vers une laverie automatique. De l'extérieur, je la voyais plongée dans un livre recouvert d'une reliure en cuir. De temps en temps, elle relevait la tête, captivée par la valse du linge derrière le hublot. Quand elle est sortie, je l'ai suivie… »

Diane se mord les lèvres en souriant.

— Attendez, madame !

— Vous êtes encore là ?

Dans la voix de la femme, pas une once de colère. Juste de la lassitude.

— Si c'est votre machine, le problème, je peux peut-être vous filer un coup de main, j'en ai déjà réparé une, ils font exprès de fabriquer des pièces qui ne durent pas pour obliger à consommer, mais je…

— Je vous l'ai dit l'autre soir, je n'ai rien à vous offrir.

— Moi, si.

La femme sinue entre les voitures garées contre le trottoir dans l'espoir de la semer. Mais Diane est véloce.

— Vous êtes jeune, vous devriez être à l'école ou chez vos parents.

— Oh, ça va, avec vos belles paroles ! éclate brusquement Diane, tandis que la perspective de la défaite commence à tricoter des sanglots dans sa gorge. Qui va à la piscine pour pas se baigner, hein ? Qui poireaute des heures à la laverie en regardant tourner le linge ? Vous croyez que je ne vous ai pas vue ? Qu'est-ce qui me dit que vous n'aviez pas l'intention de passer par-dessus bord vous aussi, la dernière fois ? Allez pas me faire croire que tout roule. La vérité, c'est que vous êtes aussi paumée que moi, même si vous êtes riche !

La femme pivote pour lui faire face. Ouvre la bouche, renonce à parler, se remet à trottiner jusqu'à la R14. Diane retient la portière.

— Vous avez besoin de moi.

— Vous vous trompez, répond la femme, je n'ai besoin de personne.

Diane avale une gorgée d'eau avant de reprendre :

« … suivie jusque sa voiture. La portière a claqué et elle a ajusté de petits rideaux occultants. Des rideaux dans une voiture… Je m'attendais à ce qu'elle démarre, mais en baissant la tête, j'ai remarqué que les pneus étaient cerclés d'un tapis de feuilles mortes. La voiture n'avait manifestement pas roulé depuis des siècles.

» Mon inconnue avait opté pour la technique de l'usure. Elle sous-estimait cependant le désespoir d'une gamine de seize ans prête à tout pour un peu d'amour. J'aurais attendu la vie entière s'il avait fallu. Elle finirait bien par sortir. À la nuit tombée, une idée m'est venue : à l'aide de ma bombe phosphorescente, j'ai dessiné un chemin de petites flèches jusqu'au tronc d'un immense marronnier en fleur, à une dizaine de mètres. Puis j'ai attendu encore. Jugeant qu'elle ne se méfierait plus, j'ai toqué au pare-brise arrière et me suis carapatée. De ma cachette, je l'ai vue s'extraire de l'habitacle, lorgner le fléchage, balayer les environs à la recherche du coupable, et se résoudre à suivre le parcours jusqu'à l'arbre sur l'écorce duquel l'attendait mon œuvre : une luciole de dessin animé. Elle a cédé et, s'adressant à l'insecte, a lancé qu'elle m'invitait chez elle pour la nuit. "Mais pas plus." J'étais folle de joie et rassurée de pouvoir dormir à l'abri. Mais, alors que je comptais pénétrer à l'intérieur d'un des immeubles, elle a rebroussé chemin vers la R14. Elle a récupéré une contravention coincée sous ses essuie-glaces, ouvert du côté conducteur et enfilé une paire de mules. Puis elle m'a souhaité la bienvenue chez elle, tout en me faisant signe d'ouvrir du côté passager.

» Quand elle a actionné l'interrupteur d'une lampe torche suspendue au rétroviseur intérieur, j'ai découvert un habitacle à l'aménagement propret, digne d'une maison de poupée. Un radiocassette était posé sur le tableau de bord, à côté d'une photo en noir et blanc où elle et son mari – du moins, c'est ce que j'ai cru – prenaient la pose en riant. Une guirlande de lierre s'écoulait d'un pot. Un joli sac à main en cuir brun était dissimulé sous le fauteuil passager, entre mes pieds. Un peu de vaisselle en porcelaine dépassait de la boîte à gants. Sur la banquette arrière, une couverture repliée, une pile de linge qui sentait bon la lessive. Un petit miroir, un flacon de parfum, un poudrier et une brosse disposés sur une étagère de fortune, une boîte à bijoux sur un napperon. Son livre relié de cuir. Des photos, des disques, un mausolée de souvenirs.

» Sans faire grand cas de ma stupéfaction, ma logeuse m'a tendu l'amende en disant qu'elle n'avait pas ses lunettes et n'était pas certaine du montant. Après que j'eus déchiffré pour elle, elle s'est emparée d'une boîte à biscuits et y a récupéré un billet, qu'elle a introduit dans une enveloppe avec le papillon de la contredanse, en expliquant qu'elle passerait aux impôts le lendemain. Puis elle m'a proposé du thé dans une tasse en porcelaine, avec soucoupe et petite cuillère en argent.

» Il y avait de la gêne. Pour ne pas accentuer le malaise, je concentrais mon attention vers le volant qui empêchait son corps de prendre ses aises. Cette femme, cette voiture, l'odeur de lessive et de bergamote, des millions de questions se bousculaient dans ma tête. C'était plus fort que moi, je lui ai demandé si elle habitait vraiment là. Elle a tapoté ses lèvres avec un mouchoir et s'est excusée pour le désordre, elle ne s'attendait pas à recevoir…

» Je n'en revenais pas. Une SDF riche comme Crésus, voilà qui n'était pas ordinaire. Cette femme étrange m'inspirait un respect inédit. J'ai laissé le silence se propager entre nous. C'est elle qui, au bout d'un moment, a parlé. Embarrassée, elle m'a demandé s'il me restait un peu de ma peinture brillante. Ma proposition de décoration intérieure n'était pas tombée dans l'oreille d'une sourde. Elle pensait que ce serait agréable de s'endormir sous un ciel étoilé. Alors, je me suis mise au travail. Taguer m'avait toujours valu des ennuis, c'était la première fois que j'officiais sur commande. J'avais l'impression d'être utile. Une fois la peinture sèche et l'odeur quelque peu dissipée, Rosa a appuyé sur le bouton du radiocassette. Elle fredonnait sur la mélodie, confirmant le joli grain de voix que j'avais décelé sur le pont.

» Cette nuit-là, nous nous sommes endormies côte à côte, baignées par une pluie d'étoiles, dont une filante que j'avais pris soin d'ajouter, histoire de pouvoir prononcer un vœu si l'envie nous en prenait. J'en ai d'ailleurs formulé un, en secret : que Rosa veuille bien encore de moi le lendemain.

» J'ignorais que nous ne nous quitterions plus pendant cinq mois merveilleux. Jusqu'à la catastrophe. »

Diane se tait un instant. Elle se souvient de l'odeur de Rosa, de sa voix, de son accent, de son souffle lorsqu'elle dormait, du foyer qu'elle lui a offert. De leurs étoiles pour de faux. De la chaleur de la vie à ses côtés.

Puis surgit la vision de Rosa qui s'éloigne, du cri dans la nuit, du monde qui s'effondre. Plus de vingt-cinq ans après, la douleur s'est estompée. Pas le vide.

« La culpabilité a longtemps été ma compagne. Ça va mieux maintenant. Grâce à toi, Eddy. »

52

Parking Vinci

En entendant son prénom une fois encore, le cœur d'Eddy manque un battement. À moins qu'il ne batte plus fort. Avant cette nuit, il détestait son prénom. On s'est tellement fichu de lui. « Eddy, tête d'abruti » ; « Eddy, t'as pas d'ami ». Dans la bouche de Luciole, il revêt des allures de promesse. C'est comme un rêve qui se réalise.

« *Bien sûr, une R14, même cinq portes, ce n'était pas le Pérou. Il fallait composer avec l'espace, ramasser ses jambes, recroqueviller les bras. Rien, pourtant, n'a entamé la magie de cette première nuit pendant laquelle j'ai pu me reposer sereinement. Le lendemain, mes paupières se sont ouvertes sur une Rosa pomponnée, exhalant une légère odeur de chlore mêlée d'eau de Cologne, un sachet de boulangerie entre les mains. Elle avait acheté un pain au chocolat et du café lyophilisé.*

» *Elle a étendu sa serviette, son maillot de bain et son bonnet sur la plage arrière, rangé ses affaires de toilette sur une petite étagère. Installée derrière le volant, elle a désigné la croûte purulente sur mon avant-bras. Elle a sorti des compresses et du désinfectant, tamponné un coton imbibé sur la plaie puis préconisé, en déchirant le sachet d'un pansement, de laisser la peau respirer la nuit pour favoriser la cicatrisation. Elle a ensuite entrepris de me rendre forme humaine et m'a prêté des vêtements pour que je l'accompagne à la laverie. Fagotée comme Rosa, j'avais un peu honte de mon allure.*

» Sur le chemin, les bras lestés de mes habits, elle a glissé quelques pièces dans l'horodateur, comme tous les jours sauf le week-end où le stationnement était gratuit. Au retour, le temps que je me change, elle irait déposer son amende au Trésor public. Les bons comptes, selon elle, faisaient les bons amis. »

53

Maison de la Radio

L'esprit de Diane revient se poser dans le studio, tandis que, à sa demande, l'assistant passe une chanson.

Théo profite de la pause pour glisser une tête de l'autre côté de la vitre. Est-ce que tout va bien ?

Oui, ça va. Maintenant, ça va.

Alors que la musique se déploie autour de Luciole, Diane, seize ans, pénètre dans la laverie aux côtés de Rosa.

Hormis un homme accaparé par des mots fléchés et son chien couché entre ses jambes, le lieu est désert. L'adolescente se ronge les ongles en regardant son jean élimé et ses chaussettes trouées danser dans la machine. Rosa s'absorbe dans un livre. Quand cette dernière lui demande si elle aime lire, Diane admet que non, pas trop. Elle n'a jamais lu un bouquin en entier, pas ouvert un seul des romans obligatoires du parcours scolaire. Dépitée, Rosa retourne à son livre et Diane, à ses réflexions. Elle appréhende la suite, le retour à la rue. Rosa est gentille, mais elles n'appartiennent pas au même monde.

— J'ai oublié mes lunettes dans la voiture, soupire soudain Rosa. Cette maudite presbytie me donne des migraines. Vous voulez bien me lire quelques pages ? Ça me rendrait service…

Diane se met à ânonner les mots alignés sur les pages jaunies.

— Trop vite, susurre Rosa en secouant la tête.

— Quoi ?

— Vous lisez beaucoup trop vite, c'est trop brusque, les mots se brisent. Ils ne veulent rien dire pour vous. Imaginez que quelqu'un les a écrits, a rêvé et pesé chacun d'eux.

Ces remarques vexent l'adolescente, qui a bien envie de riposter. Mais la reconnaissance qu'elle éprouve la pousse à consentir un effort. Diane articule les syllabes avec un burlesque d'enfant buté. Secousses de lettres sans queue ni tête, ponctuation outragée, sens déchiqueté. Lorsqu'elle se rend compte que les lèvres de Rosa récitent les phrases à voix basse, la jeune fille se cale machinalement sur son rythme. Son énonciation s'améliore, les saccades se nivellent.

Face à elles, le type délaisse ses grilles de mots. Les traits de Rosa s'apaisent, sa tristesse diffuse s'atténue, comme transcendée par la lecture. Alors Diane y met plus de ferveur, du cœur, pour lui faire plaisir. Les mots s'organisent à son insu. Elle accommode d'instinct quelques silences quand la phrase lui donne la sensation d'avoir besoin d'espace. Elle vit ce qu'elle lit, c'est nouveau.

Le *bip bip* de la machine à laver la ramène sur terre. L'homme et le chien sont partis.

— Mouais, elle fait en refermant le bouquin.

Elle a sa fierté, quand même.

— Vous connaissez tout le livre par cœur ?

Rosa opine.

— Pourquoi vous continuez à le lire, alors ?

— C'est comme les souvenirs. Tout avoir dans la tête n'empêche pas de regarder les photos. En tout cas, vous êtes douée. Vous m'avez offert un joli voyage. Merci.

Rosa récupère les vêtements dans la machine et les secoue un à un avant de les plier.

— Faut pas croire, hein, dit Diane, susceptible, je sais lire, quand même…

Se gardant d'ajouter qu'une mère tordue et une scolarité en pointillés ne font pas d'elle une demeurée, elle lance :

— Si vous aimez les voyages, pourquoi vous restez là avec votre voiture ? Vous pourriez aller n'importe où, dans le Sud, au soleil, en Espagne, en Grèce.

Rosa sourit tristement au hublot de la machine.

— Ma voiture ne roule plus depuis longtemps. J'ai dû vendre le moteur et quelques pièces détachées, précise-t-elle en s'attardant sur un pli récalcitrant.

— Vous êtes riche, pourtant.

— Riche ? Doux Jésus, non…

— Mais tout cet argent dans la boîte ? Et le billet de cinq cents balles que vous m'avez donné quand on s'est vues la première fois ? D'où ça sort ?

— Je travaille. Je suis chanteuse.

— Waouh, ça le fait carrément !

— Dans le métro, Place d'Italie. Du lundi au vendredi.

Depuis son arrivée à Paris, Diane a rencontré un paquet de louches aux vies détraquées. Mais cette Rosa, en grande prêtresse de la débrouille, détient la palme toutes catégories.

— Je ne travaille pas le week-end, je tiens à garder du temps pour moi, justifie Rosa, comme si elle lisait dans les pensées de la jeune fille.

— Et… ça marche ?

— Il y a des jours avec et des jours sans. Je ne me plains pas.

Diane garde grand ouvert le sac où Rosa range les habits.

— Vous ne ressemblez pas aux gens de la rue.

— Ah oui ? Et à quoi ressemblent les gens de la rue ? s'amuse sa compagne.

— Je sais pas, ils sont moins… enfin, pas comme vous, quoi, ils font pas semblant d'avoir de l'argent.

— Bien malin celui qui prétend connaître la vie des gens. Je ne fais semblant de rien. Je m'arrange, je m'organise, je pourvois à l'essentiel. Mes problèmes ne regardent que moi, et, si je suis riche, c'est uniquement de ma liberté. Croyez-moi, c'est notre bien le plus précieux. Je m'estime chanceuse : j'ai un toit au-dessus de la tête, de quoi manger, j'exerce le métier qui me plaît… C'est important. Vous aimeriez faire quoi, plus tard ?

Diane hausse ses épaules. Plus tard, c'est loin.

— Vous pourriez être peintre, suggère Rosa. Ou dessinatrice. Ou comédienne, si vous travaillez votre voix et votre élocution. Vous avez du talent. Une pizza en terrasse, ça vous dit ?

Peu habituée aux marques de considération, Diane se méfie. On la voit souvent comme un animal sauvage, elle est plutôt du genre chat échaudé. Sa philosophie : prendre ce qu'il y a de bon à prendre.

Les terrasses sont bondées en ce jour de juin. Les gens profitent d'un bain de soleil le temps d'une pause déjeuner. Diane suggère de s'installer sur les quais de la Seine avec des pizzas à emporter. Rosa s'offusque, manger par terre, ce n'est pas pratique et elle n'a plus l'âge. Diane insiste, Rosa cède et époussette les pavés. L'adolescente explose de rire : si elle compte tout astiquer, elles ne sont pas près de manger.

Pique-nique, ciel bleu, jambes dans le vide. Pizzas mal coupées qu'il faut déchirer. Rosa mange de petites bouchées, mâche la bouche fermée. De la tomate coule sur son menton, elle promène un regard inquiet alentour, la peur de ce qu'on pensera, puis porte la main devant sa bouche pour rire en catimini. Diane pressent que ce moment est en train de se graver, pour les jours où il fera moins soleil.

— Peut-être que vous pourriez rester une nuit de plus… si ça vous rend service, bien sûr…

— OK, répond Diane, l'air de rien.

La Diane adulte laisse infuser les souvenirs de ce bonheur intense et très calme à la fois, comme quand quelqu'un vous murmure qu'il vous aime. Elle se souvient que sa révolte lui a soudain paru rétrécir, devenir dérisoire.

Sitôt que la musique s'achève, elle retourne à son récit, jonglant instinctivement entre ce qu'elle dévoile et ce qu'elle croit devoir garder sous silence.

« Rosa, chanteuse dans le métro, se rendait à la piscine municipale chaque jour, à la même heure. Comme elle ne savait pas nager, elle se contentait de rester sur les gradins et de profiter de la joie des autres. Mais ce n'était pas l'unique raison. Elle utilisait la douche. Rester propre et digne en toutes circonstances, pas de concession sur ce point. Donner le change était essentiel. Sa toilette effectuée, elle s'asseyait au bord de l'eau. Les employés municipaux n'osaient rien dire. Peut-être soupçonnaient-ils une sorte de traumatisme, une obscure noyade, un drame ancien. Ils respectaient.

» La première fois que je l'ai accompagnée, elle m'a acheté un maillot et un bonnet de bain au guichet, identiques aux siens. Ainsi qu'un abonnement. Quand je suis sortie de la cabine, je me sentais vulnérable, empêtrée dans mes complexes, orteils recroquevillés, humides à cause des flaques sur le carrelage, bras croisés sur la poitrine, dans ce maillot bleu marine mal taillé, censé aller à tout le monde mais qui n'allait à personne en réalité. Je me suis frictionnée avec son savon à la rose, retrouvant le plaisir de me sentir propre, d'avoir les cheveux doux. Puis Rosa m'a aidée à enfiler l'affreux bonnet de bain en silicone et, installée sur les gradins, m'a regardée faire quelques longueurs.

» Une heure plus tard, elle me remettait un billet de 100 francs et s'engouffrait dans une bouche de métro en traînant derrière elle un ampli à roulettes. Juste avant de disparaître, elle m'a gratifiée d'un "À ce soir, Luciole !". C'était officiel, j'étais adoptée. Forte du bonheur d'être attendue au crépuscule, j'ai déambulé, légère, jusqu'au cabinet de mon père. J'ai hésité à entrer ou à sonner à l'interphone, mais je n'en voyais plus l'intérêt. En attendant d'avoir une idée, j'ai tracé des sourires fluo sur les bancs, des roses et des oiseaux. Un peu désœuvrée, j'ai grimpé dans le premier bus, descendu les Champs-Élysées et flâné un moment au Virgin Megastore. L'ennui me gagnait, la solitude me pesait, j'avais hâte d'être au soir.

» Curieuse de savoir à quoi ressemblaient les concerts de Rosa, j'ai fini par prendre le métro pour rejoindre la station Place d'Italie. Au croisement des principaux couloirs, je suis tombée sur un type accroupi qui bafouillait des titres de Johnny Hallyday. Un peu plus loin, un maigrichon accordait sa guitare, une pile de cassettes devant lui. Enfin, j'ai perçu l'écho d'une voix féminine. Rosa était là, à l'angle du quai de la ligne 6. Très droite, les mains serrées sur un micro relié à son enceinte, les paupières closes. Une coupelle dorée pleine de pièces gisait à ses pieds. Rosa chantait sur une bande-son altérée de crépitements. Amplifiée par l'enceinte, mélancolique ou allègre, sa voix se réverbérait sur les murs. Lorsqu'un métro déboulait et crachait son flot de voyageurs, elle se dissipait derrière le raffut pour renaître, vaillante, sitôt la rame repartie. Les gens dépassaient Rosa sans la voir. Elle semblait seule au monde. J'étais émue. De son invisibilité, de sa manière de s'en foutre. De sa façon d'être tout entière dans sa chanson, dans son voyage, dans son histoire. À quoi, à qui pensait-elle quand elle chantait ? Assise dans mon siège en plastique, j'ai fermé moi aussi les yeux, je volais avec elle.

» Je me rappelle une journée en particulier. J'entends encore les cris de Rosa alors que, dans une parfumerie, je l'asperge de Chanel *N° 5*. Je me rappelle ses résistances lorsque je la pousse dans une cabine d'essayage pour enfiler des vêtements colorés, loin de la sobriété de ceux qu'elle porte d'habitude, un chapeau, des bijoux. Elle ressemble à un arc-en-ciel. Je me rappelle son rire de me voir déguisée en dame pour faire bonne mesure, un caniche en peluche au bout d'une laisse. Je me rappelle aussi les regards consternés des vendeurs qui ne comprenaient rien à notre bonheur. Nous sommes sorties de la boutique, ivres de rire.

» Je revois la cabine Photomaton, ce jour-là, posée dans un coin comme une invitation. *Flash flash flash flash.* La guirlande de quatre clichés tombe de la machine. Je souffle dessus pour que l'encre se fige. Sur la première photo, nous fermons les yeux à cause du brusque éblouissement. Sur la deuxième, Rosa tourne vers moi une mine étonnée. Sur la troisième, nous affichons un sourire guindé, façon portrait d'écolier. La quatrième nous donne l'air de deux gosses : je louche et Rosa tire la langue.

» Tu as les deux dernières en ta possession, Eddy. Les premières ne m'ont jamais quittée. »

54

Parking Vinci

Entendant cela, Eddy se dit fugacement que, peut-être, ils pourraient reconstituer ces Photomaton, réunir les morceaux d'une même histoire. Ils pourraient se rencontrer. Se parler de Rosa. Se parler d'eux. Ce serait une bonne idée.

Mais parler de soi implique aussi de parler de ce qui fâche. Bonjour, je m'appelle Eddy et j'ai tué un homme, je n'ai pas fait exprès et puis ce n'était pas vraiment moi, c'étaient mes poings et ce fichu trottoir, et ce garçon qui aimait le foot et les tournevis.

Non, ne t'en va pas, attends, je vais t'expliquer.

Mais Luciole n'attend pas, il reste trop de Rosa à raconter.

« *Je me rappelle un jour que nous étions assises face à face dans le métro. Nos têtes brinquebalaient au rythme des cahots de la rame lorsque j'ai extrait de ma poche un maillot de bain subtilisé pour elle. Rosa s'est fâchée. J'ai plaidé que c'était pour la piscine, qu'on ne ressemblait à rien dans les autres, que le vert, choisi exprès, mettrait en valeur ses yeux noirs. Après réflexion, Rosa a accepté mon cadeau, à la condition que je lui fasse la lecture cette nuit-là, à cause de ses lunettes qu'elle ne retrouvait pas. À cet instant, un type à béret a grimpé dans notre wagon. Se cramponnant à une barre, il a débité d'un ton monocorde l'histoire de sa vie en Irak, jalonnée de malchance, de catastrophes et de combats politiques avortés. Son énorme barda lui donnait l'allure d'un bernard-l'ermite. Dans son sillage flottait une odeur âcre de transpiration et de pieds sales. Il a ôté son couvre-chef et titubé entre les sièges. Les voyageurs se détournaient. Pas Rosa. Elle a extrait une pièce de son porte-monnaie et l'a posée délicatement au milieu du béret. Je l'ai regardée, perplexe. Son truc, c'était donc la compassion, elle sauvait tout le monde, en fait. Mais Rosa a haussé les épaules, en disant que cet homme vivait une vraie galère, bien pire que la sienne.*

» Je me rappelle les séances de grand ménage. La carrosserie astiquée, le produit pour les vitres, le produit pour les jantes, le produit pour le plastique du tableau de bord. L'odeur de propre. "C'est une maison, pas une épave", justifiait Rosa en secouant les tapis contre le trottoir. Elle m'avait fait une place, offert un pyjama dans un joli paquet-cadeau fleuri. Un pyjama de gamine, avec des cerises de haut en bas. Des chaussons assortis, rouge et vert. Comme si on pouvait mettre un pied devant l'autre dans cet habitacle étroit. Comme si ce n'était pas juste une voiture immobile.

» Je me rappelle les soirées d'été légères, les promenades au parc Montsouris, le ballet silencieux du couple de cygnes noirs sur l'étang, les miettes de pain aux canards, le calme de nos pas synchrones, nos silences, la lecture que je lui faisais à l'ombre d'un ginkgo, les romans que je lui lisais de ma voix que j'apprenais à doser pour lui plaire. Alexandre Dumas, Romain Gary, Antoine de Saint-Exupéry…

» Je me rappelle ce matin-là, à la piscine, lorsque j'ai pris sa main pour la conduire dans l'eau, jusqu'à la taille.

Puis, quelques jours plus tard, jusqu'à la poitrine. Sa confiance quand elle s'allongeait sur mes bras et se laissait porter.

» Je me rappelle nos confidences à voix basse sous notre ciel constellé de fausses étoiles. Je m'épanchais, racontais ma mère qui avait tout bousillé, mon géniteur qui n'avait jamais voulu de moi, les foyers. Au début, je me retenais de pleurer. Rosa écoutait, tempérait, me cajolait sans jamais condamner. Un soir, séchant mes larmes de rage, alors que je vomissais ma tristesse devant tant de gâchis, sa réponse, simple et sublime : "Les gens font au mieux, tu sais…" »

55

Hôtel Continental

« … *sa réponse, simple et sublime : "Les gens font au mieux, tu sais…"* »

Pendant qu'elle triture l'antenne, Joséphine sent les larmes lui venir. Il lui manque beaucoup d'éléments mais ce qu'elle entend suffit à lui provoquer de l'émotion.

Joséphine est sensible. Elle a pleuré devant *Le Roi Lion*, devant *La Famille Bélier* et même devant la retransmission de la cérémonie pour Belmondo, quand ils ont mis la musique de son film *Le Professionnel.* Elle n'aimait pas l'acteur plus que ça, mais faut avouer que c'était fort, même son mari avait les yeux rouges. Cette Rosa méritait un départ en grande classe sur un air de fado, se dit-elle. Mais bon, tout le monde n'est pas Belmondo.

Du coup, elle songe que la vie est courte. Sa décision est prise : demain elle prendra rendez-vous au spa et profitera de son prochain jour de congé pour s'acheter un maillot de bain chez Decathlon avec Thérèse. Elle essaiera un bikini, juste pour rigoler.

« … Rosa était secrète, elle n'évoquait presque jamais son passé. De temps à autre, au détour d'une conversation, perçaient cependant les couleurs du pays qui l'avait vue naître, les couchers de soleil sur l'Atlantique, l'odeur des figues, les visages burinés des pêcheurs, les parties de cache-cache avec ses sœurs dans une grande maison en pierre, les accords de guitare de son père, les chants des femmes de la conserverie. Bercée par son accent, je rêvais de contrées ensoleillées et d'un camaïeu de bleu, bleu le ciel, bleue la mer, bleues l'enseigne et la robe de sa mère… »

56

Parking Vinci

La voix habitée de l'animatrice continue de résonner tout près de l'oreille d'Eddy, dans l'aquarium du poste de sécurité :

« *Je n'avais jamais vu la mer. Pourtant, les descriptions de Rosa m'embarquaient au bord de l'eau, les embruns sur ma peau, les pieds craquelés de sel. Lorsque je m'étonnais qu'elle n'y retourne pas, elle se braquait, le visage tendu, le regard dur. "Impossible, grinçait-elle, les temps ont changé, le Portugal aussi." Des souvenirs brillants valaient mieux qu'une réalité décevante, selon elle, et sa liberté, non négociable, avait eu un prix. Elle ne précisait pas lequel.*

» *À ses chants qui ne parlaient que de sa terre, à ses yeux qui se remplissaient des flots de l'Atlantique, je voyais bien que sa résolution n'était qu'une posture. Alors, je me suis fait une promesse : sitôt ma majorité atteinte, dès que je serais libre de passer la frontière, j'emmènerais Rosa au Portugal. Nous dormirions à l'ombre d'un oranger, nous mangerions des sardines grillées dans les ruelles de Fargo. Je l'écouterais chanter plus fort que l'océan, au son de guitares qui ne joueraient que pour elle. Ce serait merveilleux.*

» *Nous n'en étions pas là. Pour l'heure, il fallait se contenter de rêver.*

» *Rêver, justement. Un soir, j'ai voulu lui faire une surprise. Après quatre jours de préparation intensive, j'ai entraîné Rosa dans un terrain vague troué d'une fosse que des bâtiments flambant neufs viendraient bientôt combler. Je la sentais hésitante, elle n'aimait pas l'idée d'enjamber une barrière de sécurité pour pénétrer sur un chantier. Une fois sur place, j'ai brandi une lampe torche. Sur le crépi d'une façade abandonnée, j'avais peint la mer, le ciel, le soleil, un village à flanc de colline et une chanteuse au milieu. Décontenancée par son silence, j'ai balbutié que cette fresque, c'était chez elle. Ses doigts fébriles se sont approchés de la petite silhouette en robe bleue et elle a dit : "Chez moi, c'est toi maintenant."*

» *De retour dans la voiture, elle s'est lancée dans un concert de fado rien que pour moi. Je me réchauffais, blottie contre elle. Nous n'avions rien à perdre à essayer d'être heureuses.* »

Un silence.

Accroché à sa radio, Eddy ne peut pas voir les larmes de Diane. Il ne peut pas non plus sentir les contractions, faibles, provoquées par l'enfant qui réclame de sortir.

57

Maison de la Radio

Diane boit une gorgée d'eau. Sa voix se fait plus grave quand elle reprend :

« Chaque semaine, Rosa revêtait ses plus beaux atours pour se rendre "à la banque", comme elle appelait le Mont-de-Piété. Je revois ses yeux se voiler tandis qu'elle choisissait le sacrifié du jour, un disque, un bijou, un livre, un tableau, le cadre d'une photo dont elle retirait un cliché gondolé. L'habitacle se vidait vite et, peu à peu, s'incrustait en moi l'idée que notre cohabitation dépeçait Rosa. Je n'étais pas dupe des privations qu'elle s'infligeait pour m'offrir des conditions de vie décentes, pas dupe des week-ends qu'elle passait désormais à chanter dans le métro, des dîners où elle prétendait ne pas avoir faim. Je tentais moi aussi de contribuer à notre quotidien. Pour la rendre fière, je lui affirmais m'être dégoté un travail de lectrice auprès d'une vieille dame aveugle. En réalité, je portais des caisses sur les marchés ou me mêlais aux travailleurs clandestins sur les chantiers, acceptant tout, y compris l'illégal, pourvu que je n'aie pas besoin de justifier de mon identité. Tout, pourvu que la vie m'autorise à demeurer auprès d'elle. Mais tout accepter ne suffisait pas, les visites au Mont-de-Piété se multipliaient, le monde de Rosa se rétrécissait. Elle avait vendu son radiocassette, et son coffret ne contenait plus aucun bijou. Que se passerait-il, le jour où elle n'aurait plus rien à vendre ? Si je ne prenais pas le taureau par les cornes, je finirais par perdre Rosa et le foyer que nous avions créé.

» L'angoisse au creux du ventre, j'ai prétexté un soir que l'infirmière de ma patronne souffrait d'un lumbago et que, par voie de conséquence, je devais veiller sur elle cette nuit-là ainsi que les suivantes. Installée au fond d'un bus de nuit, j'ai traversé Paris jusqu'à la boîte de Mo en triturant les reliefs de ma jeune cicatrice, tandis qu'un type givré se suspendait comme un singe aux poignées. Va savoir pourquoi, cher auditeur, je me souviens de ce détail. Avec aplomb, j'ai annoncé au videur que je venais voir son boss.

» Les basses, l'odeur de sueur, d'alcool et de tabac me portaient au cœur. Ballottée par la foule, éblouie par les stroboscopes, je regrettais déjà mon mensonge. La déception de Rosa serait monumentale. Pour ne pas flancher, je me suis persuadée que ce n'était l'affaire que de quelques soirs, le temps de me refaire et de racheter ses souvenirs, de nous offrir un sursis, de quoi continuer ensemble. Peut-être aurais-je même assez pour remettre un moteur dans sa R14 et nous échapper au Portugal. »

Luciole se téléporte dans la discothèque. Elle sursaute quand un verre éclate à ses pieds. Une fille se tortille en piétinant le liquide.

Mo est là. Même banquette, même position, jambes ouvertes, bras par-dessus le dossier, canine en or scintillante, synchrone avec sa bague. À sa droite, une nouvelle femme balance ses épaules dénudées au rythme de la musique. À gauche, une autre s'absorbe benoîtement dans les faisceaux des lumières. D'un seau à champagne dégoulinent des ruisseaux de glace fondue sur une petite table circulaire.

Diane mesure le chemin parcouru en une saison. Mo n'a pas bougé de son canapé alors que tout a changé pour elle. Ce constat lui donne l'audace de se planter devant lui. Il grogne :

— Qu'est-ce que tu veux ?

— Du travail.

— Oh là, doucement, t'as cru que t'étais à l'ANPE, ou quoi ?

La fille d'à côté se marre, sans cesser de fixer le plafond. Mo, lui, sonde l'adolescente. Avant de s'écrier, entre deux taffes d'une cigarette roulée :

— Ça y est, je te remets ! Eh ben, t'en as mis du temps à revenir… C'est bien, remarque, ça prouve que t'es réfléchie et que tu t'engages pas à la légère. Je suis un chef d'entreprise, j'ai une boîte à faire tourner, j'ai besoin de gens fiables. Hein que c'est important de pouvoir compter les uns sur les autres ?

Là-dessus, il embrasse à pleine bouche la fille qui se trémousse près de lui. Diane a un haut-le-cœur, la scène lui rappelle sa mère, c'est dégueulasse.

— Tu bois un truc ?

— Non, j'…

— Si, tu bois un truc.

Mo apostrophe la serveuse d'un geste. Le minishort se radine en vitesse.

— Un Coca, se soumet Diane.

— Bien, confirme Mo en pinçant les fesses de la serveuse sous les yeux assassins de la petite amie du moment. T'es mignonne, tu lui ramènes le petit supplément habituel. T'es venue comment ? ajoute-t-il à l'attention de Diane.

— Bus.

Pendant que sa babine supérieure se torsade en un sourire paternaliste, il extirpe de sa poche une liasse de billets. Après avoir humidifié son index d'un coup de langue, il en tire deux Pascal. Mille francs. Diane les remplace mentalement par les bijoux de Rosa en train de prendre la poussière au Mont-de-Piété. Elle anticipe le bonheur de la chanteuse quand elle lui fera la surprise de les récupérer. Ou, alors, quand elle lui tendra les clefs d'un appartement, un vrai. Un chez-elles, même petit. Ceux qui n'ont jamais cru en elle verront bien, sa mère et son géniteur, surtout. Elle ira même se faire soigner les dents chez lui, rien que pour le plaisir de le voir travailler pour elle. Eh ouais.

Diane s'avance, main en avant. Mo recule aussitôt la sienne, maintenant les billets hors de portée. De l'autre, il saisit le col de la jeune fille.

— Que ce soit clair, c'est pas un cadeau, souffle son haleine chargée. C'est un acompte vu que tu vas devoir investir. Trouve-toi un vélo. C'est plus rapide que la marche et plus discret que le bus. La discrétion, c'est la clé. Si les flics te chopent, je pourrai rien pour toi, je te connais pas, je t'ai jamais vue et je sais pas de quoi tu parles. Ils me croiront, je fais ce qu'il faut pour ça. L'avantage, c'est que si t'es mineure, tu risques pas grand-chose.

Diane déglutit. Sa salive a un goût de carton.

— Je me ferai pas prendre.

— Bien…

Il desserre son emprise, lisse son sweat-shirt avec un soin sadique. Lui cède les billets.

— Tu es là toutes les nuits à minuit jusqu'à ce que tu aies remboursé ce que tu me dois. Plus les intérêts.

Si t'es pas là demain, sois sûre que je te retrouverai. J'ai du monde partout, même dans les chiottes, je retrouve toujours les déserteurs. Si tu tiens à ta jolie petite gueule, pas de plan foireux, compris ?

Diane opine alors que la serveuse pose un Coca bourré de glaçons au milieu de la flaque d'eau et de champagne, et lui tend un morceau de papier plié en quatre. Mo lève son verre.

— *Welcome in ze Mo Company*, lance-t-il en faisant signe à un gars, qui dépose devant lui un petit sachet congélation scotché.

Sur la feuille, l'adresse du client de la soirée. Paris, 13e arrondissement, à deux pas du quartier de la Butte-aux-Cailles et de Rosa. Diane frissonne, la coïncidence ressemble à un avertissement. Plus tard, elle se demandera si Mo l'avait fait suivre cette nuit-là, ou s'il la faisait suivre toutes les nuits, avec cette bagnole au loin qu'elle a cru voir un paquet de fois derrière son vélo. Ou bien si c'est seulement un coup de malchance.

Comme l'enfant passant devant chez lui lors d'une sortie scolaire ne peut s'empêcher de regarder la fenêtre de sa maison pour y voir se dessiner la silhouette de sa mère, elle ne peut, ce soir-là, s'empêcher de s'attarder sur la R14 d'où émane une faible lueur. Que fait Rosa en ce moment ? Est-ce qu'elle chante ? Est-ce qu'elle lit ? Est-ce qu'elle regarde ses étoiles ? Un instant plus tard, la lumière s'éteint, la nuit engloutit leur royaume. Diane lui envoie un baiser. Bientôt, elle leur achètera une vie.

« Me voilà donc enrôlée dans le business de Mo. Je me figurais que ce ne serait l'affaire que d'une ou deux semaines, le temps de trouver autre chose. Cela a finalement duré trois mois, jusqu'à ce que la catastrophe se produise. S'il n'y avait pas eu l'incendie, peut-être y serions-nous encore, qui sait. Aux agents qui m'interrogeront avant de me renvoyer dans mon foyer, j'expliquerai avoir vu des types balancer des cocktails Molotov sur la voiture de Rosa. Je prétendrai ne pas les connaître, qu'ils semblaient ne viser personne en particulier, si ce n'est la société, parce qu'il y a des gens en colère et qu'on n'y peut rien. Je prétendrai également n'avoir aucune idée de l'identité du propriétaire de la R14 dont il ne subsistera qu'une carcasse carbonisée et une plaque minéralogique illisible. »

À cet instant, une évidence percute l'esprit de Diane. Après dix ans à lancer sa voix dans l'océan de la nuit comme on jette des bouteilles à la mer, elle ne cherche plus. Cette nuit sera donc la dernière. Au petit jour, Luciole aura disparu. Dommage.

58

Parking Vinci

Dommage, oui, parce que Eddy est en train de tomber littéralement amoureux de la femme qui raconte. Non pas de Luciole, créature évanescente, mais de Diane, être de chair, d'os et de fêlures qui lui rappellent les siennes.

Oui, mais :

L'avocat a plaidé « la suite de choix douteux commis par un esprit faible à l'intelligence limitée ».

Le juge a jugé Eddy « coupable d'homicide involontaire », avant de préciser à l'avocat dépité : « Voyons, cher maître, votre client possède un casier judiciaire long comme la liste de mon petit-fils au Père Noël. Ce n'est pas tenable, il faut y mettre un terme. »

Les yeux de son père ont demandé : « Comment as-tu pu tuer un homme, mon fils ? » lorsque les policiers l'ont éloigné du tribunal, menottes aux poignets.

Eddy a chuchoté : « Je suis désolé. »

Sa victime avait un nom – Iliam –, un âge – vingt et un ans –, une famille – deux frères –, une profession

– contrat d'apprentissage chez un mécanicien –, une histoire – fan de football, il économisait pour assister aux matchs de la prochaine Coupe du monde.

Il y serait peut-être parvenu. Si le trottoir avait été un mètre plus loin. Si sa nuque avait été plus solide. Si son corps était tombé à soixante-quinze degrés au lieu de quatre-vingt-quinze. Si le poing d'Eddy était resté au fond de sa poche. Si Eddy ne s'était pas mêlé de la vie des autres.

Si si si.

À cette époque, Eddy était connu comme le loup blanc dans le quartier. Depuis des années, il traînait son désœuvrement, volant un scooter par-ci, une voiture par-là, revendant aussi, il avait ses tuyaux, son réseau. Une petite bande, dont il n'était ni le chef ni le sous-fifre, lui offrait une impression d'amitié. Avec ses compagnons de galère, devant les boîtes aux lettres des immeubles où ils faisaient le pied de grue, ils discutaient de leurs parents, des appartements trop petits, des salaires minables, des employés jetables. Si la génération précédente s'était mal débrouillée, eux nourrissaient de hautes ambitions. L'argent n'était pas un problème mais une solution. Les horaires élastiques, d'accord, mais pas en échange d'une existence de smicard.

À chacun son plan de carrière. Certains trempaient dans la drogue. Eddy, non. Il se tenait éloigné des petits deals, mais ne boudait pas les règlements de comptes entre bandes. Sa carrure de grand costaud, son visage cabossé à force de coups, sa force prodigieuse, son tempérament à fleur de peau et, surtout, sa rage viscérale faisaient de lui le molosse de la cité, le pitbull qu'on lâchait comme une arme secrète.

Vint un soir, en particulier. Épilogue d'une vie de traviole.

L'été sur le bitume, les oiseaux dans le marronnier, le rose dans le ciel, la sonnerie du téléphone, la voix d'un gamin terrorisé : « *Eddy, faut que tu viennes, ils nous sont tombés dessus, j'ai couru, j'ai rien pu faire, ils sont sur Mika.* » Eddy arriva au pas de course. Dans un coin isolé, Mika, treize ans, une longue mèche blonde comme le beurre devant les yeux, était acculé. Un type derrière, deux autres devant. Une auréole s'était formée au niveau de son entrejambe. Son visage écarlate se tordait de peur.

Trois adultes contre un enfant. Le sang d'Eddy ne fit qu'un tour, il s'élança en beuglant. Un des types se retourna, barre de métal à la main, et gueula que ce n'étaient pas ses affaires.

Trois adultes contre un enfant, la terreur sur la face du gosse, l'urine dans son pantalon, c'étaient ses affaires, justement. C'étaient ses années de collège, passées à subir des humiliations, c'était l'oppression des lâches par le nombre, c'était l'injustice et la bêtise crasse.

Eddy flanqua un coup de pied dans la barre de métal. Celle-ci tinta sur le bitume. Le porteur, désarmé, recula devant l'armoire à glace. Le leader du groupe, Iliam, une longue liane sèche à la peau mate flottant dans un maillot aux couleurs du Brésil, prit alors la parole. Ses doigts aux ongles noirs serraient un tournevis. « Le gosse a pris mon frère pour une pédale. Je veux juste lui expliquer les bonnes manières pour qu'il améliore son radar à tantouzes. Pas la peine de t'énerver, y a rien de méchant. »

Vrai, Iliam avait remballé son tournevis.

Vrai, son attitude démontrait un effort d'apaisement.

Vrai, quand même, il avait articulé, à l'attention du jeune Mika : « On reviendra, petite pute ! »

Vrai, Eddy avait vu rouge et, d'une main, avait rattrapé l'échalas pour le forcer à lui faire face et lui avait envoyé son poing contre le menton. Les yeux d'Iliam s'étaient plissés sous la douleur, une de ses dents s'était brisée, son corps avait valdingué en arrière et sa nuque, en ricochant sur le bord du trottoir, s'était brisée net.

Sonné, Eddy n'avait plus bougé. Atone lorsque les sirènes s'étaient mises à hurler, atone quand les secours avaient constaté le décès, atone encore quand il avait senti les menottes se refermer sur ses poings, devant les voisins massés aux fenêtres ou à proximité. La mère Tinot et son Caddie rempli de poireaux. Claudie, effarée, qui répétait en boucle : « Oh, mon petit Eddy, qu'est-ce que t'as fait… »

Au bal des mauvais choix, Diane et lui seraient le roi et la reine de promo. Ils ont tant en commun que la certitude qu'ils sont faits l'un pour l'autre s'empare doucement d'Eddy.

Alors, c'est bien dommage, oui.

59

Maison de la Radio

« Nous n'en sommes pas encore à l'incendie. Pour le moment, nos habitudes se conformaient à mon nouveau rythme. Chaque matin, j'accompagnais Rosa à la piscine. Pourvu que je reste à proximité, elle acceptait désormais d'aller là où elle n'avait pas pied. Je lui lisais des romans jusqu'à midi, puis pique-nique au parc si le temps s'y prêtait, snack dans un bistrot en cas de pluie. Rosa traînait ensuite son enceinte dans les couloirs du métro tandis que, épuisée par ma nuit blanche, je m'endormais dans la voiture. Le crépuscule me réveillait et nous réunissait pour un dîner rapide à l'heure où le soleil déclinait sur le clocher de l'église Sainte-Anne. Je partais dès ma dernière bouchée avalée. Rosa ne posait aucune question. Elle avait confiance. Surtout, elle considérait que chacun était libre de mener sa barque, de se raconter ou de cultiver son jardin secret.

» Elle n'a rien dit quand elle m'a vue débarquer à vélo ; rien dit non plus, lorsque je lui ai ramené la jolie perle montée en pendentif qu'elle avait laissée en gage deux mois plus tôt. De toute manière, j'avais mes explications : si je pédalais vite au point de déchirer l'ourlet de mon pantalon, c'était pour me rendre de bonne heure au chevet de ma vieille dame ; le vélo, c'est elle qui me l'avait donné ; quant au pendentif, je le devais également à ma patronne qui, satisfaite de mon travail, avait augmenté mon salaire. La vieille dame constituait un alibi parfait, je l'accommodais à toutes les sauces.

» Loin des mensonges que je servais à Rosa, mon boulot était simple et bien payé. Écouteurs vissés aux oreilles, je pédalais pour livrer la came à domicile, avant de rapporter l'argent à Mo, qui se chargeait de dispatcher les bénéfices. En employeur organisé, il avait délimité mon secteur à quelques arrondissements de Paris. La clientèle était variée : des appartements chic à Saint-Germain, des bureaux de boîtes de production, des meublés clinquants pour starlettes éphémères. Plus discrète qu'un fantôme, je ne m'attardais jamais, récupérais mon argent et retournais fissa au point de départ.

» Les premiers temps, je me suis contentée d'une transaction par nuit. Assez vite, on m'en a confié deux. Mo m'estimait douée, il disait qu'à ce rythme je finirais bientôt plus riche que lui. Puis il fronçait ses sourcils en tripotant la fille avachie à côté de lui et me menaçait d'une balle dans la tête. Avant de préciser qu'il blaguait, bien sûr. Et de se marrer.

» Appartenir au club me grisait au point que je n'ai pas vraiment tiqué, le jour où je l'ai entendu dire à un jeune gars timoré : "Si tu te débrouilles bien, tu finiras comme elle. On dirait pas, comme ça, qu'elle crèche dans une bagnole."

» Mo était un peu lourd, mais sympa dans le fond. Il me payait des Coca à tire-larigot et, de temps en temps, me faisait l'aumône d'une rallonge. Rosa avait beau me fournir tout l'amour dont j'avais été privée depuis toujours, je demeurais assoiffée d'estime et de reconnaissance.

» Ce qui a suivi est une suite de pas-de-chance. Un désastre qui a malgré tout eu son lot de conséquences heureuses. À se demander si le hasard existe. Hein, Eddy ? »

Diane se recule un instant sur son fauteuil et prend une longue inspiration.

« Ce soir-là, tandis que je découvrais l'adresse du client sur le Post-it collé à mon verre, Mo a précisé que c'était une grosse course et m'a félicitée. Je prenais du galon, il récompensait la confiance. Fière, j'ai embarqué mon chargement de cocaïne et enfourché mon vélo. À mon arrivée, j'ai fait durer le temps, je dégustais ma promotion. »

Sur le trottoir, Diane, seize ans, jette un œil à la fenêtre ouverte des clients. Des silhouettes gesticulent dans le clignotement de lumières stroboscopiques.

Elle enfonce le bouton de l'interphone indiqué sur son morceau de papier. Un cliquetis. Pousse la porte cochère. Attend l'ascenseur, s'impatiente, monte les marches deux à deux, mains moites cramponnées à la rampe, une appréhension diffuse au ventre qu'elle ne s'explique pas. Palier. Elle rajuste sa capuche.

Ding dong.

Une femme ouvre, hilare, une coupe à la main. Diane demande à voir le client. On lui indique distraitement la cuisine. La livreuse se dirige dans l'appartement enfumé, au milieu des corps moites zébrés de lueurs de toutes les couleurs, l'estomac bondissant au rythme des basses et des éclats de rire. Se perd, soûlée de bruits et d'odeur. Redemande son chemin.

Parvient finalement à la cuisine où le propriétaire l'accueille. La lumière y est si crue qu'elle en est éblouissante. Des invités au teint blafard, presque verdâtre, s'y pressent pour s'hydrater ou grignoter un bout. Il fait froid, à cause des fenêtres ouvertes. Alors qu'elle tend le paquet à son client, un homme débraillé vient se servir un verre.

Un coup au cœur. Son père, cravate en berne sur une chemise tachée, défoncé ou pas loin. L'épouse est là aussi, juste derrière, titubante dans la pénombre du couloir.

Le crâne de Diane bourdonne, un sifflement aigu remplace la musique. Son monde se rétrécit soudain, la fête s'efface, elle ne voit plus rien d'autre que les légitimes.

Alors, c'est comme ça que vit le bon dentiste aux tarifs non conventionnés ?

L'image de ses demi-frères s'invite dans sa tête. Où sont-ils à cet instant ? Chez les grands-parents pendant que papa et maman reniflent des rails de coke ? Elle est belle, la famille modèle. Subitement, la colère l'empoigne, venue du fond des âges, impossible à cadenasser. Elle baisse sa capuche et prononce, très fort, indifférente au client qui, à côté, tord sa stupéfaction en un sourire idiot :

— Salut, papa !

Son père se décompose. Enfin, elle a l'ascendant.

— Je crois que tu m'as oubliée.

Il roule des yeux à gauche, à droite, et grince :

— Tais-toi, tu vas nous faire remarquer.

Trop tard, la rage répand ses torrents dans les veines de l'adolescente.

— Et après ? vocifère-t-elle, un cran au-dessus. T'as peur de quoi ? Oh oui, ta femme… D'ailleurs, salut, madame Coulon, tu savais que mon père sautait ma mère alors que vous étiez fiancés ?

La robe glisse et se rattrape à l'épaule de son mari.

— Qui c'est, ça ? balbutie-t-elle, blême. Et qu'est-ce qu'elle raconte ?

Diane porte la main à ses lèvres, feignant l'embarras.

— Oups… Désolée. Alors, papa, tu réponds pas ? C'est malpoli de faire attendre les dames.

Derrière, des fêtards se marrent. Les oreilles du dentiste sont rouges, son cou enfle, ses tempes battent la mesure de sa fureur. Il empoigne Diane par le bras, la reconduit violemment vers la sortie, lui claque la porte au nez. Diane sonne, tambourine, hurle, vibrante de rancœur :

— Alors, c'est à ça que ressemble la vie de petit-bourgeois ? Vous vous défoncez la nuit pour oublier vos choix de merde ? Eh ben, vous savez quoi ? Vous êtes lamentables !

Un des battants de la porte d'en face s'ouvre sur la mine ensommeillée d'un vieil homme. Des têtes curieuses dépassent de la cage d'escalier depuis les étages supérieurs.

— Si vous partez pas, je… tente un voisin.

— Je sais, vous appelez la police. Vous fatiguez pas, je me tire.

L'animatrice étouffe un sourire dans l'obscurité et synthétise :

« Le hasard, c'est dingue quand on y pense. En guise de promotion, je suis tombée en pleine livraison, nez à nez avec mon géniteur qui tenait à peine debout. Moi, la petite livreuse de coke, j'avais enfin le pouvoir. On aurait pu espérer qu'il nourrirait des remords, il n'en a rien été. Je ne comptais pas. Je lui avais dit ses quatre vérités, il m'avait virée sans ménagement. J'ai craché sur la porte et dévalé les escaliers.

» C'était tellement libérateur, Eddy, tu peux pas savoir. »

60

Parking Vinci

— Si, Diane, je sais, murmure Eddy, de l'autre côté des ondes.

La voix de Diane poursuit :

« *D'une cabine téléphonique, j'ai composé le numéro de la police, savourant ma vengeance à l'avance. Puis, j'ignore pourquoi, j'ai songé à l'arrosoir du petit frangin, à ses jambes trop courtes pour atteindre la jardinière. Brusquement, le doute : fallait-il vraiment ajouter du mesquin au pitoyable ? Se mettre la tête à l'envers pour oublier qu'on fait semblant… Au fond, je n'enviais plus leur existence. J'avais beau manquer de tout, j'étais bien plus heureuse. J'avais Rosa, ils n'avaient qu'eux-mêmes.*

» *J'ai raccroché au moment où l'agent demandait les raisons de mon appel. J'ai récupéré mon vélo et, grisée par la vitesse mêlée à la conviction d'avoir bien agi, je me suis mise à chanter à tue-tête dans un yaourt de portugais. Toute ma colère accumulée venait enfin de s'évanouir. J'ai pédalé longtemps en hurlant mon bonheur jusqu'à ce que ma voix se casse. Je me suis arrêtée brusquement, avec l'impression d'avoir oublié quelque chose.*

» Happée par l'émotion, j'étais partie sans l'argent. Une fortune : 10 000 francs. Une alarme s'égosillait entre les parois de ma boîte crânienne, avec, au milieu, les paroles de Mo : "Sois sûre que je te retrouverai. J'ai du monde partout, jusque dans les chiottes, je retrouve toujours les déserteurs. Si tu tiens à ta jolie petite gueule, pas de plan foireux, compris ?" Je n'avais pas le choix : je devais rebrousser chemin et réclamer mon dû.

» Une voiture de flics était déjà garée en bas de l'immeuble. J'avoue, j'ai eu peur, peur de me faire embarquer, peur d'être renvoyée au foyer. Alors j'ai renoncé, la mort dans l'âme. Rembourser Mo prendrait des années. Adieu le Portugal, adieu le moteur de la R14, adieu le bonheur dans les yeux de Rosa. Que pouvais-je faire ? Avouer, la décevoir et prendre le risque de la perdre ? Partir avec elle, quitter Paris ? Comment faire sans argent et avec une voiture sans moteur ? Je n'avais qu'une vie d'errance à offrir à celle qui m'avait tout donné.

» J'ai pédalé encore et encore. Je sens encore la gifle du vent sur mon visage. Vidée, j'ai atterri près du terrain vague où, des semaines plus tôt, j'avais peint pour Rosa la fresque de son univers.

» La fresque avait disparu.

» Lorsque j'ai enfin retrouvé le chemin de la voiture, la silhouette de l'église se dessinait dans les lueurs du premier soleil. J'avais à peine tourné au coin de la rue que Rosa sortait de la voiture. Elle me guettait dans le rétroviseur. Elle m'a annoncé que la piscine était fermée pour travaux. Que la météo prévoyait de la pluie et, enfin, elle a dit : "Rentre à la maison, je vais nous chercher du café et des croissants." »

61

Maison de la Radio

Diane parvient au terme de son histoire. Pour juguler la bouffée de nostalgie qui la submerge, elle s'accorde une cigarette. Elle ne devrait pas, mais aujourd'hui est une émission exceptionnelle.

« Rien ne m'apaisait, ni l'odeur réconfortante de la lessive, ni celle du petit déjeuner. Je sursautais à chaque coup de klaxon, me crispais au moindre éclat de voix. Je me souviens que plus loin, dans la rue, quelqu'un emménageait. Le raffut de la camionnette, les indications pour décharger le canapé, le lit, la chute d'un carton de vaisselle, les allers-retours d'un garçonnet excité, tout était source de terreur, ma paranoïa atteignait des sommets. Plus tard, à Rosa qui s'inquiétait de l'état de santé de ma vieille patronne, j'ai affirmé que l'infirmière avait repris du service et qu'elle aurait moins besoin de moi désormais. C'est là que c'est arrivé. »

Il est environ 2 heures du matin. Paris dort, la lune flotte près du clocher, les étoiles scintillent au plafond de l'habitacle. Rosa et Diane sont assoupies dans un souffle mêlé, comme une mère et sa fille. Le sommeil de l'adolescente est léger, taché de veille et d'idées noires. Elle se tient aux aguets.

Tout à coup, le vacarme de deux motos crève le calme. Diane repousse discrètement un coin du rideau et guette les engins noirs. L'intuition lui commande de secouer Rosa.

— Sors.

— *Que ?*

Rosa dort en portugais.

— Sors ! répète la jeune fille, à présent folle d'effroi.

Somnolente, Rosa ouvre la portière, son sac à la main, quand le premier impact s'écrase sur le toit. Suivi d'un autre, en plein sur le pare-brise, qui éclate sous le choc. Puis d'un troisième.

— T'as le bonjour de Mo ! articule une voix étouffée dans le casque. Premier avertissement. Il t'attend la nuit prochaine.

Là-dessus, les deux motos disparaissent dans la nuit.

Les yeux de Rosa roulent dans leurs orbites. Dans le flou du demi-sommeil, elle navigue entre rêve et réalité, incertaine, assise. Diane, hurle, épouvantée :

— Dépêche ! Y a le feu !

Mais Rosa regarde sans comprendre les flammes lécher les rideaux. Le cuir du volant se liquéfier sous l'effet de la chaleur. Le tableau de bord fondre. Une fumée épaisse envahir l'habitacle. Elle ne bouge pas. Alors Diane contourne la voiture et la secoue pour la faire réagir. Rosa tousse, sidérée, incapable du moindre mouvement.

— S'il te plaît.

Brusquement, Rosa reprend possession de ses moyens. Tout en psalmodiant en portugais, elle commence à rassembler des affaires.

— On n'a pas le temps ! supplie Diane. Viens.

— *Nòs sempre temos tempo*, rétorque Rosa, sans ciller. Laisse-moi.

Mais le feu gagne du terrain, les étoiles ont grillé, tout comme la photo de son Julien.

— *Não... Não...*

Le feu épouvante Diane. Elle est de nouveau cette fillette de six ans, terrorisée parce que les flammes du grille-pain montent au plafond et qu'elle est seule dans l'appartement. Malgré sa trouille, elle empoigne Rosa. Qui se débat.

— Arrête, ça sert à rien ! sanglote l'adolescente en ahanant sous l'effort.

Rosa est incontrôlable. Tout à son désir désespéré de sauver ce qui peut l'être, elle se précipite à l'arrière de la voiture. Alors qu'elle ouvre le coffre, la langue d'une flamme vient lécher son bras. Elle crie, autant pour la douleur que pour l'enceinte et le micro en train de brûler.

— *Não... Não...*

Elle maintient son poignet blessé contre sa poitrine, le poing serré sur deux robes qu'elle est parvenue à sauver. Deux robes qui datent de son ancienne vie. Une noire, une beige. Et son petit sac, quasi vide.

Les arbres gigotent, les feuilles dansent, le vent de novembre tisonne le foyer. L'air, saturé de particules et de cendres, est irrespirable. Tout autour, des fenêtres s'éclairent.

Diane lui saisit le bras.

— Restons pas là, il faut partir.

Rosa se libère d'un geste brusque et, sans lâcher le désastre des yeux, demande :

— Qu'est-ce que tu as fait ? Qui sont ces gens ?

— On va recommencer, je te le jure...

— *Essa é a minha vida... Toda a minha vida...* Toute ma vie... finie...

— Ce ne sont que des objets, ça ne compte pas.

— Je n'ai plus rien, Luciole. Comment je vais pouvoir être sûre que je n'ai pas rêvé ?

— Je suis là, tu m'as, moi.

Rosa tourne vers la gamine une expression indéchiffrable. Elle secoue la tête.

— C'est terminé.

— Quoi ? Qu'est-ce qui est terminé ?

— J'aurais dû savoir…

Diane s'énerve :

— Quoi, à la fin ? Savoir quoi ?

— Que je me trompais, que ce n'était pas convenable, articule Rosa d'une voix blanche. Je te l'ai dit au début, je n'avais rien à t'offrir.

— Mais qu'est-ce que tu racontes ? balbutie l'adolescente, le visage barbouillé de larmes et de suie. On va recommencer, je t'achèterai des centaines de voitures, un micro tout neuf…

— Au revoir, Luciole. Merci.

La stupéfaction cloue Diane au sol tandis que Rosa s'éloigne, ses deux robes au bout du bras et son petit porte-monnaie dans son sac à l'épaule. Derrière l'adolescente, les flammes grignotent le château de Rosa en touchant le ciel.

— Non, mais je rêve ?! explose Diane quand elle prend conscience que Rosa ne se retournera pas. Tu pars comme ça ? Tu t'en vas et quoi ? C'est fini ? Tu me laisses ?

Rosa marche ; Diane braille.

— Qu'est-ce que je vais faire, moi ?

Droite dans la catastrophe, indifférente, Rosa lui fait l'effet d'une reine qui déserte son royaume après avoir perdu la bataille.

— Eh ben, c'est ça ! Bon vent ! crie Diane plus fort. J'ai besoin de personne, t'entends ?! *Adios amigos !*

Avant de tomber à genoux sur le trottoir en gémissant, la tête entre les mains, pendant que les sirènes des pompiers hurlent en s'approchant.

— De personne… J'ai besoin de personne…

Engloutie par sa détresse, elle ne voit pas l'homme armé d'un extincteur qui, derrière elle, tente de venir à bout du brasier. L'homme s'épuise en vain, l'extincteur est trop petit, l'incendie trop important.

« Le feu a ravagé toute la voiture. Il ne restait plus rien. Quant à Rosa, elle s'était envolée. J'ignore combien de temps je suis demeurée la tête dans les mains, les genoux collés au bitume. Tout ce dont je me souviens, c'est que quand le pompier m'a relevée, une couverture de survie sur les épaules, mes genoux portaient l'empreinte du goudron. Et mon cœur, celle d'un amour perdu à jamais.

» Ma mémoire ne garde pas grand-chose de la suite immédiate des événements. L'image d'une voiture qui m'emporte dans la nuit. Le froid qui me fait claquer des dents. Mon épuisement extrême. Une briquette de jus d'orange que je bois à la paille sous un néon blafard. Un paquet de bonbons tendu par une fliquette, le colorant qui peinturlure ma langue tirée dans le miroir des toilettes. Mes réponses, vagues, aux questions qu'on me pose. Des mots "fugue", "six mois", "disparition", "foyer". Le chagrin m'atomisait, tout m'était égal, là-bas ou ailleurs, qu'est-ce que ça changeait ? Je ne pensais qu'à Rosa. Que faisait-elle ? Où était-elle ? Et sa brûlure, n'était-elle pas trop douloureuse ? À tout cela, il faut ajouter les menaces de Mo et l'argent que je lui dois. Il n'y a plus rien pour moi à Paris. Je me rappelle mon transfert vers la Seine-et-Marne, le lendemain, à l'aube. Retour à la case départ. De Rosa, il ne me restait plus que deux Photomaton. Quand je suis arrivée au foyer, ma mère était entourée des éducateurs. Échevelée, maigre comme un clou, cernée jusqu'au menton, moche, elle m'a enlacée de ses bras flasques dans des vapeurs d'alcool. Elle pleurait dans mon cou, répétant qu'elle était si heureuse, elle qui croyait m'avoir perdue. Je me suis contentée de répondre que je voulais enclencher une demande de majorité anticipée.

» De la suite, Eddy, je pourrais te raconter les ateliers, les tags rémunérés, les cours de théâtre, la chance, la volonté. Les détails importent peu, au fond, je suis moi, je suis Diane, c'est tout.

» Je n'étais pas préparée à cette déferlante, ce soir. Tu as fait voler en éclats mes certitudes vieilles d'un quart de siècle, peut-être sans le vouloir. Grâce à tes enregistrements, j'ai compris que je ruminais une mauvaise interprétation des événements. Comme Patrick, j'ai toujours pensé que Rosa m'avait abandonnée. Je sais aujourd'hui à quel point ce jugement était biaisé. Je ne voyais que son dos tourné. Je n'avais pas compris que Rosa s'est sacrifiée.

» Rosa s'est sacrifiée pour que Patrick, le magicien et son dernier amour, ait une chance de soigner son alcoolisme et d'entrer en cure de sevrage. Rosa s'est sacrifiée pour que la famille de Julien ne souffre pas de sa relation adultère. Sacrifiée, enfin, pour que je puisse recommencer une autre vie, d'une autre manière.

» Je pensais qu'elle m'en voulait. Je prends conscience qu'elle m'a aimée jusqu'à son dernier souffle. La preuve, elle me présentait comme sa fille. Moi, dont elle tenait la photo entre les mains quand elle est morte.

» Pour me permettre de comprendre tout ça, il aura fallu que toi, Eddy, tu sauves une inconnue que sa triste fin condamnait au néant. Il aura fallu que toi, Eddy, tu décides de réparer ce qui pouvait l'être.

» Merci, Eddy. Je crois que tu viens de changer ma vie… »

62

« *Merci, Eddy. Je crois que tu viens de changer ma vie… Bonne nuit.* »

Les derniers mots, étranglés d'émotion, volettent dans le poste de sécurité. Puis le silence s'abat. La nuit, tout à coup, reprend ses droits.

Un élan monte au cœur d'Eddy.

Voir Luciole, maintenant, la rencontrer. Elle est celle qui lui a tout donné sans le savoir durant des années, il est celui qui l'a réparée. C'est forcément elle, c'est forcément lui.

Il se lève d'un bond.

Se donner cette chance-là.

Oui, mais. Il y a son boulot au parking, les caméras à surveiller, le quotidien terne, Jeff son chef, le parapheur à signer à 6 h 30 lorsqu'il viendra le relayer.

Ne pas réfléchir. Personne n'est irremplaçable et on ne rencontre pas la chance de sa vie à chaque minute.

Eddy enfile son casque en marchant, chevauche sa moto dont le moteur rugit et résonne dans le parking. Il gravit la montée. S'élance dans les rues, sur les boulevards, traverse les carrefours. Les lumières de la ville zigzaguent sur son casque et le cuir de son blouson.

Les feux rouges durent des siècles. Pour gagner une seconde, il accélère avant le passage au vert et brûle les feux orange.

Vite, vite, vite. Il est pressé, il l'attend depuis une éternité.

*

Diane a éteint son micro. Éloigné sa bouche de la mousse protectrice. Ôté son casque, qu'elle a posé sur la table devant elle. Elle s'est enfoncée dans le fond de son siège, le cou en arrière, les yeux rivés aux goulottes électriques du plafond et aux lampes éteintes. La fumée de sa cigarette danse sur ses lèvres. Elle dépose sa clope dans le cendrier, place ses mains de part et d'autre de son visage. Les fait glisser dans ses cheveux. Étire son front. Balaie du regard la pièce qui a constitué son univers ces dix dernières années. Le cocon de la luciole.

Elle redevient Diane. Seulement Diane.

Dans la pénombre du studio, Théo la décèle sans la voir. Le silence qui s'éternise le déboussole. D'ordinaire, Luciole ne laisse rien paraître, elle est sûre d'elle. Mais elle parle des autres, alors…

La confession a été éprouvante.

Il s'inquiète, lui demande dans son casque pour la énième fois si tout va bien. Mais le casque de Diane est couché sur la table, et Théo parle dans le vide.

Pour lui laisser le temps de souffler, il opte pour un entracte musical, « Le premier jour (du reste de ta vie) » d'Étienne Daho. Puis il pénètre dans le studio pour s'assurer que l'animatrice tient le coup.

— Tu veux que j'allume ?

— Non.

Il reste moins d'une demi-heure avant la fin de l'émission.

— Je vais y aller, annonce-t-elle d'une voix posée.

— Ils vont râler là-haut.

— Je sais.

— Tu reviens demain ?

Luciole sourit, son complice la connaît si bien.

Il comprend, il dit :

— Je m'en doutais.

— Tu as suffisamment de musique pour aller au bout ?

Il répond :

— Je pourrais tenir un siège. Tu sais ce que tu vas faire ?

— Non.

*

Il y a : la moto d'Eddy et les rues qui défilent à toute berzingue.

Il y a : les voitures, les flaques de lumière projetées par les lampadaires, un type qui danse sur un banc, une trottinette électrique renversée, le rideau métallique d'un Starbucks, un couple en Vélib' de retour de soirée. L'avenue Zola, le pont de Grenelle, les rails du RER le long de la Seine, la réplique de la Statue de la Liberté.

Il y a : le cœur battant d'Eddy. Les montagnes qu'il pourrait déplacer. La lune qu'il voudrait lui offrir, le soleil et toute la Voie lactée.

Il y a : la file de taxis à la borne, le bâtiment circulaire de la Maison de la Radio, enfin.

*

Il y a : la moue sur le visage de Joséphine, à l'hôtel Continental. Elle se dit que c'est une jolie histoire, mais que ça se finit quand même en eau de boudin.

Elle éteint la radio. Regarde l'heure, heureuse de l'aube qui s'amorce.

*

Il y a : la veste que Diane remet sur ses épaules. Ses cheveux châtains, ses joues un peu plus rondes depuis qu'elle est enceinte, sa peau marbrée d'une légère rosacée. Sa main sur la poignée du studio. Sa poitrine qui se soulève sous son chemisier. Les dernières œillades qu'elle décoche : l'une aux diodes, petits yeux inutiles dans l'obscurité ; l'autre, au spectre plus large, englobant la table ronde, le cendrier, le casque, le micro.

La porte qu'elle ferme. Une contraction.

Le baiser fugace sur la joue de Théo, l'au revoir rapide, à l'image de leur collaboration fluide et du respect réciproque construit au fil des saisons.

Ses pas assourdis par la moquette dans les couloirs vides. Les grandes baies vitrées striées de stores latéraux. Les interrupteurs à minuterie.

Une autre contraction. L'obligation de s'arrêter. La mâchoire serrée à cause de la douleur. Le reflux de la vague, suivi du calme et du vide.

Il y a : le vide justement, là, au creux du plexus de Diane, l'envie de rien, l'envie de tout. Le paradoxe d'être complète et orpheline à la fois.

Il y a : son index sur le bouton d'appel de l'ascenseur. La cabine à la lumière crue, les sempiternelles *Quatre Saisons* de Vivaldi que personne n'entend plus. Son reflet dans le grand miroir. Ses paupières dont le maquillage élaboré a coulé. Les cernes autour de ses yeux verts. La cicatrice de son bras qui bat comme un cœur, sous son tatouage. L'imminence d'une nouvelle contraction. Son index sur les lettres en relief du bouton du rez-de-chaussée. Sa main contre la paroi, les doigts crispés, l'enfant qui se hâte. Un juron, grincé.

*

Eddy immobilise sa moto devant la Maison de la Radio. Il coupe le contact, retire son casque. Derrière lui, une jeune fille traverse la place sur une trottinette électrique tandis qu'une femme se dirige lentement vers la station de taxis où somnolent trois chauffeurs à la queue leu leu.

La brise trottine à travers les cheveux d'Eddy, aplatis par la sueur et l'émotion. Il jette un œil à son reflet dans le rétroviseur, se recoiffe, tapote ses joues pour que le sang afflue et lui donne une allure de fraîcheur.

Il se redresse. Prend une profonde inspiration. Se dirige vers l'entrée principale où un homme a pris la place de l'hôtesse au chignon. Celui-là, vêtu d'une cravate et d'une chemise blanche, a étendu ses jambes sur le comptoir devant lui. Un chewing-gum écrasé tapisse la semelle de son mocassin gauche. Il grignote des chips, le regard arrimé à son portable où défile un vieux film en noir et blanc. À côté, un talkie-walkie.

Apercevant Eddy, l'agent d'accueil se remet d'aplomb.

— Les studios de « La nuit de Luciole », s'il vous plaît.

— Troisième, mais vous ne pouvez pas…

Trop tard. Eddy est pressé, il a l'audace des grands timides.

— Hé ho, non mais non ! s'écrie l'autre en voyant Eddy sauter par-dessus le portique de sécurité.

Tandis que l'employé alerte en bafouillant dans son talkie-walkie de la présence d'un intrus dans le bâtiment, Eddy se retrouve face aux portes des ascenseurs, séparées par des yuccas artificiels. Il faut un badge pour accéder aux étages. Ni une, ni deux, il se précipite dans l'escalier de service pendant qu'en bas la femme ouvre la portière du premier taxi de la file et prend place sur la banquette arrière.

Troisième étage. Eddy s'engage dans les couloirs obscurs bordés d'*open spaces*. Çà et là, des formes géométriques rebondissent sur les écrans de veille. Les sols et les murs sont rayés de lumière. Des panneaux « sortie de secours » grésillent au-dessus des portes coupe-feu.

Derrière lui, l'oreille clouée à son talkie, un agent de sécurité informe son collègue de l'accueil qu'il est en route. Eddy, lui, se dirige au petit bonheur la chance. Il accélère, s'agace, n'a-t-il pas déjà emprunté ce hall ? Cet endroit est un labyrinthe. Pendant qu'il marche, il prépare son entrée, répète son discours, Luciole, je t'attends depuis toujours, Rosa nous a réunis.

Eddy a tant rêvé d'elle sur la paillasse de sa cellule ; devant les pieds valsant de son codétenu ; par-dessus l'urne de son père tandis qu'il ressassait la déception dans ses yeux ; face aux remords d'avoir privé un gamin de son vingt-deuxième anniversaire. Tant rêvé de sa voix qui, à la faveur de la confession, a pris la forme d'une femme mal aimée.

Pendant qu'il arpente les couloirs, Eddy se morigène, qu'il est bête mon Dieu qu'il est bête, il se donne l'impression d'un adolescent empêtré dans sa sensibilité.

Soudain, c'est écrit « studio ». Devant la porte, un cryptogramme invite au silence, une tête de Playmobil qui fait « chut » de son index rond. Eddy ralentit, comme on ralentit lorsque le métro arrive et que, paradoxalement, on redoute de le rater. Il ralentit comme devant un premier rendez-vous, tiraillé entre l'angoisse et l'impatience, écartelé entre l'envie de prendre ses jambes à son cou et le besoin d'aller au bout.

L'agent de sécurité se rapproche. Eddy perçoit les crépitements de son talkie. Il actionne la poignée.

*

— Z'allez où ? se retourne le chauffeur vers la femme qui s'est installée d'autorité sur la banquette arrière de sa Toyota hybride.

Elle relève la tête, le front en sueur, agrippant des deux mains l'appuie-tête devant elle.

— Aïe, c'est pour bientôt ?

Une nouvelle vague déferle sur la plage de Diane. Elle serre les poings, ça va secouer.

— Ne vous en faites pas, j'ai quatre enfants, vous êtes entre de bonnes mains.

Diane esquisse un sourire reconnaissant au moment où la douleur, inouïe, irradie tout son bas-ventre.

— Hôpital Cochin, s'il vous…

Le reste se perd dans un râle contenu.

— On y sera dans quinze minutes, promet l'homme en bouclant sa ceinture de sécurité. Il y a des bouteilles d'eau et des bonbons devant vous, si jamais.

Il fait un signe de la main à son collègue de derrière et démarre. Diane jette un œil au troisième. Elle a l'impression d'avoir oublié quelque chose.

— Attendez…

Il appuie sur la pédale de frein. Elle se ravise.

— Non. Rien.

*

Il y a : une cabine technique, les consoles pour la gestion du son, un petit micro, une grande vitre.

Par-delà, il y a un fauteuil en cuir élimé, l'odeur d'un parfum féminin, trois mégots écrasés à la moitié au fond d'un cendrier, une empreinte bordeaux sur les filtres, un verre aux bords maculés. Des miettes d'enveloppe kraft, le puzzle recomposé d'un message. Un homme vêtu d'un T-shirt Superman en train d'enrouler le fil d'un casque aux larges oreillettes qui lève sur Eddy un regard stupéfait.

— Luciole… prononce ce dernier, comme une prière.

— Je suis navré, répond l'homme, elle vient de partir.

Loin déjà, le taxi emprunte le pont et traverse la Seine. Il roule vite.

— Elle reviendra ?

— Non. C'est terminé.

— Monsieur, s'il vous plaît ! tonne l'agent de sécurité d'une voix forte en surgissant du couloir. Vous n'avez rien à faire ici, veuillez vous diriger vers la sortie.

Le gardien n'essaie pas de paraître sympathique. Au contraire, il arbore une mine sévère, ride du lion aux allures de fossé. Son cou se gonfle et se dégonfle. Un taureau. Prêt à charger.

Eddy lève ses bras en signe de reddition.

— Vous mettez pas martel en tête, dit malgré tout le centaure en le raccompagnant. Il faut savoir dire au revoir, même si ça fait mal.

Savoir dire au revoir, songe Eddy en reprenant sa moto.

63

— Dix minutes de plus et vous accouchiez dans la Toyota, rit le taxi en déposant Diane à l'entrée de l'hôpital.

Elle grimace. Il rirait moins si elle avait accouché sur ses sièges en cuir à l'odeur de sent-bon. L'homme est gentil, elle s'en voudrait de lui causer des ennuis.

— Vous voulez que j'appelle le papa ? propose-t-il.

— Il n'y a pas de papa.

— Ah ? Bon. Prince ou princesse ?

— Garçon.

Déconcerté par la nature humaine en général et par cette femme en particulier, le chauffeur repart vagabonder dans Paris alors que Diane traîne ses contractions à l'accueil de la maternité, où une femme en sabots jaunes et blouse beige lui demande sa pièce d'identité.

Diane répond qu'elle souhaite accoucher sous X. Elle ressent un minifrisson en prononçant ces deux syllabes. « Sous X ». Certains naissent sans nom quand d'autres meurent inconnus au bataillon. Elle songe à Rosa. Une contraction la plie en deux, elle réprime un râle.

La secrétaire médicale ne bronche pas. Elle appelle un brancardier. Une minute plus tard, il se présente avec un fauteuil roulant.

Des pleurs traversent les couloirs de la maternité. Une femme en chaussons et pyjama berce son nourrisson en lui fredonnant une berceuse. Elle ne voit que son enfant. Diane, elle, voit la grenouillère, le gilet, le bonnet, toutes ces choses qu'elle n'a pas eu l'idée d'acheter.

Palpation, examen, monitoring, trop tard pour la péridurale, bébé est pressé. Direction la salle d'accouchement où Diane s'allonge, le corps en sueur, la mâchoire serrée, cramponnée à la rambarde du lit, peinant à focaliser son attention sur le ton neutre de l'infirmière qui lui explique les conséquences d'un accouchement anonyme, sa possibilité d'y revenir quand elle le souhaitera mais aussi l'importance que l'enfant puisse avoir accès à des informations, même très sommaires, quant à la santé de ses géniteurs notamment, et précise que ces données, si elle envisage de les fournir – ce qui n'est pas une obligation –, seront conservées sous pli fermé au service du Département.

— Nous n'avons plus le temps, l'enfant est sur le point d'arriver, vous rédigerez ce document après si jamais.

Mille fois, Diane croit sentir son corps s'ouvrir. Ses forces s'amenuisent tandis que les poussées ne donnent rien. Son abdomen se ratatine sous la pression de l'obstétricien, qui lutte pour que le cordon n'étrangle pas l'enfant.

— Facile à rentrer, pas facile à sortir, ne peut s'empêcher de sourire Diane, le teint cireux, au bord du malaise vagal.

Enfin, on aperçoit le haut d'un crâne.

— Vous voulez toucher ? demande l'infirmière.

Diane refuse.

Viennent la tête, les épaules, un être humain entier. Diane détourne les yeux.

— Vous voulez le prendre ? interroge l'infirmière en enroulant l'enfant dans une couverture.

— Non.

— Il est très beau… dit l'infirmière en le berçant.

Le nourrisson pleure.

— Eh bien, en voilà un qui a de la voix, observe l'obstétricien en coupant le cordon.

— Ça lui servira, présage l'infirmière, et elle sonne à l'interphone pour qu'une puéricultrice vienne chercher le bébé. Ça sert toujours, d'avoir de la voix.

Au petit jour, tandis que Joséphine quitte l'hôtel Continental à quelques kilomètres de là et est renversée par une trottinette électrique, l'enfant est emporté loin de Diane en moins de deux.

Il faudra un peu plus de temps pour réparer la déchirure et recoudre ce qui doit être recousu.

64

Pour la sixième fois depuis ce matin, le téléphone d'Eddy hulule. Mais c'est le nom de Jeff qui s'affiche encore sur l'écran. La déception est cuisante. Voyons, Eddy, par quel miracle cela pourrait-il être Luciole ? Elle n'a même pas ton numéro. Il ne faut pas pousser trop loin le bouchon de la Providence.

Répondeur. Sur la messagerie, Jeff s'inquiète, s'énerve, se *miellise* aussi, ce n'est pas de gaieté de cœur, mon pote, comprends-moi, tu as quitté ton poste… Blablabla. Eddy devrait être chagriné, perdre son emploi annonce des temps difficiles. Pourtant, alors qu'il regarde Paris s'éveiller, il se sent étrangement léger. Il a des projets.

Vers 10 heures, il se rend dans une boutique spécialisée, armé de ses quatre cassettes, sa collection de gens autour augmentée de Luciole. Conformément aux suggestions de l'employé, il les fait reproduire sur CD. Six copies.

Dans la foulée, il prépare ses enveloppes. Confie celles d'Amalia et d'Alexandre à une société de coursiers, pour être sûr qu'elles ne se perdent pas en route ; celle de Lili à son binôme, la jeune employée des sanitaires. Se rend aux Mines de Rungis, y cherche Béa, ancienne reine des fleurs amoureuse d'un magicien, qu'il mandate de remettre un pli à Patrick. Gagne enfin le quartier du Plazza, négocie avec M. Brochet et sa canne à pêche l'ouverture des boîtes aux lettres. A le bonheur de croiser Wassim et Driss, occupés à fêter l'arrivée du printemps en baladant au bout d'un lacet des papillons en papier. Abandonne à leur bon soin l'enveloppe destinée à leur grand-père et leur susurre quelques mots à l'oreille, qui les font hocher la tête avec des airs de conspirateurs.

65

Diane est installée dans une chambre aux tons pastel. Assise sur les draps jaunes floqués « Assistance publique », elle fixe la fenêtre et, au-delà, la chevelure à peine éclose d'un platane. Elle observe les nuages musarder, sans penser à rien si ce n'est au temps qui fuit.

Diane est nauséeuse, elle n'a pas touché à son plateau-repas.

L'infirmière dit « toc toc toc ». La porte est ouverte.

Elle pose à côté du déjeuner intact un papier, un crayon et une enveloppe.

— C'est pour ce que j'évoquais pendant votre accouchement…

Diane demeure impassible. L'infirmière hésite, puis contourne le lit et s'assoit à côté d'elle. Elle lui effleure l'avant-bras d'un geste tendre, la cicatrice frémit.

— C'est un joli tatouage, remarque-t-elle.

Trois étages plus bas, Joséphine rend son dernier soupir.

— Merci.

— Qu'est-ce qu'il représente ?

— Une luciole.

— Moi aussi, j'ai un tatouage. Une Betty Boop au-dessus de la fesse gauche. Quand je l'ai fait, on m'a mise en garde, comme quoi j'allais la porter toute ma vie, qu'elle finirait par être ridicule, avec du poids et des rides. J'ai bien fait de m'écouter. Ma Betty s'est un peu élargie et n'a plus la fraîcheur de mes vingt ans, mais quand je la regarde dans le miroir, j'ai l'impression de voir une bonne amie qui vieillit à mes côtés. C'est rassurant de savoir que tout passe toujours et que ce n'est jamais si grave qu'on le croit, vous ne trouvez pas ? Votre luciole est très réussie, on dirait qu'elle est sur le point de s'envoler…

Diane baisse la tête sur son tatouage, silencieuse. Elle n'imaginait pas être si chamboulée. C'est sans doute l'épuisement de l'accouchement, la descente d'hormones, un effet secondaire des cachets contre les montées de lait.

— Sachez que rien ne vous force à inscrire quoi que ce soit sur cette feuille. Mais cela peut être important pour l'enfant de savoir des choses, si vous ou le papa souffrez d'une maladie génétique, par exemple. Vous pouvez aussi lui expliquer les circonstances de son arrivée ou de sa conception, si cela vous apaise. Vous pouvez même lui donner un prénom, entre lui et vous. Il ne saura rien, sauf s'il en fait la demande, plus tard, quand il sera en âge. Je vous laisse tout ça là, prenez le temps de réfléchir et de faire ce qui vous semble bon, pour vous. C'est à vous qu'il faut penser, tout ira bien pour lui. Personne ici ne vous jugera.

Restée seule, Diane observe le stylo et le papier. Un temps infini s'étire. Que pourrait-elle écrire à cet enfant ? Qu'elle l'abandonne parce que, pour savoir être mère, il faut avoir appris à être fille ? Parce que les flammes du grille-pain ont un jour dévoré la cuisine et qu'aucun adulte n'était là ? Parce qu'il y a des mères qui démissionnent, qui n'ont pas, qui ne peuvent pas et que ce n'est la faute de personne ?

Oui, mais il arrive que certains trouvent le courage de renverser la vapeur. Rosa, elle, a aimé, jusqu'au bout. Envers et contre tous, envers et contre tout. Rosa n'a jamais su qu'aimer, d'ailleurs.

Sauf que Diane n'est pas Rosa, nous ne sommes pas tous façonnés d'amour. Être mère ne se décrète pas, on l'a ou on ne l'a pas.

Tout à coup, une lueur traverse Diane.

Elle l'appellera Eddy. Un nom qui n'apparaîtra pas sur les registres de l'état civil mais se gravera quelque part. Qui sait comment les adoptants choisiront de le prénommer, Arthur, Lucas ou Gabin, son âme portera le prénom d'un homme bon. En choisissant Eddy, Diane offre à l'enfant le goût des autres. Comme une fée penchée sur son berceau pour lui faire don d'un talent précieux.

Diane espère qu'il comprendra, si pardonner est impossible.

Elle plie le papier sur lequel elle n'a inscrit que ces deux syllabes, le glisse dans l'enveloppe dont elle décolle la partie autocollante garantissant la fermeture hermétique, l'embrasse du bout des lèvres, la dépose sur la desserte entre le verre d'eau, le rôti froid et la compote. Puis elle s'allonge de côté en chien de fusil et contemple la fenêtre en diagonale, le manège des étourneaux autour de l'arbre.

Elle caresse sa cicatrice, sous la luciole. Même endroit que la blessure de Rosa. Réplique d'une hérédité qui n'a rien de génétique. Que va-t-elle pouvoir faire, à présent ? Dessiner, peut-être ? Colorier la ville, comme avant ? C'est vrai qu'elle aimait ça…

Tout à coup, un enfant hurle au bout du couloir. Les oreilles de Diane se dressent malgré elle, son rythme cardiaque s'accélère. L'enfant est inconsolable, il hurle et hurle, rien ni personne ne réagit. Ils sont tous partis, ou quoi ?

Diane se lève, passe une tête dans le couloir. Deux aides-soignantes papotent tranquillement. Elles lui sourient, demandent si elle manque de quelque chose. Diane fait simultanément oui et non de la tête, et referme sa porte sur les braillements du nourrisson, ahurie. N'entendent-elles pas l'enfant ?

C'est Eddy qui pleure, elle le sent au fond de ses entrailles. Elle vire et vole entre son lit et la desserte à roulettes, y aller, rester, se renseigner, se taire. Le besoin se fait impérieux, elle veut savoir, s'assurer qu'il va bien.

Sa blouse se déplace timidement dans les couloirs.

— La nurserie, c'est par là, lui indique une sage-femme en train de donner le bain sous les regards attendris de deux jeunes parents.

Le volume des pleurs augmente à mesure que Diane approche. Enfin, elle s'arrime à la baie vitrée. La puéricultrice, la même que ce matin, essaie de calmer un poupon cramoisi de sanglots, une main derrière sa nuque, une autre sous ses fesses, elle le secoue gentiment, chut… chut… voilà. Rien n'y fait, l'enfant est un geyser. Son pyjama devait être blanc à l'origine. Il est jauni à force d'avoir été plongé dans l'eau de Javel.

Diane déporte son regard vers le berceau vide. Elle plisse les yeux pour mieux lire l'étiquette. La louve en elle le savait.

« X ».

Non, pas X, jamais plus X. Eddy.

Diane s'avance en tremblant.

La puéricultrice hoche la tête en signe d'accord et lui tend l'enfant. Elle accompagne ses gestes maladroits, redoute un accident, un coup de folie, ça s'est déjà vu.

Diane pince ses lèvres sous l'effort, l'enfant se tord et se débat. Ses petits ongles tout neufs lacèrent la luciole d'encre. Diane n'a plus de certitude.

La seule chose qu'elle sait, c'est que le poids de ce petit corps sur son bras la bouleverse, tout comme l'odeur de sa peau et le chiffon de ses mains fripées. Déjà, il s'apaise – qui sait, il a peut-être reconnu l'odeur de sa mère.

Il a trouvé son pouce, sa bouche ronde émet de petits bruits de succion.

OK, on va essayer, toi et moi, Eddy, lui dit-elle sans parler. Je ne te promets rien mais je vais faire de mon mieux.

66

Au même moment

Mains dans les poches, Eddy rentre dans son petit appartement où l'attend l'urne de son père. Il dépose une poignée de graines sur le bord du vasistas que Jojo, accompagné de deux autres pigeons, s'empresse de picorer. Il regarde le ciel, la forme des nuages, l'horizon, la tronche incertaine de l'avenir, son téléphone dans sa main.

— Allô, Noémie, c'est moi.

— *Tu cherches le bureau des renseignements ?*

— Non, juste une amie.

67

Les gens autour

Quelques heures plus tard

Alexandre jette un œil à sa montre. Vingt heures. Il est temps de fermer.

Il se lève et entreprend de rentrer les présentoirs des quotidiens. Il s'immobilise un instant au seuil de sa boutique d'où il hume l'air du crépuscule printanier. Une odeur de plat mijoté embaume l'atmosphère.

Alexandre apprécie particulièrement la sérénité des fins de journée. Il aime les couleurs dont se pare le ciel, voir les gens regagner leurs pénates après la journée de travail, regarder passer les voitures et les bus, dont les phares allumés lui évoquent les projecteurs d'une scène imaginaire.

Regrette-il d'avoir échoué à devenir comédien ? Il mentirait s'il répondait par la négative, l'échec, même digéré, laisse toujours un arrière-goût d'injustice. Ça ne l'empêche pas de rêver. Dans ses songes, il est la star que les grands réalisateurs hollywoodiens s'arrachent, le plus grand mime que la Terre ait porté, le Cyrano qui, soir après soir, reçoit l'ovation d'un public debout, ému aux larmes. Mais la vie est ainsi, tant pis, ce n'est pas un drame, il est heureux quand même, il est libre.

Il saisit la perche et s'apprête à tirer le rideau métallique de sa boutique quand un scooter s'arrête à sa hauteur, un pli à la main. Ce n'est plus l'heure pour les livraisons, mais comme personne ne l'attend il se ravise, après tout, ça ne coûte pas cher de rendre service.

C'est son nom qu'il lit sur l'enveloppe. Il s'étonne, il n'attendait rien. Rien de rien, tranquille pépère au milieu de ses vestiges de cartes postales et de ses journaux qui racontent un autre monde que le sien.

Alexandre signe le bon de livraison, puis, le scooter reparti, secoue le pli dont l'intérieur émet des bruits de plastique. Avec le CD, il découvre un message.

Mieux qu'un message : un plan du quartier Notre-Dame, une croix, une date – demain –, des horaires.

Il écoute les enregistrements. Sourit de temps à autre. A même envie de pleurer quand il entend la voix tant aimée de Lili.

À la fin, il regarde le ciel et le plan de quartier.

Lui qui a loupé tous ses castings avec une honorable constance a l'opportunité de repasser le plus important, le seul en fin de compte qu'il regrette d'avoir raté.

Tout le monde n'a pas l'occasion d'une seconde chance.

Sa décision est prise : demain, il jouera le rôle de sa vie.

*

Au même moment, Ahmed appuie sur le bouton off de son petit lecteur CD. Il se lève, se colle à sa fenêtre d'où il observe son carré de jardin partagé. Il pense à ses pieds de tomates. À Rosa. Il se sent tout drôle, il a comme une envie de serrer sa fille dans ses bras.

Elle a bien poussé, Yasmine. Elle ne se débrouille pas si mal, dans le fond. Il ne lui a jamais dit qu'il l'aimait, à cause de la pudeur. Un comble, pour lui qui passe son temps à donner de l'amour à ses légumes.

Il le lui dira la prochaine fois, parce que la vie passe vite. Quitte à ce qu'elle se foute de lui. Et il lui donnera un rocher au praliné. Elle aimait tant les confiseries quand elle était petite.

*

— Elle est vraiment comme ça, ma voix ? demande Patrick à Béa au moment d'aller se coucher.

L'ancienne reine des fleurs devenue fleuriste a posé sa tête sur son épaule.

— Oui, un peu… C'est bien ce que tu as dit à cet Eddy. Ta Rosa avait l'air gentil. Nous nous serions bien entendues.

— Je ne reviens pas de ce qu'ont raconté les autres… Je ne connaissais rien d'elle, finalement. Je n'ai jamais su qu'elle avait été chanteuse. Ni qu'elle avait arrêté de boire, ni qu'elle avait repris…

— Ni qu'elle t'avait sauvée, comme elle a sauvé cette gamine.

— Je sais par contre que je lui dois de t'avoir rencontrée.

Il embrasse son épouse et appuie sur l'interrupteur de la lampe. Les doigts de Béa virevoltent sur son torse.

— Élodie reviendra un jour, susurre-t-elle. Sois patient, on n'est jamais à l'abri d'une bonne surprise.

— Peut-être, tu as raison... Tu sais, je pensais à quelque chose. Je pourrais reprendre la magie. Avec toi, comme assistante...

*

Le Dr Kadoche est dans sa cuisine. En peignoir, les bras ballants, penaud devant la cagette qu'il a déposée sur son plan de travail. Oscar, son chat-pelade, ronronne en se frottant contre l'emballage de la pâte à tarte.

Ça a été une drôle de journée.

D'abord, c'est Brochet, le gardien, qui est venu toquer à sa porte.

— Dites, docteur, le type louche qui traîne dans le coin depuis des mois avec les gosses du troisième a mis un paquet dans votre boîte. Comme je ne sais pas ce que c'est, je ne vous l'ai pas monté. J'aime autant que vous le récupériez dans pas longtemps, j'ai entendu dire que certains s'amusaient à envoyer de l'anthrax, je ne voudrais pas que ça empoisonne tout le hall.

— Et pourquoi voudriez-vous qu'on m'envoie de l'anthrax ? a éternué le docteur avant de grimacer parce que éternuer lui fait mal au dos et qu'il redoute un décollement de la plèvre.

— Le type n'est pas clair. Le fait qu'il ne vous l'ait pas remis en mains propres ne me semble pas très catholique. Enfin, pour ce que j'en dis...

Le docteur est descendu en pantoufles par l'ascenseur, ventre contre ventre avec le concierge. Puis il a ouvert sa boîte et déballé le paquet. Par-dessus son épaule, les yeux du gardien s'écarquillaient de curiosité.

— Vous voyez que ce n'est pas de l'anthrax. Vous devriez vous détendre, Brochet, vous risquez un ulcère.

— Oui, bah, avec ce qu'on voit, on n'est jamais trop prudent. Ce n'est pas commun de recevoir un CD. Si ça se trouve, ce sont des menaces.

— J'aurais du mal à le savoir, je n'ai plus rien pour écouter. Je vais attendre que mes enfants arrivent demain, ils trouveront une solution.

— J'ai la chaîne hi-fi de maman, si vous voulez. Vous pouvez venir écouter dans la loge.

Le docteur a accepté sans demander son reste. Il avait beau feindre la distance, il avait quand même hâte de comprendre ce qu'on lui voulait.

La loge, attenante au logement, a la taille d'une cuisine et demie. Maman et papa Brochet sourient dans un cadre, leur petit Brochet dans les bras. Un immense aquarium gargouille dans le fond. Des poissons multicolores y évoluent entre des épaves miniatures et des coffres en plastique. Le docteur n'y était plus entré depuis le départ en retraite de l'ancienne gardienne, la mère Brochet. Il n'en a d'ailleurs pas besoin, puisque le fils passe le plus clair de son temps planté sur le perron de l'immeuble.

Après avoir invité le médecin à s'attabler devant un café, Brochet a flanqué le disque dans la chaîne hi-fi poussiéreuse. Ils ont échangé un regard ébaubi lorsque la voix du docteur a résonné dans la loge. Puis un autre, consterné, quand il a été question de l'entêtement du gardien à fabriquer des courants d'air.

— Vous savez ce que c'est, a plaidé Kadoche, couillon, on se laisse emporter et nos paroles dépassent nos pensées.

— Vous bilez pas, a répondu le concierge en balayant les arguments d'un revers de la main.

Ont suivi près de trois heures d'écoute que les deux hommes n'ont pas vues passer, occupés à entendre, comprendre, manger, commenter. Puis les glouglous de la pompe à eau ont remplacé le récit de l'animatrice radio.

— Quelle histoire quand même, a conclu le gardien. Et quelle femme, cette Rosa…

Dehors, le soleil déclinait. L'aquarium illuminé dessinait des reflets verdâtres aux murs. De temps en temps y nageait l'ombre d'un guppy placide.

Le docteur est remonté chez lui tandis que Brochet jetait des pétales de nourriture dans l'eau en prononçant des mots d'amour à ses petits poissons. Dans ses rêves, Brochet pêchait. Jamais dans la réalité. En tout cas, pas depuis que, tout petit, il avait vu un brochet, la mâchoire déglinguée par l'hameçon de son père. Ça l'avait tellement effrayé qu'il n'avait jamais plus été capable d'envoyer la moindre ligne dans la moindre mare. Les cannes à pêche ne servaient qu'à prouver à sa mère qu'il était digne de l'héritage paternel, un vrai Brochet, en somme. Aujourd'hui, ça lui occupe les mains – un doudou, quoi.

Brochet, comme tout le monde, a ses petites histoires.

Le docteur, donc, regagnait son logement, perdu dans ses réflexions sur le destin de Rosa, à côté de laquelle, déplorait-il, il était allègrement passé – mais n'est-ce pas le lot commun que de passer son temps à passer à côté des autres ? –, lorsqu'il a découvert sur son paillasson une cagette en bois reconstituée, de celles qu'on utilise d'ordinaire pour les fruits.

L'étiquette « Franprix » à moitié décollée ne laissait planer aucun doute sur la provenance du colis.

Le médecin a promené autour de lui un air méfiant, s'attendant à voir débouler les jumeaux pour une énième bêtise. Puis, en l'absence manifeste du moindre guet-apens, il s'est penché sur le contenu de la cagette. Une pâte sablée, du lait, des œufs, du sucre, de la farine, du beurre, une gousse de vanille, une boîte d'oreillons d'abricots, des feuilles de menthe.

Il a regardé le plafond et les escaliers sans les voir. Porté la main à ses lèvres, essuyé son visage d'une paume mal assurée en se disant que, là-haut, les morts devaient bien rigoler. Puis il a flanqué la clef dans sa serrure, poussé la porte du pied. Oscar s'est frotté à sa cheville tandis qu'il entrait, les bras chargés de sa cagette lourde comme les souvenirs d'une vie à aimer.

Et le voilà, à présent, stupide devant les ingrédients, à tergiverser depuis une heure. Est-ce qu'il a une tête à faire une tarte aux abricots à la menthe, franchement ? D'accord, il adorait quand sa femme en préparait. D'accord.

— Qu'est-ce qu'on va faire de tout ça, mon Oscar ? Quel gâchis…

Le vieux docteur soupire. Il n'a pas prévu de dessert pour le repas de demain avec ses enfants. Il feuillette sans conviction les livres de cuisine de sa femme, de grosses bibles jaunies et tachées. Puis il extrait du placard le carnet à la reliure en cuir où elle avait recopié ses recettes préférées, des mélanges alambiqués qui permettaient de ménager la chèvre et le chou en faisant plaisir à tout le monde.

L'émotion le saisit quand il retrouve son écriture ronde. Chaque recette convoque une image. Le rôti de veau Orloff-pruneaux-tomates, là, c'était lorsqu'on leur avait annoncé la première grossesse de leur belle-fille. Ou cette charlotte poire-chocolat-amande et brie que Martine avait concoctée pour les onze ans de leur fils. Ou encore ce gratin de pâtes-endives-mayonnaise, à leur retour de lune de miel. Et cette quiche à base d'orties et de champagne, partagée avec Mimo, Robert, Annie et tous les autres pour fêter la victoire du Georges 5. Enfin, évidemment, star parmi les stars, cette tarte aux abricots à la menthe, rituel de leur amour.

— Bof, ça coûte rien d'essayer, dit-il à Oscar en relevant ses manches pour se laver les mains.

Il enfile le tablier de sa femme toujours pendu au crochet de la cuisine et, suivant les indications de son épouse, déploie la pâte sur un nuage de farine.

— J'espère qu'ils seront indulgents avec leur vieux papa, articule-t-il, content.

Il est impatient de voir la tête de son dernier petit-fils, deux ans et demi. Lui n'a jamais eu l'occasion de goûter cette fameuse tarte aux abricots à la menthe. Bienvenue dans la légende familiale, petit.

*

À Tours, l'ambiance n'est pas à la pâtisserie.

Amalia garde les paupières closes longtemps après l'écoute du dernier enregistrement. Peu à peu, les bruits alentour reprennent leur consistance : une voiture freinant avant le dos-d'âne, un klaxon, une musique. Puis le raffut s'arrête, tout passe, même le vacarme.

Ne subsiste plus que le tic-tac de la pendule et l'émotion de savoir, enfin.

Amalia se lève. Se dirige vers son bureau. Chausse ses lunettes. Allume son ordinateur. Les couleurs de l'écran se reflètent sur les verres de ses lunettes.

Elle crée un nouveau fichier. Tape, en guise de titre, comme elle l'a fait plusieurs fois en secret : « *La femme effacée* ».

Non, ça ne va pas.

« *La femme qui part* ». Non, toujours pas.

Corrige. « *La femme debout* ».

Voilà, on y est, songe Amalia, avant d'écrire :

> *L'histoire retiendra les chefs de guerre, les hommes d'État et les personnalités publiques. De Rosa, il ne sera jamais question. Pourtant, son courage était têtu, sa liberté incommensurable, son honnêteté vertigineuse. Elle avait l'élégance des grands pudiques, sacrifiant tout sans jamais le dire, s'effaçant au profit des autres. Elle n'avait que faire de la reconnaissance, nulle médaille n'aurait pu la satisfaire autant que la conviction d'avoir agi pour le mieux.*

Un léger sourire affleure sur les lèvres d'Amalia tandis qu'elle ajoute, inspirée :

> *Voici l'histoire d'une femme bien, morte d'avoir eu le cœur trop vaste…*

*

Retour à Paris où deux coups viennent d'être portés contre la porte du médecin.

Brochet en contre-plongée dans l'œilleton. Le docteur décoche un clin d'œil à Oscar :

— Eh bien, on ne se quitte plus, lui et moi…

— Ma mère ne jetait rien, annonce le gardien, fiérot, en brandissant une vieille coupure de journal issue des pages locales pendant que le squelette, dans le salon, grelotte à cause des courants d'air. Regardez… C'est vous, non ?

Le docteur essuie la farine et le beurre sur son tablier à fleurs et se penche sur l'article et la photo. Il ne se rappelait pas qu'un journaliste avait immortalisé leur combat contre l'oubli.

Ils sont tous là : Ahmed, Lili, Alexandre, sa femme, Robert, Annie, Mimo. Et Rosa, juste là, au milieu.

68

Trois jours plus tard

La nuit s'achève. Le soleil se lève sur la Seine dont les flots scintillent. Eddy Alune porte l'urne de son père au creux de ses bras.

Il faut savoir dire au revoir.

Il ouvre le couvercle. S'agenouille sur les pavés, au bord de l'eau. Noémie, venue en amie, opine en posant sa main sur son épaule.

Les cendres se déversent doucement.

Savoir dire au revoir.

Il ignore que Lili et Alexandre ont bavardé toute la nuit et qu'Alexandre a posé sa veste sur les épaules de Lili.

Qu'Amalia, qui a toujours vécu dans les mots des autres, s'arme désormais des siens pour écrire son roman.

Que Patrick a décidé d'organiser des spectacles de magie pour les plus démunis et que Béa imagine sa tenue d'assistante sur laquelle il y aura des fleurs, évidemment.

Que la fille du Dr Kadoche, après avoir goûté une part de tarte aux abricots à la menthe, a étreint son père. Que le petit-fils, en revanche, a fait une grimace qui a fait rire – et pleurer, à cause de la mémoire – toute la tablée.

Que Driss prévoit de construire un avion en carton pour Wassim avec les emballages de la supérette, avec l'aide d'Ahmed et de leur mère.

Que Diane et son fils dorment, souffle et corps entremêlés.

Qu'il a rendu le monde meilleur.

Épilogue

Rosa et le monde entier

Cette histoire, qu'on pourrait croire terminée, ne s'achève pourtant que deux mois plus tard, alors que le printemps bat la chamade.

Jojo décolle du cimetière du Montparnasse, traverse le ciel bleu et survole à tire d'aile la Seine, l'Institut médico-légal, les quatre tours de la Bibliothèque nationale François-Mitterrand, la tour Sapporo, où une femme qui prévoyait de se jeter de son dix-neuvième étage a repris goût à la vie.

Il plane sur le quartier de la Butte-aux-Cailles, contourne le clocher de l'église Sainte-Anne. De ses billes noires, il avise le sol où, quelques mètres plus bas, une femme aux vêtements et aux cheveux maculés de peinture porte un bébé en kangourou.

Un homme costaud à l'air gentil marche en sens inverse. Dans son sac à dos, quelques outils, une boîte d'enduit, un pinceau, un pot de blanc. Il a une promesse à honorer, une ultime réparation.

Ils se croisent. Sans se voir.

Elle rejoint l'arrêt de bus. Qui arrive justement.

Il en est déjà loin.

Il traverse d'un pas léger le quartier de son enfance, celui qui a tant changé mais c'est la vie, le temps qui coule, et ce n'est pas si grave.

Il s'arrête dans cette rue, à deux pas du parking, à l'endroit précis, si ses souvenirs sont bons, où une voiture avait brûlé, le jour où son père et lui avaient emménagé dans le quartier.

Le visage de Rosa, fraîchement peint, lui sourit.

Il tourne la tête, à gauche, à droite, étourdi, ému, reconnaissant.

Alors, il sourit à sa morte qui ne sera pas morte pour rien, et adresse un signe à Jojo qui virevolte.

Tout en approchant de la cité HLM qui l'a vu grandir, il songe que même si nous mourons seuls, nos existences se chevauchent toujours, d'une manière ou d'une autre.

Il sonne à l'interphone des locataires de l'appartement de son enfance, bonjour, je viens reboucher le trou derrière la plinthe… tandis que Jojo, appuyant sur ses petites ailes, effectue une dernière pirouette et disparaît derrière le clocher, direction le Portugal.

Remerciements

À l'heure d'apposer le point final à ce texte, je suis très émue. J'ai tant de gens à remercier, tant de circonstances aussi.

Ce roman est né de ma rencontre avec Joseph B, sans domicile fixe, décédé le 14 décembre 2020 dans la rue à Paris, à côté de chez moi. Le collectif des Morts de la Rue avait collé une affichette à l'endroit où il était mort, afin de recueillir des informations susceptibles de permettre qu'on lui rendît hommage. J'ai contacté l'association. De Joseph, je ne savais rien, si ce n'est que c'était un être humain, qu'il était mort seul, dans le froid et dans l'indifférence générale. J'avais besoin de comprendre et, d'une certaine manière, de lui demander pardon d'être passée près de lui sans jamais le voir. Ce roman lui est dédié.

Je voudrais en premier lieu remercier le collectif des Morts de la Rue, notamment Cécile et Christelle, pour leur accueil bienveillant et la précision de leurs explications, mais aussi pour le travail incroyable d'humanité effectué par les bénévoles.

Merci à Lilas Seewald, mon agente et amie, pour nos milliards d'échanges, ses conseils, son indéfectible soutien et son coup de ciseaux célèbre dans le monde entier.

Merci à Pauline Ferney, mon adorable éditrice, pour sa confiance, sa bonne humeur, son enthousiasme et sa patience. Plus globalement, un immense merci à toute l'équipe des Éditions Plon.

Merci à Minou et Lili. Sans vous, il me manque l'essentiel.

Merci à ma maman, pour cette soirée de juillet passée à tenter de mettre de l'ordre dans cette histoire qui me donnait du fil à retordre. Alors que je lui disais : « Si j'ai tant de mal à écrire ce roman, c'est peut-être que ce n'est pas le bon », elle a eu le réflexe de répliquer : « Qui te dit que ce n'est pas le contraire, justement ? » Ce livre est en quelque sorte né de son optimisme.

Merci à Oliver Norek de m'avoir, entre autres, soufflé l'idée de cette salle secrète à l'Institut médicolégal qui, en réalité, n'existe pas. J'ai d'ailleurs, ici et là, usé de mon pouvoir de romancière pour prendre quelques libertés avec la vraie vie. J'espère que les lecteurs les plus attentifs ne me tiendront pas rigueur de faire œuvre de fiction en essayant de rendre crédible ce qui n'est pas forcément véridique.

Merci à Julien Cernobori, dont le fabuleux podcast, « Cerno – l'anti-enquête », a été une grande source d'inspiration.

Merci à Valérie Faiola, pour ce qu'elle me donne à voir. Sans elle, ce roman n'aurait pas été le même.

Merci à Matthieu Tieumz de m'avoir offert, pile au bon moment, de participer à une émission radiophonique et de m'avoir ainsi permis de me familiariser avec l'ambiance si particulière d'un studio.

Un merci tout spécial à Pépita Sonatine de la Librairie Lacoste à Mont-de-Marsan, à Delphine Dausque et Yves de la Maison de Presse du Touquet, à Caroline Vallat de la Fnac Rosny 2, à Nathalie Mazzoli, libraire à Lyon, à Sandrine Dantard, de la Fnac de Grenoble, à Michaël Mathieu de la Librairie de Paris. Vous avez porté *Rue du Rendez-Vous* avec un engouement incroyable qui a réchauffé mon cœur les jours de doute (et Dieu sait qu'il y en a eu et qu'il y en aura encore !).

Merci à tous ceux qui m'entourent, de près ou de loin.

Pour en savoir plus
sur les Éditions Plon
(catalogue, auteurs, vidéos, actualités…),
vous pouvez consulter
www.plon.fr
www.lisez.com

lisez!

et nous suivre sur les réseaux sociaux

Éditions Plon

@ÉditionsPlon

@editionsplon

Imprimé en France en octobre 2022
par l'Imprimerie Maury S.A.S. à Millau (12)

P31176/02
Dépôt légal : mai 2022
N° d'impression : I22/71825I